보너스 트랙 Bonus Track

BONUS TRACK
by
OSAMU KOSHIGAYA

Copyright ⓒ 2004 by OSAMU KOSHIGAYA
Original Japanese edition published by Shincho-Sha Co., Ltd.
Korean translation rights arranged with Shincho-Sha Co., Ltd.
through ShinWon Agency Co.
Korean translation rights ⓒ 2005 by STUDIO BORN FREE

이 책의 한국어판 저작권은 신원에이전시를 통해
新潮社와 독점 계약한 「스튜디오 본프리」에 있습니다.
저작권법에 의해 한국 내에서 보호를 받는 저작물이므로
무단전재나 복제, 광전자매체 수록 등을 금합니다.

보너스 트랙

코시가야 오사무 지음 | 김진수 옮김

스튜디오 본프리

1

저녁부터 내리기 시작한 비는 자정이 지날 무렵부터 본격적으로 쏟아지기 시작했다.
무수한 빗방울이 앞 유리창을 끊임없이 두드렸다. 와이퍼가 꼼꼼하게 빗방울을 닦아냈다.
쿠사노 테츠야는 그 움직임을 무심하게 바라보며 차를 몰고 있었다. 목적지는 자신의 집인 원룸 맨션. 지금은 일을 마치고 돌아오는 길이다.
때때로 졸음이 밀려올 때마다 쿠사노는 고개를 저으며 차 밖까지 들릴 만큼 큰 소리로 혼잣말을 중얼거렸다. 퇴근길에 차 안에서 혼잣말을 중얼거리는 것은 졸음을 쫓는 수단이자 일 때문에 쌓인 스트레스를 푸는 간편한 해소법이기도 했다.
오늘 밤도 쿠사노는 때때로 혼잣말을 중얼거리고 있었다. 카 라디오에서 흘러나오는 교통정보에 '흐응, 그렇군'이라고 맞장구를 치거나 억지로 끼어드는 차를 향해 '위험하잖아, 이 멍청아'라고 욕설을 내뱉는 등, 차를 운전하는 사람이라면 누구나 입에 담는 단순한 말이 많았지만 문득 아무 맥락도 없이 '이봐, 그건 오해야'나 '수신獸神 선더 라이거 입장'이라고 중얼거릴 때도 있었다. 쿠사노 본인의 분석에 의하면 스트레스와 피로가 쌓일수록 혼잣말의 내용도 황당무계해지는 경향이 있는 듯하다.

오늘밤은 그나마 나은 편이다. 심할 때는 노래가 시작되곤 한다. '룰루루~룰루루~랄라라라' 등, 술을 마시지도 않았는데 엉터리 같은 노래를 부르며 귀가를 서두르는 것이다. 목소리를 내지 않으면 그날의 힘들었던 일들이 머리를 점령해서 뇌가 과열되어 버린다. 그래서 노래를 부르며 기분을 전환하는 것이다. 아무 의미 없는 말을 멜로디에 실어 노래하는 성인 남성. 객관적으로 보면 어쩐지 으스스한 광경일지 모르지만 아무도 없는 밤길을 달릴 때에는 아무 문제 없다. 어차피 들을 사람은 아무도 없으니까 말이다.

참고로 출근을 할 때에는 노래도 혼잣말도 거의 나오지 않는 편이다. 몸에는 아직 나른한 졸음이 남아 있고 머리는 일로 꽉 차 있어서 아무래도 상관없는 말을 중얼거릴 여유 따위는 없기 때문이다.

스피커에서는 차창 밖의 빗소리와 쿠사노의 혼잣말에 뒤섞여 최신 히트 팝송을 소개하는 FM 방송이 흘러나오고 있었다. 그러나 전혀 흥미가 느껴지지 않았다. 팝송이 취향에 맞지 않는 것은 아니었다. 취직을 한 후로 음악 자체를 거의 듣지 않게 된 것뿐이다. 집에 많은 CD가 쌓여있긴 하지만 취직한 후로 지금까지 듣기는커녕 케이스를 만져본 적조차 거의 없었다.

대학을 졸업한지 2년 밖에 되지 않은 말단 샐러리맨에게 주어지는 여가는 너무나도 적었다. 퇴근 후나 휴일에 할 수 있는 것은 빨래와 낮잠 정도였다. '음악 감상'같은 비생산적인 활동에 낭비할 시간은 없는 것이다.

그래도 학창시절—그래봤자 바로 얼마 전이지만—에는 1년에 몇 번은 라이브를 보러 갔었고 대학 4년 동안 모은 CD는 100장이 넘는다. 가게에서 대여하거나 친구에게 빌린 것까지 포함하면 그 수는 거의 배 이상에 달한다. 그렇다고 음악에만 열중했던 것도 아니다. 돈이 너무 많이 드는 스키나 스노보드, 마린스포츠는 쳐다보지도 않았지만 스포츠 관전은 이력서의 '취미란'에 당당하게 적을 수 있을 정도다. 야구장이나 축구장에 간 적은 셀 수 없을 정도고 때때로 격투기나 프로레슬링을 관전하기도 했다. 당시에는 종종 강의가 끝난 후에 마음이 맞는 친구들과 패스트푸드점에서 시간을 때우다가 저녁 5시가 넘으면 매표소에 가서 시합이 시작되기 직전에 할인티켓을 산 다음 경기장으로 달려가곤 했었다.

또 아주 가끔이긴 하지만 학생답게 고전문학에 손을 대 본 적도 있었다. 1년에 한 번 정도 '나 이래도 되는 걸까'라는 느닷없는 초조함에 사로잡혀 나츠메 소세키나 도스토예프스키

같은 문호의 작품을 읽기도 했다. 그런 작품을 읽고 나면 늘 알 것 같기도 하고 모를 것 같기도 한 기분에 빠지곤 했다. 그중 몇 권은 몇 페이지 읽다가 던져버리기도 했다.

그 외에도 집에서는 매일 같이 비디오게임을 했고 요금이 싼 서비스데이에는 곧잘 강의를 빼먹고 영화를 보러가곤 했었다. 게다가 일주일에 세 번 정도 아르바이트도 했었다. 대학 친구들이나 아르바이트 동료들과 몇 번인가 여름방학을 이용해서 여행을 간 적도 있다. 지금 생각해보면 언제 공부를 했는지 이상할 정도지만 그럭저럭 졸업은 할 수 있었다. 즉 그 정도밖에 안 되는 대학이었던 것이다.

생각해보면 대학에 다닐 때에는 거의 놀기만 했어도 나름대로 다양한 취미를 즐기며 충실한 나날을 보냈었다. 그러나 그 팔자 좋은 생활은 취직을 한 순간 180도 달라졌다.

쿠사노가 취직한 곳은 이름만 들으면 누구나 고개를 끄덕일 만한 업계 최대의 햄버거 체인점이었다. 실은 취업활동을 할 때 '그 회사는 일이 힘들다'라는 소문을 듣긴 했지만 세상에 힘들지 않은 일이 어디 있냐는 안일한 생각으로 취직이 내정되자마자 취업활동을 중단해버렸다. 요즘 같이 취업난이 심각한 시대에 배부른 소리를 할 처지도 아니었고 숨 막히는 취업활동이 끝난다는 기쁨이 앞서서 별로 깊이 생각해보지도 않고 결정해버렸던 것이다. 그것이 엄청난 실수였으며 구명보트를 탄 조난자가 일시적으로 갈증을 해소하기 위해 바닷물을 마시는 것만큼 어리석은 행동이었음을, 쿠사노는 그 후로 뼈저리게 느껴야만 했다.

먼저 근무시간이 끔찍하게 길었다. 평일에는 거의 10시간, 특히 바쁜 토요일 일요일에는 12시간을 가뿐히 넘기곤 했다. 개점시간인 아침 7시 전부터 폐점시간인 밤 11시까지 하루 종일 가게에 있었던 적도 많다. 한 달 잔업시간은 100시간이 넘는데도 잔업수당은 겨우 3만 엔 정도. 표면적으로는 잔업 시간에 따라 수당을 신청할 수 있지만 점장과 지역 매니저가 노려보는 가운데 '100시간을 일했으니 100시간만큼의 잔업수당을 달라'고는 입이 찢어져도 말할 수 없는 법이다. 한마디로 서비스 잔업인 셈이다.

업무내용은 당연히 '햄버거를 비롯한 음식물 제조와 판매'. 사원이라고 해도 하루 종일 가게 안의 사무실에 틀어박혀 있을 수는 없다. 인건비를 절약하기 위해 하루에 7, 8시간은 가게에 나가서 아르바이트생과 파트타임 주부들을 이끌고 이마에 비지땀을 흘리며 햄버거를 팔아야 한다. 그것은 육체노동이자 두뇌노동이기도 했다. 점포를 원활하게 운영하기 위해서는 자신의 업무를 확실하게 처리하며 동시에 늘 가게 구석구석까지 신경을 써야 한다. 몸과 머리를 풀가동시키는 상태가 몇 시간이나 계속되는 셈이다. 입사한 후 1년 동안은 이것만으로도 기력과 체력이 송두리째 소모되곤 했었다.

육체노동이 끝나면 사무업무가 기다리고 있다. 재료 재고확인과 발주, 정사원을 포함한 직원들의 근무 스케줄 작성, 매상을 비롯한 금전관리 등, 해야 할 일이 산더미처럼 많다. 이런 일은 어느 정도 아르바이트생에게 맡길 수도 있지만 결국 최종 책임은 사원이 져야 한다. 체크를 게을리 했다가 문제가 생기기라도 하면 이리저리 뛰어다니며 문제를 해결해야 하는 사람은 실수를 한 아르바이트생이 아니라 사원인 것이다. 아르바이트생은 문제가 생기든 말든 근무시간이 끝나면 집으로 돌아갈 수 있지만 사원은 사태가 수습될 때까지 퇴근할 수 없다. 설령 가게에서 다음날 아침을 맞이하는 한이 있더라도 말이다. 책임을 져야 하는 입장. 그것이 학생 때와 가장 다른 점이었다.

이러다보니 일을 마치고 퇴근할 무렵에는 몸도 마음도 지칠 대로 지치곤 했다. 라디오에서 흘러나오는 팝송에 일일이 반응할 여유 따윈 없는 것이다. 카오디오를 설치한 것은 음악을 즐기기 위해서가 아니라 졸음운전을 방지하기 위해서였다.

비는 좀처럼 그칠 기색이 없었다. 좁은 도로에는 군데군데 커다란 물웅덩이가 생겨 있었다. 차가 물웅덩이 위를 지나갈 때마다 세찬 물보라가 일어 왼쪽의 가드레일과 그 너머의 양미역취* 수풀을 적셨다. 중앙선도 없는 좁은 도로. 보도블록도 없거니와 애초에 이 길을 걸어 다니는 사람도 없기 때문에 지나가는 사람에게 물이 튈 걱정은 없었다.

---

*양미역취 : 국화과에 속하는 다년생초의 일종

도로변을 뒤덮고 있는 양미역취 너머 가파른 제방이 보였다. 그 너머에는 작은 강이 흐르고 있었다. 길은 완만하게 구부러진 강을 따라 오른쪽에서 왼쪽으로 구불구불 곡선을 그리고 있었다. 도로 자체가 오래된 탓에 반경이 작고 앞을 잘 볼 수 없는 커브가 많은 것이 이 길의 특징이다. 이 연속으로 이어지는 커브가 사람들의 '오기'를 자극하는 것일까, 승용차 두 대가 나란히 달릴 수 있을까 말까 한 좁은 길인데도 제한속도를 50킬로미터쯤 초과해서 달리는 차가 끊이질 않았다. 도로 양 옆에는 「속도를 줄이시오」, 「사고 다발 지대」라는 표지판이 서 있었지만 효과는 전혀 없는 모양이었다. 개조 머플러를 단 차가 심장까지 울릴 만큼 요란한 폭음과 함께 반대편 차선을 이용하여 아웃 인 아웃으로 커브를 공략하는 모습을 종종 볼 수 있었다.

그런 악질적인 폭주 자동차에 비하면 쿠사노는 지극히 우량하고 선량한 운전자였다. 구입한 후 지금까지 한 번도 개조하지 않은 소형차는 결코 평균 이상의 소음으로 주위를 시끄럽게 하지 않았다. 스피드는 제한속도보다 겨우 10킬로미터를 웃돌 정도며 커브 앞에서는 충분히 속도를 줄였다. 양식 있고 성인다운 운전이라기보다는 단지 운전 실력에 자신이 없는 것뿐이었지만 어쨌든 지금까지 무사고 무위반인 것만은 사실이었다.

룸미러에 두 개의 눈부신 빛이 비쳤다. 빛은 쉴 새 없이 깜빡이며 쿠사노의 차를 재촉했다. 바로 뒤에서 주위를 위협하는 듯한 엔진소리가 들려왔다.

"네, 네. 알겠습니다."

쿠사노는 짜증스럽게 중얼거린 후 비상등을 깜빡이며 차를 옆으로 비켰다.

뒤따라오던 차는 쿠사노의 차가 완전히 정지하기도 전에 바로 옆을 아슬아슬하게 스치고 지나갔다. 두 차의 사이드미러 사이의 거리는 20센티미터도 되지 않았다. 명백한 도발이었다. 창문 너머로 시끄러운 음악소리가 들려왔다. 요란하게 어레인지한 경박하기 짝이 없는 댄스뮤직이었다. 어째서 이런 차는 꼭 이런 음악을 틀고 다니는 것일까.

"나쁜 놈. 사고나 나라!"

쿠사노는 불쾌한 표정으로 작아져가는 차를 향해 욕을 퍼부었다. 차체가 낮은 스포츠카로 뒤 유리창에 진한 선팅 필름이 붙어 있어서 잘 보이진 않았지만 두 사람이 타고 있는 듯했다. 바디칼라는 검은색이나 다크 메탈릭 같았지만 어두워서 확실하지는 않았다.

번호판에는 무인감시카메라에 걸리지 않도록 보라색 커버가 씌워져 있었다. 물론 0.1에 못 미치는 쿠사노의 교정시력으로 번호를 확인하는 것은 불가능했다.

편견일지도 모르지만 운전자가 어떤 녀석일지 안 봐도 뻔했다.

"사고나 나라. 사고나 나서 콱 죽어버려라. 그게 세상을 위하는 길이다."

쿠사노는 운전과는 정반대로 과격하게 중얼거리며 차를 출발시켰다.

미등이 붉은 잔상을 남기며 커브를 돌아 사라졌다. 그 모습을 바라보며 쿠사노는 차안의 상태를 이리저리 상상해보았다.

가짜 하이비스커스 꽃으로 장식한 룸미러. 크롬으로 도금한 기어봉. 요란하기만 할 뿐 음향적으로는 아무 의미도 없는 그래픽 이퀄라이저. 표범무늬 시트커버. 눈이 아플 만큼 짙은 향기를 풍기는 방향제. 방향제는 아마도 '마린 어쩌구'나 '오션 어쩌구'라는 이름의 낯 뜨거울 만큼 리조트 분위기가 물씬 풍기는 제품일 것이다.

"멍청한 놈."

쿠사노는 또다시 욕설을 내뱉었다. 속이 부글부글 끓었다.

아까 그 차의 인테리어가 정말 그런지 어떤지 확인할 길은 없었지만 쿠사노는 어차피 거기서 거기일 거라고 확신했다.

현재 근무 중인 점포는 이른바 두 번째 점포인 셈이다. 입사 후 약 1년 반 동안은 집과 비교적 가까운 점포에서 사원이 익혀야 할 기초적인 사항들을 훈련받았다. 그곳에서 힘든 '수행'을 마치고 여덟 달 쯤 전에 지금의 점포로 이동하게 된 것이다.

이 가게는 교통량이 많은 우회도로에 위치하고 있으며 드라이브 인 고객, 즉 차를 타고 지나다가 햄버거를 구입하는 사람이 가게 안에서 먹는 사람보다 두 배는 많은 전형적인 교외형 점포다. 패스트푸드점의 매력은 저렴한 가격과 간편함. 고객층은 당연히 젊은 편이다. 역에서 조금 떨어진 도로변에 자리 잡고 있어서 하굣길의 고등학생들이 가게를 점령하고 동물원처럼 시끄럽게 떠들거나 하지는 않지만, 그 대신 드라이브 인 고객 중에는 질 나쁜 손님도 적지 않았다. 창밖으로 재떨이를 비우고 가거나 줄을 서 있는 차들 사이에 막무가내로 끼어들어서 다른 손님들과 싸움을 벌이는 등, 싸구려 만화의 악역처럼 행동하는 인간들 때문에 쿠사노는 늘 골치를 앓곤 했다. 그런 '악역 캐릭터'의 차 안은 대부분 판박이처럼 취향이 고약한 물건들로 가득 차 있었다.

"관두자, 관둬! 아, 기분 나빠."

생각만 해도 속이 부글부글 끓었다. 서비스업에 종사하려면 그런 놈들도 웃으며 접대할만한 도량이 필요하다는 것쯤은 잘 알고 있었지만 쿠사노는 아직 젊기 때문인지 그렇게 이성적으로 생각할 수 없었다. 무례하기 짝이 없는 손님들을 대할 때마다 번번이 화가 나곤 했다.

쿠사노의 차는 가로등이 거의 없는 좁은 도로를 담담하게 달렸다. 시간은 이미 새벽 2시가 넘어 있었다. 아까 추월당한 차 말고는 맞은편 차선을 달리는 차는커녕 사람 한 명 보이지 않았다. 쿠사노는 때때로 헤드라이트를 하이 빔으로 전환하여 앞쪽을 확인했다.

입사 1주년을 기념하여 1년 2개월쯤 전에 36개월 할부로 구입한 소형 오토매틱 차는 빗속을 매끄럽게 달려 나갔다.

연료도 적게 들거니와 아담한 외관만 보면 상상할 수 없을 만큼 넓은 실내. 차 안에 구비되어 있는 CD/MD 플레이어와 DVD 카 네비게이션. 면허를 딴 지 얼마 안 되는 젊은 아가씨도 쉽게 운전할 수 있는 콤팩트 바디. 게다가 가격은 딜러와 교섭 끝에 세금과 보험료를 포함해서 165만 엔. 더 이상 뭐가 필요하단 말인가.

핸들을 조작하며 자문자답하던 쿠사노는 문득 쓴웃음을 지었다. 그래, 나에게는 이 정도 차가 마음 편하고 좋다.

쓴웃음을 지으면서도 그는 계속해서 핸들을 꺾으며 브레이크 페달과 액셀 페달을 밟았다. 익숙한 길이라 도로의 특징은 몸이 기억하고 있었다.

이윽고 길은 4차선 국도로 접어들었다. 도심 40킬로미터 권역을 둥글게 둘러싸고 있는 국도에는 이 시간에도 끊임없이 차들이 달리고 있었다. 도로변에는 편의점과 레스토랑 등 24시간 영업하는 가게가 늘어서 있었다.

국도에서 왼쪽으로 꺾여져 10분정도 달리면 집에 도착이다. 이제 조금만 더 달리면 된다.

탕.

멀리서 비 오는 밤에 어울리지 않는 메마른 소리가 울려 퍼졌다. 앞쪽에서 들려온 그 소리는 영화나 TV드라마에 나오는 라이플 총성과 비슷했지만 그보다 좀 더 중량감 있게 느껴졌다.

하지만 일본에서, 그것도 이런 교외의 아무것도 없는 곳에서 총성이 울려 퍼질리 없지 않은가.

아아, 벌써 수요일이구나. 편의점에 들렀다 가야지.

어차피 별 것 아닐 거라고 판단한 쿠사노는 그 소리의 여운이 귀에서 가시기도 전에 이미 다른 생각에 잠겼다.

국도 옆 편의점 중에 만화 주간지를 제일 빨리 들여놓는 가게가 어디였더라.

만두 도시락은 남아 있으려나.

쿠사노는 제일 좋아하는 만두 도시락이 다 팔리고 없을 경우 무엇을 사야할지 고민하며 S자 모양의 커브를 돌았다. 이 앞부터 한동안 양미역취 수풀이 끊기고 콘크리트 제방이 이어져 있어서 앞을 살펴보기가 조금은 수월했다.

개천을 따라 좌우로 완만한 커브를 그리는 도로의 400미터쯤 앞에 두 개의 붉은 빛이 보였다. 빛은 그 자리에 멈춰선 채 어둠 속에서 밝게 빛나고 있었다. 그것이 자동차의 브레이크 등이라는 것쯤은 금방 알 수 있었다.

"응?"

쿠사노는 고개를 갸웃거렸다. 어두운 도로라 확신할 수는 없었지만 저 앞에 서 있는 것은 아까 쿠사노의 차를 추월한 검은 스포츠카 같았다. 근처에 신호등도 없고 다른 차도 보이지 않는 걸 보니 마주 오는 차가 지나가기를 기다리는 것 같지는 않았다.

"응? 뭐지?"

문득 자신을 기다리고 있는 건 아닐까 하는 생각이 들었다. 추월할 때 뭔가 마음에 들지 않아서 시비를 걸려고 기다리고 있는 것은 아닐까.

"설마. 말도 안 돼."

붉게 빛나는 브레이크등은 굉장히 골치 아픈 사태가 벌어질 것을 암시하고 있는 것 같았다.

클랙슨 한 번 잘못 울렸다가 살인이 벌어지기도 하는 시대다. 암담한 기분이었다. 만두 도시락으로 날아갔던 마음이 순식간에 현실로 끌려왔다. 귓가가 뜨거웠다.

요즘은 차안에 목도나 쇠파이프를 숨기고 다니는 사람도 많다. 쿠사노도 드라이브 인 고객에게 햄버거를 팔 때 그런 사람을 몇 번이나 목격한 적이 있었다. 저 스포츠카의 난폭한 주행을 생각해보면 운전자가 그런 흉기를 갖고 있다 해도 전혀 이상할 것이 없었다.

쿠사노는 제한속도보다 훨씬 느린 속도로 조심스럽게 차를 몰았다. 교차로가 있으면 그리로 돌아가고 싶었지만 공교롭게도 저 스포츠카가 서 있는 곳까지 다른 길은 없었다. 쿠사노는 만약에 대비하여 모든 문을 잠갔다.

잠깐 정지해서 저쪽이 가버릴 때까지 기다릴까 하는 생각도 해 봤지만 두 대의 거리는 이미 200미터밖에 되지 않았다. 이제 와서 그런 짓을 해봤자 오히려 상대방을 자극하기만 할 뿐이다. 쿠사노는 생각을 고쳐먹고 그대로 차를 몰았다.

"아냐, 잠깐."

쿠사노는 작게 중얼거렸다.

"고장이라도 났나?"

암운이 드리워진 마음에 한줄기 광명이 새어 들어오는 듯한 기분이었다. 고장인지 휘발유가 떨어졌는지는 모르겠지만 저 스포츠카가 뭔가 이상이 생겨서 멈춰서 있을 가능성은 충분했다.

생각해보면 왜 하필 추월한 지점의 몇 킬로미터 앞에서 기다리고 있겠는가? 저쪽이 어떤 이유로 화가 났다면 그 자리에서 앞길을 막고 시비를 걸지 않았을까? 만약 차가 고장 난 거라면 도와줘야 할까, 아니면 그냥 지나치는 게 좋을까.

짧은 시간동안 온갖 생각들이 쿠사노의 머릿속을 스쳐지나갔다.

험악한 인상의 깡패 같은 사람이 막상 얘기를 나눠보면 맥빠질 만큼 공손하고 착한 경우도 종종 있다는 것을 쿠사노는 경험상 잘 알고 있었다.

그럼 그렇게 경계할 필요는 없지 않을까. 곤경에 처했다면 도와줘도 상관없지 않을까.

그렇게 생각하는 한편 쿠사노의 머릿속에서는 할리우드 영화에서 자주 본 장면이 재현되고 있었다. 악당이 자동차 보닛을 열고 쩔쩔 매는 척 하다가 지나가던 사람이 친절하게도 도와주려고 엔진룸을 들여다보고 있을 때 뒤에서 머리를 내리치는 장면. 너무나도 고전적이지만 고전적인 수법이란 예나 지금이나 통용되는 수법이라는 뜻이기도 하다.

쿠사노는 두려워졌다. 스크린이나 TV로 볼 때는 별로 무섭지 않았지만 막상 자신이 비슷한 상황에 놓이자 범인 역을 맡았던 배우의 악의에 찬 눈빛이 기묘한 현실감과 함께 뇌리에 되살아났다.

"에잇, 나도 모르겠다!"

쿠사노는 지나치게 겁을 먹고 있는 자신을 질책하듯 큰 소리로 중얼거리며 액셀을 밟았다. 속도가 서서히 높아졌다. 상대와의 거리는 약 100미터. 비에 젖은 도로면에 반사되는 미등의 붉은 빛이 보일만큼 가까운 거리였다.

이미 도망칠 수도 숨을 수도 없는 거리에 도착해서야 겨우 방침이 정해졌다. 웬만하면 그냥 지나치고 저쪽에서 도움을 청할 경우에만 차를 멈출 것. 그럴 경우 창문을 살짝 열고 일단 얘기를 들어볼 것. 부주의하게 차에서 내리지 말 것.

그렇게 결심하며 커다랗게 심호흡을 한 순간 지금까지 멈춰 서 있던 차가 갑자기 출발했다.

"어?"

차는 요란하게 물을 튀기며 단숨에 속도를 높였다.

"어엇."

차는 시속 100킬로미터 가까운 맹렬한 속도로 커브를 돌았다. 커브 앞쪽에는 또다시 양미역취 수풀이 펼쳐져 있었다. 미등의 붉은 빛은 곧 무성한 수풀 속으로 자취를 감췄다.

　땅을 울리는 듯한 폭음만은 그 후에도 한동안 계속되었지만 그것도 곧 작아져서 차츰 빗소리에 묻혀버렸다.

　쿠사노는 액셀에서 발을 떼며 고개를 갸웃거렸다. 자신의 고민 따윈 전혀 상관없이 차는 사라져버리고 만 것이다.

　문득 어떤 상상이 떠올랐다. 쿠사노는 커다랗게 고개를 끄덕였다.

　"통화 중이었나 보군."

　어째서 이런 간단한 생각을 떠올리지 못한 것일까. 어이가 없었다. 저쪽은 자신을 기다리고 있던 것도 아니고 갑자기 차가 고장 난 것도 아니라 단순히 통화를 하고 있었던 것이다. 어쩌면 CD를 교환하고 있었을지도 모른다. 자세히는 모르겠지만 어쨌든 운전과 병행하기 힘든 작업을 위해 잠시 멈췄던 것뿐이다.

　"뭐야, 괜히 겁먹었네."

　이번 추리는 자신을 기다렸다거나 차가 고장 났다는 것보다 훨씬 설득력 있게 느껴졌다.

　자신도 운전을 하다가 전화를 받기 위해 잠시 차를 세운 적이 종종 있지 않은가. 물론 저 차의 운전자라면 전화를 하며 한 손으로 운전을 계속할 것 같지만 아무래도 이렇게 비가 쏟아지는 날 좁은 길에서 운전을 하며 통화를 하기는 어려웠던 모양이다. 갑자기 신경질적으로 출발하는 바람에 놀라긴 했지만 저 차의 운전자라면 그 정도는 별것도 아니다. 어차피 제한 속도의 두 배가 넘는 스피드로 달리는 인간이니 말이다.

 어쨌든 문제의 차는 떠났고 걱정거리도 사라졌다. 잔뜩 긴장되어 있던 근육이 단숨에 풀어졌다.

 쿠사노는 커다랗게 숨을 내쉬며 핸들을 쥔 손에서 의식적으로 힘을 뺐다. 덩달아 뺨의 근육까지 풀어지는 바람에 쿠사노의 얼굴은 웃는 것 같기도 하고 난처해하는 것 같기도 한 기묘한 표정으로 변했다. 제3자의 눈에는 상당히 섬뜩해 보일만한 얼굴이었다.

 아무리 생각해도 필요 이상으로 겁을 먹었던 자신이 너무 한심했다. 스물여섯이나 먹은 남자가 겨우 차 한 대 때문에 강아지처럼 겁을 집어 먹다니.

 쿠사노는 쑥스러움을 감추기 위해 혀를 차며 또다시 숨을 내쉬었다.

 쿠사노의 차는 곧 검은 스포츠카가 서 있던 곳을 통과했다.

 반대편 차선에는 펼쳐진 비닐우산과 개의 시체 같은 것이 굴러다니고 있었다.

 급브레이크를 밟은 것은 그곳을 통과하여 15미터쯤 달린 후였다. 별로 빨리 달리고 있지도 않았건만 급브레이크를 밟은 순간 몸이 위로 튀어 올랐다.

개……?

한밤중인데다 비까지 내려서 주위가 잘 보이지 않았다. 그러나 아주 짧은 순간이긴 해도 쿠사노는 똑똑히 보았다. 뭔가가 헤드라이트에 비친 것을.

차가 완전히 정지한 후에도 쿠사노는 핸들을 쥔 채 앞 유리창 너머 어둠을 물끄러미 응시하고 있었다.

그 물체가 눈에 띈 것은 지극히 짧은 순간이었고 형체가 확실하게 보인 것도 아니었다. 쿠사노가 그 물체를 개라고 생각한 이유는 힘없이 쓰러져 있는 그 모습이 차에 치어 죽은 개나 고양이와 어딘가 비슷했으며, 고양이치고는 너무 컸기 때문이었다. 절대 개라고 확신할 수 있는 것은 아니었다. 만약 개라면 굉장한 대형견이다. 몸의 길이가 1미터는 훨씬 넘어보였으니 말이다.

만약 개가 아니라면 대체 뭘까?

옆으로 긴 종이박스? 동그랗게 말린 이불?

하긴 차를 운전하다보면 고무튜브가 뱀으로 보이거나 바람에 날리는 슈퍼마켓 비닐봉지가 하얀 고양이처럼 보일 때도 있다. 하지만 그 물체를 봤을 때의 느낌은 그런 착각과는 전혀 달랐다. 그 물체에 감도는 뭐라 말할 수 없는 생생한 감각. 절대 박스나 이불 같은 무기물일 리가 없다.

"그럼 역시……."

설령 혼잣말이라도 그 다음 말을 입 밖에 내기가 꺼림칙했다.

쿠사노는 머뭇머뭇 룸미러를 살펴보았다. 가로등이 없는 도로는 너무 어두워서 아무것도 보이지 않았지만 자세히 살펴보니 브레이크등의 붉은 빛 속에서 좁은 도로의 일부가 부자연스럽게 솟아올라 있었다.

작은 룸미러를 통해 알 수 있는 것은 거기까지였다. 쿠사노는 상반신을 틀어 뒤를 돌아보았다.

가뜩이나 어두운데다 비까지 내려서 보이는 게 거의 없었지만 뭔가가 반대편 차선을 가로막듯이 놓여 있는 것만은 알 수 있었다. 그 옆에는 투명한 우산이 거꾸로 뒤집혀 흔들리고 있었다.

쿠사노는 다시 정면을 바라보며 질끈 눈을 감았다.

저건 사람이다.

쿠사노는 그렇게 확신했다. 개라기에는 지나치게 크거니와 '옷을 입고 있는 개'가 있을 리 없지 않은가.

온몸의 땀구멍에서 식은땀이 솟아올랐다. 핸들을 쥔 손이 땀 때문에 미끄러웠다. 그와는 반대로 내장이 싸늘하게 식어가는 듯한 오한이 온몸에 소용돌이쳤다. 마치 온몸의 혈액이 몸 밖으로 이동해버린 것 같았다.

"사고다. 사고, 사고."

쿠사노는 자신의 말에 떠밀리듯 차 밖으로 뛰어나왔다. '어쨌든 빨리 상황을 확인해야 한다'는 사명감 같은 것이 머리를 지배하여 다른 곳에는 생각이 미치지 않았다. 그 때문에 사이드 브레이크를 당긴 것도 안전벨트를 푼 것도 잘 기억이 나지 않았다. 쿠사노는 무아지경으로 빗속을 달렸다.

세차게 쏟아지는 비가 눈 깜짝할 사이에 쿠사노의 양복을 흠뻑 적셨다. 차를 후진시켰더라면 젖지 않고도 더 빨리 그 물체가 있는 곳에 도착했을 거라는 사실을 깨달은 것은 이미 '그것'의 바로 옆에 도착한 후였다.

쿠사노는 '그것'의 몇 걸음 앞에 멈춰 서서 안경을 벗고 젖은 얼굴을 닦았다. 짧은 거리를 달린 것뿐인데도 몹시 숨이 찼다. 심박 수가 장거리 주행 직후처럼 상승해 있었다. 하지만 그것은 운동 때문이 아니라 공포 때문이었다.

10미터 이상 떨어져 있는 자동차의 미등이 유일한 불빛이라 자세한 것까지는 알 수 없었다. 그러나 이것만은 분명했다.

역시 사람이었다.

눈을 크게 뜬 채 쓰러져 있는 시체. 아마 젊은 남자인 것 같았다. 조금 체격이 작은 편인 그 남자는 강 쪽으로 다리를 뻗은 채 도로 위에 쓰러져 있었다. 아마 청바지인 듯한 바지에 감싸인 왼쪽 다리가 무릎 아래부터 바깥쪽으로 기묘하게 구부러져 있었다. 뼈가 부러졌는지도 모른다. 어두워서 표정까진 보이지 않는 것이 그나마 다행이었다.

시체를 보고 심하게 동요한 쿠사노는 한동안 그 자리에 우두커니 서 있었다. 비는 쿠사노와 시체에 공평하게 쏟아졌다. 차가운 빗물이 옷 안까지 스며들었다.

문득 아직 숨이 붙어있을지도 모른다는 생각이 들었다. 쿠사노는 시체에게 작게 말을 건네 보았다.

"저…."

지독하게 갈라진 목소리가 목 안에서 작게 흘러나왔다.

"저, 여보세요?"

빗소리 외에는 아무것도 들리지 않는 어둠 속에서 자신의 목소리만이 기묘하리만큼 크게 느껴졌다.

남자는 아무런 반응도 하지 않았다. 대답은커녕 손가락 하나 까딱하지 않았다. 마치 인형에게 말을 거는 듯한 기분이었다.

"사고를 당하셨습니까? 차에 치인 겁니까?"

계속 말을 걸었지만 역시 대답은 없었다. 그러나 남자가 살아있을 가능성이 완전히 사라진 것은 아니었다. 머리를 부딪쳐서 기절한 것뿐일지도 모른다.

쿠사노는 떨리는 걸음으로 시체에게 다가갔다. 그리고 얼굴을 보지 않도록 조심하며 신중하게 무릎을 꿇었다. 역시 시체의 눈을 보는 것은 무서웠다.

맥을 짚어보기 위해 남자의 오른팔을 잡았다. 힘없이 늘어진 팔은 지독히도 무겁고 부드러웠다.

남자는 티셔츠를 입고 있었다. 덕분에 소매를 걷을 필요는 없었다. 비에 젖어 싸늘해지기는 했지만 그의 팔은 아직 따뜻했다. 남자의 손목 안쪽에 엄지손가락을 대고 맥을 짚어보았다. 그러나 손끝에 전해져야 할 율동이 전혀 느껴지지 않았다. 위치를 바꿔서 다시 몇 군데를 짚어봤지만 결과는 마찬가

지었다.

"젠장."

쿠사노는 내뱉듯이 중얼거리며 남자의 팔을 놓았다. 팔은 힘없이 떨어져 바닥에 세차게 부딪혔다. 의식이 있다면 분명히 아픔을 느꼈겠지만 남자는 신음소리 하나 내지 않았다.

그래도 쿠사노는 미련을 버리지 못하고 신중하게 거리를 확보하며 시체의 왼쪽으로 돌아갔다. 심장 소리를 확인하기 위해서였다.

쿠사노는 조금 망설인 후 아스팔트에 무릎을 꿇고 앉아서 공포를 극복하기 위해 두세 번 심호흡을 했다. 그러고 나서 상체를 굽히고 남자의 왼쪽 가슴에 오른쪽 귀를 댔다.

귀에 온 신경을 집중했지만 아무 소리도 들리지 않았다. 하긴 심장이 뛰고 있다 해도 이런 빗속에서는 들리지 않았을 것이다.

10초에서 15초 정도 귀에 신경을 집중하고 있었지만 남자의 심장은 단 한 번도 뛰지 않았다.

문득 남자가 이쪽을 쳐다보고 있는 것은 아닐까 하는 황당무계한 상상이 뇌리를 스쳐지나갔다. 쿠사노는 공포에 질려 벌떡 일어섰다.

서둘러 확인해 봤지만 남자는 발견했을 때와 똑같은 자세로 허공을 바라보고 있었다. 눈이 어둠에 익숙해졌는지 이번에는 얼굴이 뚜렷하게 보였다.

나이는 20대 전후. 전체적으로 선이 가는 얼굴에 갸름한 턱

이 인상적이었다.

어디서나 볼 수 있는 평범한 얼굴이었지만 빛을 잃어버린 눈은 그야말로 시체 그 자체였다. 커다랗게 열린 눈으로 떨어진 빗방울이 안구의 표면을 타고 눈 꼬리로 흘러내렸다.

"어쩌지? 어쩌면 좋지?"

쿠사노는 어둠 속에서 큰 소리로 외쳤다. 목소리가 지독하게 떨리고 있었다.

'인공호흡을 하면 살아날지도 몰라.'

쿠사노는 퍼뜩 떠오른 생각에 손뼉을 쳤다. 고등학교 보건교육 시간과 자동차 교습소에서 일단 인명구조 훈련을 받은 적이 있다. 하지만—

"못 하겠어."

자신에게 시체에 입을 댈 용기가 없다는 것쯤은 쿠사노도 잘 알고 있었다. 자신은 할리우드 영화에 나오는 용감한 소방수가 아니라 평범한 햄버거 회사 직원이다. 인명구조 따위는 해본 적도 없고 자신이 이런 일을 겪게 될 줄은 지금까지 상상조차 해본 적이 없었다.

하지만 만에 하나 이 남자가 아직 숨이 붙어 있고 지금 조치를 취할 경우 살아날 수도 있다면? 그리고 만약 자신이 망설이는 바람에 살 수 있었던 사람이 죽게 된다면?

그렇게 생각하자 온몸에 소름이 끼쳤다. 어쩌면 살릴 수도 있는 사람을 죽게 내버려둘 수는 없다는 생각이 뇌리를 스쳐

지나갔다.

쿠사노는 무릎을 꿇은 채 다시 한 번 청년의 얼굴을 내려다보았다. 불과 몇 분전까지만 해도 살아 숨 쉬고 있었을 청년의 얼굴은 자신보다 다섯 살쯤 아래로 보였다. 특별히 미남도 아니고 추남도 아닌 평범한 얼굴. 반쯤 벌어진 입술 때문일까, 왠지 차에 치었을 때 고통에 몸부림쳤다기보다는 어리둥절해 했을 것 같다는 생각이 들었다.

바닥에 고여 있는 빗물이 바지 안으로 스며들어 무릎을 적셨다.

다른 차가 지나가면 얼마나 좋을까. 쿠사노는 이 사고에 누군가가 함께 말려들어주기를 간절히 바랐다. 두 사람 이상이면 인공호흡을 하기도 쉽고 무엇보다도 무섭지 않을 텐데. 시체와 단 둘뿐인 지금의 상황이 숨을 쉴 수 없을 만큼 두려웠다.

"지나갈 리가 없지…."

다른 차가 지나갈 기척은 털끝만큼도 없었다. 아무래도 혼자 어떻게든 할 수밖에 없을 것 같다.

쿠사노는 얼굴을 찡그리며 청년의 얼굴로 고개를 기울였다. 이미 늦은 것이 분명했지만 이대로 가만히 있을 수는 없었다. 하다못해 인공호흡을 하는 척이라도 해야 할 것 같았다.

쿠사노는 떨리는 손으로 청년의 머리와 턱을 감쌌다. 젖은 머리카락이 손가락에 감겼다. 끔찍한 기분이었다. 등에 소름이 끼쳤다. 이를 악물고 도망치고 싶은 충동을 참으며 청년의 목을 젖히고 기도를 확보했다.

겨우 1, 2시간 강습을 받은 것뿐이지만 생각보다 수월하게 인공호흡을 할 수 있었다.

아래턱을 눌러서 입을 벌리고 숨이 새어나가지 않도록 코를 잡았다. 이제 준비는 끝났다.

나머지는 실행하는 것뿐이다.

"빌어먹을. 그래, 한다, 해!"

쿠사노는 마음을 굳게 먹고 숨을 들이마신 후 청년과 입술을 밀착시켰다. 그리고 폐 속에 축적한 공기를 청년의 입 안에 힘껏 불어넣었다. 강습을 받을 때 불어넣는 양과 간격을 정확하게 배웠지만 거기까지는 기억나지 않았다. 쿠사노는 인형을 상대로 훈련했던 기억을 떠올리며 나름대로 간격을 두고 숨을 불어넣었다.

그렇게 다섯 번 정도 인공호흡을 해 봤지만 청년은 아무런 반응도 보이지 않았다. 역시 틀렸나 하는 생각이 차츰 고개를 들 무렵 문득 심장마사지도 해야 한다는 사실이 떠올랐다.

쿠사노는 양손을 겹쳐서 청년의 명치 위쪽에 얹었다. 심장마사지에도 올바른 방법이 있어서 손을 겹치는 법, 손을 얹는 위치 등을 자세히 배우긴 했지만 거의 기억나지 않았다. 쿠사노는 할 수 없이 적당한 위치를 골라서 청년의 가슴을 눌렀다. 그때 좀 더 성실하게 강습을 받았으면 좋았을 걸. 새삼 후회가 밀려왔다.

쿠사노는 한동안 심장마사지와 인공호흡을 되풀이했다. 가슴을 다섯 번 누르고 숨을 세 번 불어넣는 동작을 몇 번이나 반복했다. 정확한 방법인지는 모르겠지만 어렴풋한 기억에 의지하여 소생조치를 계속했다.

심장마사지와 인공호흡을 시작한 후부터는 이상하게도 공포심이 느껴지지 않았다. 몇 번이나 숨을 불어넣어도 아무런 반응이 없는 청년의 상태가 시체라기보다는 인형을 상대하는 듯한 기분을 주었다.

쿠사노가 청년의 머리 아래 고인 엄청난 피를 발견한 것은 열 번째 인공호흡을 위해 상반신을 굽혔을 때였다.

"우…, 아…."

쿠사노는 몸을 뒤로 젖히며 젖은 길바닥에 철퍼덕 엉덩방아를 찧었다.

빗물과는 다른 미끌미끌하고 검은 액체가 도로 가장자리의 배수구로 흘러가고 있었다. 눈이 어둠에 익숙해져서 이제야 보인 것인지 아니면 청년을 발견한 후에 흐른 것인지는 알 수 없었다. 하지만 그 출혈량이 치명적이라는 것만은 분명했다.

"죽었어…."

이번에야말로 결정적이었다. 이 청년은 의심할 여지도 없이 숨이 끊어진 것이다.

"죽었어, 이 녀석."

쿠사노는 엉덩방아를 찧은 채 슬금슬금 뒤로 물러났다. 엄청난 출혈을 목격한 탓에 살아날지도 모른다는 가냘픈 희망이 사라지고 그 대신 시체와 마주하고 있다는 실감이 급속도로 되살아났다.

어쩌지? 어쩌면 좋지?

쿠사노는 필사적으로 자신에게 물었다. 그러나 그 물음은 머릿속을 빙글빙글 돌기만 할뿐 실제로는 아무 생각도 하지 않는 것이나 마찬가지였다.

혼란에 빠진 쿠사노는 한순간 시체를 차에 실어 병원으로 옮길까 하는 생각마저 했다. 그게 얼마나 바보 같은 짓인지를 깨닫기까지는 조금 시간이 필요했다. 그가 알 수 있는 것은 자신이 더 이상 감당할 수 없는 사태라는 것뿐이었다.

나로서는 무리야. 누군가를 불러야 해. 그런데 누군가가 누구지?

110번—*

그렇다. 경찰에 통보해야 한다. 그것이 제일 먼저 했어야 할 일이다. 그런데 나는 어째서 우물쭈물했던 것일까?

쿠사노는 비틀거리며 일어서서 양복 주머니에서 휴대폰을 꺼냈다. 밝게 빛나는 작은 화면이 어둠 속에서 왠지 듬직하게 느껴졌다.

태어나서 처음 걸어보는 세 자리수의 전화번호. 혼란에 빠

---

*110번 : 일본의 긴급 신고용 전화번호

진 쿠사노는 두 번이나 버튼을 잘못 눌렀다. 처음에는 110 다음에 '취소' 버튼을 눌렀고 두 번째에는 11 다음에 #버튼을 누르고 말았다.

 허둥대지 마, 진정해!

 쿠사노는 애써 자신을 타일렀다. 세 번째 시도 끝에 간신히 전화를 거는데 성공했다.

 쿠사노는 송화기에 입을 바싹 대고 전화가 연결되기를 기다렸다. 전화는 곧 연결되었다.

 "네, 110입니다. 사건입니까, 사고입니까?"

 30대 정도 되는 듯한 남자의 목소리였다.

 "사고! 아니, 사건입니다! 뺑소니입니다!"

 수화기를 통해 교환원의 긴장이 전해져왔다.

 "장소는 어디입니까?"

 "저, 저기, 여기는…."

 자세한 주소는 알 수 없었다. 익숙한 도로이긴 해도 지명까지는 자세히 기억나지 않았다. 자신이 출근할 때 항상 이용하는 길이라고 말해봤자 경찰관이 알아들을 리 없다. 당황하는 쿠사노에게 교환원이 조언을 던졌다.

 "근처에 신호등이 있는 교차점이나 표식이 될 만한 건물은 없습니까? 주유소나 편의점 같은. 침착하게 찾아보십시오."

 "죄송합니다, 아무것도 없습니다."

 사과할 필요는 없었지만 쿠사노는 상대방이 경찰관이라는

사실에 완전히 얼어 있었다.

"그럼 근처에 전봇대는 없습니까? 주소 표지판도 상관없습니다."

"아, 저, 그게 정말 어둡고 아무것도 없는 곳이라…. 찾으면 있을지도 모르겠지만 보이는 범위 안에는 전혀…."

"도로 이름은? 국도인지 현도縣道인지 아십니까? 그리고 조금 떨어진 곳이라도 상관없으니 이름을 아는 교차점은 없습니까?"

허둥대는 쿠사노와는 대조적으로 교환원은 냉정하고 침착했다.

"저어, 현도 이십 몇 호였던 것 같은데 잘은 모르겠습니다. 아, 그렇지. 저, 16호선 미나미히라노 교차점에서 남쪽—에이타이 다리 방면으로 들어와서 1킬로미터나 2킬로미터쯤 되는 지점입니다."

"그럼—"

컴퓨터로 뭔가를 확인하는 것일까, 잠시 침묵이 흐른 후 교환원이 다시 입을 열었다.

"325호선 스기사키나 요코노우치 쪽이군요."

"잘은 모르겠지만 강 옆입니다. 모토아라카와 옆의 좁은 길. 외길이니까 와보면 아실 겁니다. 어쨌든 사람이 죽었습니다! 인공호흡을 해봤는데 소용없었습니다!"

"네, 네. 어쨌든 진정하고 얘기하시죠. 뺑소니 사고는 지금부터 몇 분전에 일어났습니까?"

"저, 5분인가 10분인가…. 10분쯤 전인 것 같습니다. 어쨌든 그렇게 오래 전은 아닙니다."

"범인을 보셨습니까?"

"못 봤습니다. 차에서 내리지 않은 것 같습니다."

"그럼 그 차는 어느 쪽으로 도망쳤습니까?"

교환원은 어디까지나 침착했다.

"16호 방면입니다. 검은… 아니, 검은색 비슷한 차입니다. 스포츠카 타입의. 무시무시한 속도로 도망쳤습니다. 번호판은 못 봤습니다. 저, 무인감시카메라용 커버 같은 게 씌워져 있어서 잘 보이지가…."

"알겠습니다. 즉시 순찰차와 구급차를 보내겠습니다."

쿠사노는 청년이 죽었다고 설명했지만 교환원은 그 말을 믿을 수 없는지 구급차를 수배하겠다고 말했다. 머릿속이 여전히 혼란스럽긴 했지만 교환원의 냉정한 대응 덕분에 졸도할 것 같은 패닉 상태에서는 차츰 헤어 나올 수 있었다.

교환원은 쿠사노의 이름과 주소, 그리고 전화번호를 물은 후 몇 가지 지시를 내렸다. 그리고 마지막으로 이렇게 못을 박았다.

"순찰차가 도착할 때까지 절대 그 자리에서 떠나지 마십시오. 휴대폰 전원도 끄면 안 됩니다."

정중한 어조였지만 뭔가 거역할 수 없는 박력이 있었다. 쿠사노는 필요 이상으로 큰 목소리로 '네'를 연발했다.

전화를 끊은 후 쿠사노는 멀찍감치 떨어져서 시체 옆을 돌아 힐끔힐끔 뒤를 돌아보며 차를 향해 걸어갔다.

"이봐요—"

문득 등 뒤에서 이 상황에 어울리지 않는 작고 태평한 목소리가 들려왔다.

쿠사노는 바싹 얼어붙으며 윤활유가 떨어진 기계처럼 뻣뻣하게 뒤를 돌아보았다.

시체는 여전히 도로 위에 누워 있었다.

자세도 변함이 없었다. 피투성이 시체가 일어서서 이쪽을 보며 싱글싱글 웃는 무서운 광경은 펼쳐지지 않았다.

잘못 들었나?

그런 것 치고는 묘하게 뚜렷한 목소리였다. 그렇지만 시체가 말을 할 리는 없지 않은가.

쿠사노는 잠시 망설인 끝에 가장 효과적이면서도 멍청한 방법으로 목소리의 정체를 확인했다.

"지, 지금 뭐라고 했나?"

당연히 시체는 아무런 대답도 하지 않았다. 그저 비에 젖은 검은 도로 위에 누워있을 뿐.

역시 환청이었던 모양이다. 자신의 마음속에 둥지를 튼 공포가 들릴 리 없는 목소리를 듣게 만든 것이다.

쿠사노는 자꾸만 등에 달라붙는 공포를 떨쳐버리며 쏜살같이 차로 돌아갔다. 처음에는 천천히 걸었지만 그의 걸음은 차츰 빨라져서 마지막에는 거의 달리기로 변했다.

시트에 앉아서 문을 닫자 빗소리가 작아졌다.

뺑소니 현장을 목격하고, 시체에게 인공호흡을 하고, 경찰에 통보하는 등의 비일상적인 경험 탓에 쿠사노는 완전히 흥분해 있었다. 쿠사노는 안경에 묻은 물방울을 닦는 것조차 잊고 머리부터 발끝까지 흠뻑 젖은 채 한동안 의미 없이 핸들을 움켜쥐고 있었다.

라디오에서는 DJ가 즐거운 목소리로 청취자의 엽서를 읽고 있었지만 쿠사노의 귀에는 그 내용이 전혀 들어오지 않았다. 그저 그 밝은 어조가 자신이 놓인 상황과 너무나도 어울리지 않아서 이 상황이 질 나쁜 장난처럼 느껴지기조차 했다.

쿠사노는 룸미러를 쳐다보며 냉정함을 되찾기 위해 심호흡을 되풀이했다.

라디오 소리가 귀에 거슬려서 스위치를 꺼버렸지만 곧 다시 켤 수밖에 없었다. 정적이 무서웠기 때문이다.

교환원은 쿠사노에게 현장의 상태를 유지해 달라고 부탁했다. 시체가 지나가는 차에 다시 깔리지 않도록 앞에 정지표시판을 놓아야 했다.

정지표시판은 트렁크 안에 있다. 그걸 꺼내려면 차에서 내려 트렁크를 열어야 한다. 그러나 도저히 차에서 내릴 수가 없었다. 바보 같은 망상이라는 건 잘 알고 있지만 몸을 구부리고 표시판을 찾을 때 시체가 자신을 덮치는 건 아닐까 하는 생각에 밖으로 나가기는커녕 룸미러에 비치는 시체에서 눈을 뗄 수조차 없었다.

결국 정지표시판을 놓는 것은 포기하고 차를 반대편 차선으로 옮겨서 표시판 역할을 대신하기로 했다.

도로가 좁은 탓에 U턴을 하기는 어려웠다. 설령 U턴 할 수 있을 만큼 넓었다 해도 쿠사노는 그렇게 하지 않았을 것이다. 180도 회전해서 헤드라이트로 시체를 비추는 것은 상상만 해도 끔찍했다.

쿠사노는 차선을 변경할 때와 같은 요령으로 반대편 차선으로 이동했다. 그리고 시체와 너무 멀리 떨어지지 않도록 차를 후진시켜서 아까와 비슷한 거리로 다가갔다. 절대 액셀을 밟지 않고 걷는 것보다 느린 속도로 차를 움직였다. 겨우 그뿐이었지만 신중하게 운전한 탓인지 차를 세운 순간 피로가 왈칵 밀려왔다.

비상등을 켜고 헤드라이트를 하이 빔으로 전환했다. 이러면 아무리 주의력이 부족한 운전자도 시체를 밟지는 않을 것이다.

이제 더 이상 자신이 할 일은 없다. 순찰차가 도착할 때까지 얌전히 시체를 지키기만 하면 된다.

와이퍼가 멈춘 앞 유리창을 타고 무수한 빗줄기가 흘러 내렸다.

6월이긴 해도 비 내리는 밤은 제법 쌀쌀했다. 쿠사노는 에어컨 설정 온도를 높이고 흠뻑 젖은 양복 재킷을 벗어서 조수석에 던졌다. 그동안에도 그는 결코 룸미러에서 시선을 떼지 않았다.

시체가 일어서서 이쪽으로 걸어올 조짐은 당연히 보이지 않았다. 시체는 처음 발견했을 때와 똑같은 자세로 비구름에 뒤덮인 밤하늘을 올려다보고 있었다.

쿠사노는 벗어던진 양복 안주머니에서 담배 한 개피를 꺼내 입에 물었다. 입술이 떨려서 담배 끝이 흔들리는 바람에 불을 붙이기가 힘들었다.

연기를 폐 속까지 빨아들인 후 코로 천천히 뿜었다. 몇 시간 만의 흡연이라 머리가 조금 어지러웠지만 몸 안에 가득 찬 공포가 연기와 함께 조금씩 밖으로 빠져나가는 것 같아서 마음이 차츰 진정되었다. 그러나 떨림은 멈추지 않았다. 몸 안의 공포가 전부 빠져나가려면 아마 한 보루는 피워야 할 것 같다.

문득 실내등을 켜야겠다는 생각이 들었다. 차 안이 노란 빛으로 가득 찼다. 짙은 어둠 속에서도 이 작은 차 안만은 낮처럼 밝았다.

이 밝은 빛이 공포를 몰아내 줄 거라고 기대했지만 결국 쿠사노는 다시 불을 꺼버리고 말았다. 차 안이 밝아지자 밖의 시체가 어둠에 잠겨 잘 보이지 않았기 때문이었다. 어둠 속에 있는 것도 무서웠지만 시체가 보이지 않는 것은 더 무서웠다.

다른 곳을 보는 사이에 시체가 이쪽으로 걸어오기라도 하면 어쩌지? 어리석고 말도 안 되는 상상이었지만 깊은 밤 도로에 시체와 단 둘이라는 상황이 그 상상에 묘한 현실감을 불어넣었다.

차 안의 검푸른 어둠 속에서 쿠사노는 룸미러를 통해 시체가 얌전히 누워 있는 것을 몇 번이나 확인했다.

시체에 아무 변화도 없는 것을 확인한 후 쿠사노는 시트에 앉아 가볍게 기지개를 켰다.

"설마 이런 엄청난 일에 말려들게 될 줄이야."

"그러게 말이에요."

쿠사노는 소스라치게 놀랐다. 누군가가 대답을 한 것이다. 남자의 목소리였다.

쿠사노는 허둥지둥 차 안을 둘러봤다. 물론 아무도 없었다. 설마 하는 생각에 뒤 유리창 너머 시체를 살펴봤지만 시체는 원래 위치에 그대로 누워 있었다.

목소리의 주인은 존재하지 않았다. 하지만 목소리가 들린 것은 분명했다.

쿠사노는 라디오를 바라보았다. 밝게 빛나는 액정화면이 FM 라디오 방송국의 주파수를 표시하고 있었다.

뭐야, 라디오 소리였나.

목소리는 분명 차 안에 설치된 네 개의 스피커와는 전혀 다른 방향—뒷좌석 왼쪽에서 들려왔지만 쿠사노는 애써 그렇게 해석했다. 방송에 초대된 게스트는 무명의 신인 남성 가수. 그의 목소리는 지금 들려온 목소리와 어딘가 비슷하기도 했다.

쿠사노는 다시 한 번 시체를 살펴보았다. 역시 변화는 없었다.

"괜히 겁주지 마."

쿠사노는 그렇게 말한 후 곧 흠칫 놀라며 입을 다물었다. 잠시 귀를 쫑긋 세우고 있었지만 대답은 들려오지 않았다.

역시 라디오였나.

마음속으로는 라디오에서 들려온 소리가 아님을 확신하고 있었지만, 쿠사노는 애써 스스로를 타일렀다.

이윽고 앞쪽에서 순찰차의 사이렌 소리가 들려왔다.

2

나는 운이 나쁘다.

그런 진리를 새삼 실감한 것은 그 차에 치인 순간이었다.

나 요코이 료타가 운이 나쁘다는 증거는 일일이 열거할 수조차 없다. 라면 가게에 줄을 서면 내 앞에서 수프가 떨어지고 여럿이서 가위 바위 보를 하면 다른 아이들이 모두 보를 낼 때 나만 바위를 내는 경우가 믿을 수 없을 만큼 높은 확률로 일어나곤 했다. 4, 5일 전에는 어떤 바보가 대학 주차장에 세워둔 자전거 바퀴를 갈기갈기 찢어버리기도 했다. 뭐, 이건 20대 가까이 당했으니 나 혼자만 피해를 본 건 아니지만.

하긴 싸움질로 유명한 마을에 태어난 것부터가 내 불운의 시작이었는지도 모른다. 교차점마다 '사투 금지'라는 살벌한 팻말이 세워져 있고 다 큰 어른들이 큰길에서 팬티 한 장 차림으로 볼썽사납게 싸우며 주먹다짐을 벌이는 것이 여름 최대의 이벤트인 마을. 나는 그런 마을에서 두려움에 떨며 자랐다. 어른이 되면 나도 저런 싸움꾼이 될까봐 얼마나 떨었는지 모른다.

나는 싸움을 잘 못하거니와 굳이 따지자면 '집에서 혼자 프라모델을 조립하는 게 행복한 타입'이었기 때문이다.

그런 지역적 특색 때문인지 초등학교와 중학교도 당연히 질이 나빴다. 무시무시하게도 10살 때부터 어깨에 힘을 주고 걸어 다니는 녀석들이 한 반에 한 명씩은 꼭 있었다. 그런 놈들에게 찍히면 필연적으로 의무교육과정이 끝날 때까지 암흑의 소년시대를 보내야 한다. 체격 면에서 불리한데다 근본적으로 몸보다 머리를 쓰는 게 적성에 맞는 나는 이 가혹한 환경에서 살아남기 위해 '넉살과 처세술'이라는 어빌리티를 익혀야 했다. 아아, 정말 운도 나쁘지.

어떻게 해야 이런 폭력적인 마을에서 탈출할 수 있을까. 어렸을 때부터 고민하고 또 고민했다. 나는 몸보다 머리를 쓰는 게 적성에 맞는 타입이긴 하지만 그게 곧 머리가 좋다는 뜻은 아닌 법이다.

고등학교 2학년 때부터 비교적 성실하게 공부했지만 결국 도쿄의 대학을 멋지게 떨어지고 사이타마의 삼류 이상 이류 미만쯤 되는 사립대학에 합격했다. 역시 나는 운이 나쁘다. 아니, 이건 실력 문제인가.

약육강식의 땅에서 살아가는 약자의 울분을 도쿄의 자유로운 캠퍼스 라이프에 대한 동경으로 승화시키며 살아온 나는 그럴 수만 있다면 재수를 해서라도 도쿄에서 화려한 학창시절을 즐기고 싶었지만 현재 일본은 유례없는 불황에 허덕이고 있는 상태. 우리 집에는 아들을 재수시켜줄 만한 경제적 여유가 없었다. 나는 마을뿐 아니라 시대마저도 잘못 타고 태어난 것이다. 음, 정말 운이 나쁘다.

하긴 대학에 보내준 것만으로도 부모님께 감사해야 한다. 내 주위에도 실력은 있지만 가정 사정 때문에 진학을 포기한 녀석이 몇 명이나 되니까 말이다. 그에 비해 나는 낡은 2층짜리 목조 건물이긴 해도 아파트에서 혼자 자취할 수 있지 않은가.

아파트는 역에서 도보로 35분 거리에 위치하고 있었다. 버스 정거장까지는 도보로 7분. 단 버스는 1시간 30분에 한 대밖에 다니지 않는 교통이 불편한 곳이었다. 주위는 온통 밭과 논들뿐. 뭐야, 내가 살던 시골 마을과 다를 바가 없잖아. 아니, 버스는 오히려 우리 마을이 더 많다. 대체 대도시 도쿄에서 세련된 캠퍼스 라이프를 즐기려던 꿈은 어디로 사라진 것일까?

왜 이런 외진 곳에 아파트를 세운 것일까. 그 이유는 대학까지 자전거로 5분밖에 걸리지 않는다는, 오직 그 한 가지 사실에 한해서만은 상당히 좋은 위치이기 때문이다. 주인아줌마는

'학생들 덕분에 방이 빌 때가 없어서 춤이 절로 난다'고 한다. 그럼 방바닥이나 갈아줄 것이지.

그리하여 나는 요 1년 동안 자전거를 타고 대학에 다녔다. 시골에 살던 시절 나의 망상은 세타가야나 스기나미의 좁지만 깨끗한 원룸 맨션에 살면서 도큐나 케이오 같은 스마트한 전철을 타고 녹음이 우거진 도회 속의 오아시스 같은 캠퍼스에 다니는 것이었다. 그런데 어디서부터 어떻게 잘못된 것인지 지은 지 18년이나 되는 목조 아파트에 살면서 자전거를 타고 녹음이 우거진 시골길을 달려 콘크리트밖에 없는 살풍경한 대학에 다니게 된 것이다.

설상가상으로 내가 다니는 대학은 뭔가 '어이쿠'라는 말이 절로 나오는 곳이었다. 교수도 학생들도 전혀 의욕이 없는데다 덥지도 춥지도 않지만 썩은 냄새가 나는 듯한 그런 곳. 삼류를 간신히 면한 학교인지라 미팅도 거의 들어오지 않고 가끔 들어온다 해도 어차피 상대는 수준이 비슷한 학교에 다니는 여자들 뿐. 당연히 즐겁지도 기쁘지도 않다.

이곳에 캠퍼스라는 단어는 어울리지 않는다. 그냥 '학교'라는 썰렁한 표현이 어울린다. 캠퍼스라는 단어에서 연상되는 '상큼함', '이지적', '빛나는 미소' 같은 밝고 싱그러운 분위기는 눈을 씻고 찾아봐도 없다.

하긴 학교에 자전거 바퀴를 찢으며 돌아다니는 놈이 있는 것만 봐도 뻔하지 않은가. 범인이 누군지는 모르겠지만 이 녀석 아닐까 싶을 만큼 이상하게 어두운 눈을 한 녀석이 한 다스는 가뿐히 넘는다. 여기가 정말 대학이냐고 묻고 싶을 지경이다. 물어봤자 어떻게 되는 건 아니지만 싸우기도 전부터 진 것 같은 분위기만은 제발 어떻게든 해 줬으면.

학교에 대해 한바탕 성토를 늘어놓은 김에 나 자신을 돌아보자면 그런 대학에서조차 아슬아슬한 성적으로 2학년에 진급했으니 할 말 다 한 셈이다. 타고난 넉살로 남에게 노트를 빌려서 간신히 낙제점을 면하긴 했지만 내 아래로는 어느 날부터 학교에 안 나오는가 싶더니 결국 자퇴해 버린 녀석이나 '역에서 내려 버스를 기다리다가 잠깐 오락실에 들어갔는데 그만 하루 종일 게임을 하고 말았어요'가 일상생활인 녀석밖에 없다. 내가 생각해도 이쯤 되면 좀 위험하긴 하다. 하긴 혼자 산다는 해방감에 젖어 제대로 공부를 하지 않았으니 성적이 형편없는 것도 당연하지만. 그래도 가끔은 장래에 대한 걱정으로 잠을 이루지 못한 적도 있다. 이래봬도 난 섬세한 성격이다.

그러나 오늘 6월 9일 오전 2시 20분을 기점으로 나는 장래를 걱정할 필요가 없어졌다. 왜냐하면 죽었으니까. 역시 비 오는 날 한밤중에 밖으로 나온 것이 실수였다. 하지만 원래 남자란 이런 밤이면 몸 안에서 불끈 솟아오르는 무언가—완곡하게 표현하자면 '불타는 투혼'에 시달릴 때가 있는 법이다.

사실 '투혼'이란 별로 적절한 표현은 아니다. 물론 딱 맞는 표현도 있긴 하다. 하지만 그 표현은 신중하게 피하도록 하겠다. 나는 바보지만 천박하지는 않으니까 말이다.

어쨌든 나는 그 '불타는 투혼'을 어떻게든 가라앉히지 않으면 잠을 이룰 수 없는 상태였고 지갑 안에는 비디오가게 회원증과 받은 지 얼마 안 되는 아르바이트비가 들어 있었다. 이렇게 모든 조건이 갖춰져 있는데 행동에 나서지 않는 젊은이가 어디 있겠는가.

자전거는 아직 수리점에 맡기지도 않은 상태였기 때문에 비닐우산을 쓰고 빗속을 걸었다. 워낙 외진 곳이라 제일 가까운 비디오가게도 걸어서 30분쯤 걸린다. 왕복 한 시간이다. 하지만 남자에게는 그래도 걸어가지 않으면 안 될 때가 있는 법이다.

아파트에서 나와 채 10분도 걷지 않았을 때, 나는 그 빌어먹을 폭주 자동차에 치었다.

어두운 밤길이 확 밝아지기에 '아, 뒤에서 차가 오는구나'라고 생각한 순간, 나는 무슨 일이 일어난 것인지도 모른 채 허공에서 두 바퀴인가 세 바퀴를 돌아 이리저리 뒤틀리며 등부터 바닥에 떨어졌다. 엄청난 충격이었지만 이상하게도 아픔은 느껴지지 않았다. 그저 몸을 조금도 움직일 수 없는 것이 초조할 뿐. 어째서 눈알조차 움직이지 않는 것일까.

별로 멀지 않은 곳에서 굵고 요란한 공회전 소리가 들려왔다. 쓰러져 있는 내 쪽에서 보자면 오른쪽이었다. 나를 들이받은 차가 허둥지둥 멈춰선 모양이었지만 목은커녕 눈조차 움직일 수 없는 상태라 어떤 차인지 확인할 수 없었다.

평소의 싹싹한 성격을 집어던지고 "야, 이 자식아! 뭐하는 거야? 까불지 말고 빨리 나와!"라고 고함을 치고 싶었지만 몸이 움직이지 않았다. 구급차든 뭐든 아무거나 타고 빨리 병원에 가지 않으면 죽어버릴 지도 모른다. 그리고 지금 그렇게 해줄 수 있는 사람은 분하지만 나를 차로 들이받은 녀석뿐이다.

나를 들이받은 녀석은 뭘 꾸물대는지 좀처럼 차에서 내리지 않았다. 네놈이 이렇게 만들었으니 어떻게든 해 봐. 움직이지 않는 입으로 저주의 말을 내뱉은 순간 놈이 창문을 열었는지 빠른 템포의 음악이 들려왔다. 정말 굉장한 곡이었다. 싸구려 같은 리듬, '이런 걸 어떻게 인간이 연주하겠니. 당연히 프로그래밍 한 거란다'라고 주장하는 듯한 빠르고 단조로운 키보드, 기계음이 섞인 여자의 자아도취의 극치를 달리는 보컬. 상당히 빠른 템포로 가공되어 있긴 하지만 어디선가 들어본 듯한 멜로디였다. 아마 '히트 곡 울트라 어쩌구 리믹스' 뭐 이런 곡 아닐까.

왠지 조금 그리운 기분이 들었다. 우리 마을에서는 자동차 열다섯 대 중 한 대는 이 비슷한 분위기였다. 굵은 머플러에 지성 따윈 눈곱만큼도 찾아볼 수 없는 음악. 소음 정도가 아닌 그야말로 폭음. 토요일 밤이면 역 앞에 이런 차들이 몇 대나 모여서 집으로 돌아가는 우리 일반인들을 불쾌하게 만들곤 했었다. 본인들은 굉장히 즐거워 보였지만 말이다.

참, 지금 옛날을 그리워할 때가 아니지. 나는 길바닥에 널브러져 있고 나를 이렇게 만든 녀석은 미안하다는 사과 한 마디 없다. 나는 먹구름으로 뒤덮인 밤하늘을 올려다보며 '임마, 까불지 말고 빨리 나와'라고 욕을 퍼부으면서도 놈이 나를 살려줄 거라는 믿음을 갖고 구조를 기다렸다.

홍수 같은 음악에 섞여 나를 이렇게 만든 녀석이 숨을 죽인 채 이쪽을 물끄러미 쳐다보는 기척이 느껴졌지만 그 이상의 진전은 없었다.

이윽고 음악이 작아졌다. 아, 창문을 닫았구나. 그럼 빨리 그 골렘 방귀소리 같은 엔진을 끄고 이쪽으로 와. 만반의 준비를 마치고 기다렸지만 놈은 좀처럼 나오지 않았다. 왠지 불길한 예감이 들기 시작했다. 야, 설마 도망칠 생각은 아니겠지? 그렇게 생각한 순간 놈은 도망쳐버렸다.

차가 요란한 물보라를 튀기며 달리기 시작했다.

"이 자식이이이이이!"

나는 완전히 흥분해서 조금 만화 같은 포효와 함께 벌떡 일어섰다. 붉은 미등이 무시무시한 속도로 멀어져갔다. 마치 신칸센 같았다.

내가 뺑소니 사고를 당할 줄이야. 약 20년을 살아오는 동안 한 번도 상상해본 적이 없었다. 뉴스나 신문에서 뺑소니 사건을 보도할 때마다 나도 다른 사람들처럼 '나쁜 놈들'이라고 분개하긴 했지만 그래봤자 어차피 남의 일. 내게는 누군가의 비극보다 오늘 저녁 찬거리가 더 걱정이었다.

그런데.

그게 이렇게 열 받는 일일 줄이야.

나 차에 치었거든? 허공에서 두 바퀴 반을 돌아 길바닥에 떨어져서 꼼짝도 못하고 널브러져 있거든? '불타는 투혼'을 가라앉힐 아이템을 입수하기 위해 잠깐 나온 것뿐인데 왜 이런 꼴을 당해야 하는 거지? 내가 댁의 차에 치어야 할 이유는? 그리고 날 버리고 도망친 이유는?

나는 이를 갈며 개새끼만도 못한 뺑소니범의 차가 시야에서 사라지는 것을 지켜보았다. 그리고 곧 '어라?' 하고 얼빠진 목소리로 외쳤다.

내 발밑에 내가 있었다.

같은 티셔츠에 같은 청바지. 입을 반쯤 벌린 멍청한 얼굴. 눈에는 전혀 힘이 없었다.

"죽었다!"

나는 다시 한 번 외쳤다. 아무래도 이때의 심경을 조금 설명할 필요가 있을 것 같다. 나는 분명히 '죽었다'라고 외쳤다. 하지만 죽은 것은 도로에 쓰러져 있는 나일뿐 그걸 내려다보고 있는 나는 멀쩡하게 살아있는 듯한 기분이었다. 너무 놀란 나머지 육체는 죽고 혼만 빠져나왔다는 것을 그때는 미처 이해할 수 없었던 것이다.

아직 살아 있는 나는 죽은 나를 어떻게든 살려야 한다는 생각에 당황하며 허둥댔지만 어떻게 해야 좋을지 짐작도 가지 않았다. 내가 어쩔 줄 몰라 당황하고 있을 때 파란 소형차가 내 앞을 지나갔다. 그리고 조금 앞에서 경쾌한 브레이크 소리를 울리며 멈췄다. 오오, 구원의 손길이다.

나를 지나쳐간 그 차는 정지한 후에도 한동안 시동을 켠 채 그 자리에 서 있었다. 설마 이 녀석도 도망치는 것 아니야? 그런 의문이 고개를 들 무렵 운전석 문이 열리고 안경을 쓴 샐러리맨 풍의 남자가 뛰어내렸다. 꽤 젊은 남자였다. 20대 중반이나 많아봤자 후반. 서른이 넘어보이지는 않았다.

남자는 넘어질 것 같은 기세로 내게 달려와서 죽은 나를 내려다보며 뭔가 말을 걸었다. 그러나 내게는 어째서인지 그 목소리가 들리지 않았다.

"아, 저기요…."

남자는 내 부름에는 아무 대답도 없이 무성영화처럼 입을 뻐끔거리며 계속해서 쓰러져 있는 나를 불렀다.

너무 놀라서 목소리가 나오지 않는 것일까, 아니면 머리가 좀 이상한 녀석일까.

"저기요, 전 여기 있는데요."

완벽하게 무시당한 나는 발끈해서 조금 언성을 높였다. 그래도 남자는 내 말에 아무런 반응을 보이지 않았다. 아무리 한밤중이긴 해도 눈앞에 있는데 왜 나를 못 보는 걸까?

이윽고 남자는 그 자리에 주저앉아 죽어버린 나―너무 기니까 앞으로는 '나B'라고 하겠다―의 팔을 잡고 맥을 짚어보기 시작했다. 목소리는 들리지 않아도 심상치 않은 사태라는 것은 눈치 챈 모양이었다.

"그렇지! 나 지금 위험한 상황이거든요. 좀 봐 줄래요?"

나는 허리를 굽히고 남자가 맥을 짚는 것을 지켜보았다. 아무래도 결과는 신통치 않았던 모양이다. 남자는 일어서서 반대편으로 돌아갔다. 그리고 나B의 가슴에 귀를 대어보았다.

남자가 심장소리에 귀를 기울이고 있는 동안 나는 조용히 입을 다물고 있었다. 말을 걸어봤자 어차피 듣지 못할 테니 잠자코 있을 필요는 없었지만 그가 너무나도 진지해서 왠지 말을 걸 수가 없었다.

남자는 눈썹을 찡그리며 나B의 작은 심장소리도 놓치지 않으려는 듯 귀에 온 신경을 집중했다.

'고마워요.'

나는 마음속으로 그에게 인사했다.

잠시 후 남자가 느닷없이 벌떡 일어서서 나B의 얼굴을 물끄러미 바라보았다.

"응? 왜요? 왜 그래요?"

나B가 살아나기라도 했나 하는 생각에 나는 쭈그리고 앉아서 나B를 살펴보았다. 하지만 나B 녀석은 꼼짝도 하지 않았다.

불안해진 나는 도움을 청하듯 남자의 얼굴을 들여다보았다.

남자는 우는 것 같기도 하고 조금 화가 난 것 같기도 한, 뭐라 형용할 수 없는 표정으로 나B를 내려다보고 있었다. 아마

나도 비슷한 표정을 짓고 있을 것이다.

"저, 이제 그만 구급차 좀 불러주실래요?"

초조해진 나는 들리지 않으리라는 것을 알면서도 남자에게 말을 건넸다.

역시 반응은 없었다. 그리고 그 직후, 남자는 나B를 내려다보며 느닷없이 고함을 질렀다.

남자의 목소리는 여전히 들리지 않았다. 그래서 무슨 말을 했는지는 모르겠지만 너무 갑작스러운 일이라 나도 깜짝 놀라서 반사적으로 몇 발자국 뒷걸음질 쳤다.

남자가 또다시 고함을 질렀다. 나B에게 소리치는 것이 아니라 자신을 질책하고 있는 것처럼 보였다. 말하자면 요란한 혼잣말 비슷한 것이다.

남자는 또다시 아까 그 형용하기 어려운 표정을 지으며 나B를 물끄러미 응시했다. 그리고 한참을 망설인 끝에 남자는 어처구니없는 폭거를 저질렀다.

느닷없이 나B의 얼굴을 잡고 뭐라고 외치며 키스를 한 것이다.

"으, 으악! 이러지 마!"

나는 나B로부터 남자를 떼어내기 위해 양손으로 남자의 머리를 잡았다. 그러나….

"헉!"

나는 얼빠진 목소리로 외쳤다. 양손이 남자의 머리를 통과하여 머릿속으로 쑥 들어가 버린 것이다.

양팔 모두 손목 앞부분이 젖은 머리카락 사이로 사라져 있었다. 이게 어떻게 된 거지?

나는 남자의 머리에서 허둥지둥 손을 뺐다. 그리고 어둠 속에서 눈을 크게 뜨고 손바닥을 살펴보았다.

손에는 남자의 피와 뇌수가 흠뻑 묻어 있…지 않았다. 그저 비에 젖어 있을 뿐이었다. 이상하다. 분명히 손이 남자의 머릿속에 파묻혔었는데 어째서 아무 흔적도 없는 것일까.

남자의 머리에도 구멍은 없었다. 그는 내가 머리에 손을 넣었다는 사실조차 모르는 눈치였다. 때때로 고개를 들고 숨을 들이마신 뒤 다시 고개를 숙이는 걸 보니 아무래도 발정이 난 게 아니라 인공호흡을 하고 있는 모양이었다. 의심해서 미안해요.

낯선 남자에게 입술을 빼앗기고 있는 자신의 모습을 경악에 찬 눈빛으로 바라보며 나는 뭔가 이상하다는 것을 느꼈다.

나B가 죽었거나 그에 가까운 상태라는 것은 알겠다. 그럼 그를 내려다보고 있는 나는 뭘까?

유령?

오싹했다. 설마 싶었지만 그럴 듯한 증거가 너무 많아서 부정하기가 어려웠다.

남에게는 내 모습이 보이지 않고 목소리도 들리지 않는다. 게다가 나에게도 저쪽의 목소리가 들리지 않는다. 상대방을 만지려 해도 손이 몸을 통과해버린다. 이건 내가 유령인지 망령인지 유체인지 영혼인지 고스트인지 모르겠지만 어쨌든 그 비슷한 게 됐다는 뜻 아닌가? 발밑에 널브러져 있는 내 육체가 무엇보다도 확실한 증거다.

나에게 있어서 죽으면 어떻게 될까, 라는 생각은 뺑소니 사고보다 훨씬 거리가 먼 테마였다. 기껏해야 '죽으면 머리에 고리를 달고 천국으로 간다'는 정도의 인식밖에 없었다. 인간은 언젠가 죽기 마련이지만 그건 먼 미래의 일이라고만 생각했었다. 쭈그렁 영감이 되어 노후연금을 받는 자신조차 잘 상상이 되지 않는데 죽은 후의 일 따위 알게 뭐냔 말이다.

내가 사후의 세계에 대해 알고 있는 것을 꼽아 보겠다.

① 황천을 건넌다. 건너편에서 죽은 할아버지나 옛날에 기르던 개가 '이리와, 이리와'라고 손짓한다. 이때 돌아가면 살아날 수도 있다.

② 염라대왕 앞에 끌려간다. 염라대왕이 "오케이, 굿~"이라며 엄지손가락을 세우면 천국에 가고 "어허." 하며 얼굴을 찡그리면 지옥에 떨어진다.

③ 천국은 꽃이 흐드러지게 피어 있는 즐거운 곳이다. 천국에 가면 즐겁고 재미있게 살 수 있다. 지옥에 떨어지면 귀신이 죽은 사람을 가마솥에 넣거나 바늘방석에 굴리며 괴롭힌다.

④ 그렇게 영원히 산다. 옵션으로 다시 태어날 수도 있다.

이상이다. 물론 이건 '사후의 세계가 있다면'이라는 가정에 불과할 뿐, 나는 사실 인간은 죽으면 그걸로 끝이라고 생각했다. 영혼 같은 건 존재하지 않는다. 마음이란 어차피 뇌의 작용에 불과하다. 마음을 수치화할 수도 있다—그렇게 생각했었다.

그런데 지금 내 꼴을 봐라. 이건 완전 유령 아닌가. 공기처럼 투명해진 내가 내 껍질을 내려다보고 있다니.

악몽을 꾸는 듯한 기분이었다. 나는 혹시나 해서 다시 한 번 남자를 만져보았다.

머리는 관통할 때 시각적으로 좀 기분이 나빠서 등을 만져보기로 했다. 나는 오른손을 뻗어 상반신을 구부린 채 인공호흡을 하고 있는 남자의 등에 대어보았다.

아무런 감촉도 느껴지지 않았다. 손바닥은 남자의 몸 안으로 스윽 사라져버렸다.

"헉."

팔을 점점 깊숙이 집어넣었지만 아무런 저항도 없었다. 마침내 손은 남자의 몸을 뚫고 반대편으로 튀어나왔다.

내 손은 차갑게 젖은 아스팔트에 닿은 후에야 겨우 멈췄다. 나는 남자의 몸에 팔을 어깨까지 묻은 채 망연자실한 상태에 빠졌다.

이런 게 어디 있어, 죽었는데 아직 의식이 있다니. 죽으면 모든 게 무로 돌아가고 시체만 화장하면 끝인 줄 알았는데 설마 정말 사후의 세계가 있을 줄이야. 그런데 황천은 어디 있지?

'무'로 돌아가지도 않고 '저 세상'에 가지도 못한 나는 대체 어쩌면 좋을까. 이 근방을 어슬렁어슬렁 돌아다니면 되는 걸까? 언제까지? 사후에도 끝이라는 게 있을까? 만약 이런 상태가 영원히 계속된다면 모순된 표현이긴 하지만 죽기보다 괴롭지 않은가.

'영원'이라는 말에 동요된 나는 껍질로 들어가면 살아날 지도 모른다는 바보 같은 생각을 떠올렸다. 그래서 실제로 시체 위에 누워봤지만 곧 탈출하고 말았다. 내 껍질은 한창 인공호흡을 당하는 중이었기 때문이다.

"우엑."

나는 뒤로 물러서서 재빨리 입을 닦았다. 아아, 끔찍해.

남자는 내가 이미 죽었다는 사실은 꿈에도 모른 채 인공호흡을 그만두고 이번에는 심장마사지를 시작했다. 남자가 손바닥을 겹쳐서 내 껍질의 가슴을 힘껏 눌렀다. 갈비뼈라도 부러뜨릴 듯한 기세였다.

껍질은 무슨 짓을 해도 부활할 것 같지 않았지만 남자는 필사적으로 심장마사지와 인공호흡을 되풀이했다. 쭈그리고 앉아서 그 모습을 지켜보는 동안 점점 미안한 기분이 들었다.

"미안합니다."

나는 들리지 않을 것을 알면서도 남자에게 말을 건넸다. 도움이 되지 못해서 미안하다고 어떻게든 사과하고 싶은 심정이었다.

나는 화장실 포즈로 가까운 곳에 쭈그리고 앉아서 남자의 모습을 관찰했다.

어두워서 잘은 모르겠지만 위에 입고 있는 양복은 아무래도 감색 같았다. 가슴에는 'M'이라는 낯익은 자수. 방금 전까지 단정하게 정돈되어 있었을 머리카락은 비에 젖어 머리에 착 달라붙어 있었다. 그러나 본인은 전혀 눈치 채지 못하는 듯 했다.

고마웠다. 생판 남인 나를 살리기 위해 이렇게까지 애를 쓰다니. 내가 여자라면 아마 홀딱 반했을 것이다.

그러나 너무 필사적으로 인공호흡을 한 나머지 남자가 입을 뗀 순간 한줄기 침이 주르륵 흘러내리는 것을 목격했을 때, 감사의 마음은 급속도로 사라졌다.

"이건 좀 너무한 것 아닙니까, 아저씨."

울고 싶었다. 나를 위해 저런다는 건 잘 알고 있지만 지나가던 낯선 남자가 내 시체와 끈끈한 딥 키스를 나누는 장면을 지켜보는 건 견디기 힘든 일이었다. 게다가 그 모습은 얼마 전 '불타는 투혼'을 진정시키기 위해 봤던 영상작품집의 한 장면과 매우 흡사해서 나를 더욱 소름끼치게 만들었다.

느닷없이 남자가 흠칫 놀라며 뒤로 물러났다. 남자는 아스팔트위에 엉덩방아를 찧은 채 내 껍질을 바라보며 울 것 같은 표정으로 뭔가를 외쳤다.

이제야 겨우 자신의 행동이 이상하다는 걸 깨달았나. 하지만 그런 것 치고는 상태가 이상했다. 나는 남자의 시선을 쫓아 아스팔트 위를 쳐다보았다. 앗, 이럴 수가! 내 껍질에서 피가 줄줄 흘러나오고 있는 것이 아닌가!

아마 떨어질 때 뒤통수를 부딪혔던 모양이다. 하긴 그렇게 인정사정없이 내동댕이쳐졌으니 멀쩡할 리가 없다. 그럼 혹시 아까부터 피가 흘러나오고 있었던 것 아닐까? 비 때문에 몰랐는데.

이젠 틀렸다. 다시 살아날 가능성은 없다.

엄청난 피를 본 순간 나는 그렇게 확신했다. 도로 위에 쓰러져 있는 내 껍질을 봤을 때에는 좀처럼 현실감이 느껴지지 않았었는데. 피라는 건 역시 묘한 설득력을 지니고 있다.

"우와, 정말 죽었나 봐."

나는 화장실 포즈로 앉은 채 작게 중얼거렸다. 물론 좀 더 호들갑스럽게 놀라는 게 자연스러운 반응일지도 모른다. 무려 죽었으니까 말이다. 하지만 내 마음은 왠지 묘하게 차분했다. 허탈함이랄까 허무함이랄까, 그런 침울한 감정에 사로잡혀 미친 듯이 괴로워할 수조차 없었다. 죽음을 현실로 받아들일 수밖에 없었던 것이다.

그런 나를 대신하듯 남자가 호들갑을 떨기 시작했다.

남자는 휴대폰을 꺼내서 수화기에 대고 뭔가를 떠들어대기 시작했다. 아마 경찰이나 소방서에 연락을 한 모양이다. 나는 자리에서 일어서서 남자의 입을 유심히 관찰했다. 입의 움직임을 보고 무슨 말을 하는지 추측하기 위해서였다.

빗소리가 시끄럽기 때문일까. 남자는 손가락으로 다른 한쪽 귀를 막고 흥분한 듯이 떠들어댔다. 미간을 찡그리고 주위를 두리번거리며 통화를 계속했다.

"16호선의—"

느닷없이 남자의 목소리가 들려왔다. 그 목소리는 빗소리에 섞여 작지만 똑똑히 내 귀에 들어왔다.

"사람이 죽었습니다!"

이번에는 좀 더 선명하게 들렸다. 오오, 이게 웬일이람. 들리잖아. 그렇다면—

그렇다면 뭐지?

잘 모르겠다. 하지만 목소리가 들리는 것은 다행이었다. 적어도 이 남자가 멀쩡하게 말할 수 있다는 것만은 알았으니까 말이다.

남자의 말이 전부 들리는 것은 아니었다. 몇 마디가 단편적으로 귀에 들어오는 느낌이랄까. 귀를 쫑긋 세우고 남자의 목소리에 신경을 집중하자 '시체'라든가 '도망쳤다'라는 단어가 들려왔다.

뭐랄까, 학교 조회 시간에 사용하는 마이크가 생각났다. 마이크 상태가 안 좋은 날은 교장의 말이 뚝뚝 끊겨서 들리지 않았던가. 그런 느낌이었다.

차츰 들리지 않는 시간이 짧아지고 남자의 목소리도 보다 뚜렷하게 들리기 시작했다. 중간 중간 '순찰차'와 '경찰'이라는 단어가 들려왔다.

나는 시험 삼아 통화 중인 남자에게 말을 걸어보았다.

"저, 안녕하세요."

남자는 여전히 아무런 반응도 보이지 않았다. 어째서일까. 나는 생각에 잠겼다. 이유는 단순했다. 귀를 막고 있어서 들리지 않는 것뿐이다.

남자는 통화를 마친 후 조심스럽게 내 시체를 피해서 도망치듯 자신의 차로 걸어갔다.

전화로는 이곳에서 순찰차가 도착할 때까지 기다리겠다고 했지만 언제 마음이 변할지 알 수 없는 노릇이다. 나는 허둥지둥 남자의 등에 대고 외쳤다.

"이봐요—"

남자가 우뚝 멈춰 섰다. 내 목소리가 들린 모양이었다.

이미 나와 남자의 사이는 제법 떨어져 있었지만 나는 어둠 속에서도 천천히 뒤돌아보는 남자의 얼굴이 공포로 일그러져 있는 것을 놓치지 않았다.

남자는 안경 너머 작은 눈을 빛내며 내 시체를 머뭇머뭇 바라보았다. 아무래도 시체가 말을 걸었다고 착각한 모양이다. 무리도 아니다.

남자가 머뭇거리며 입을 열었다.

"지, 지금 뭐라고 했나?"

'했어요'라고 대답하고 싶었지만 참았다. 섣불리 대답했다가 기절하기라도 하면 큰일이니까 말이다. 남자는 그 정도로 겁을 먹고 있었다.

어쨌든 내 목소리가 남자에게 들린다는 사실을 안 것만으로도 만족스러웠다. 대화는 남자가 진정한 다음으로 미루는 게 좋을 것 같다.

남자는 도망치듯 차에 올라타서 두 번 다시 밖으로 나오지 않았다.

나는 운전석 옆으로 다가가서 슬며시 차안을 들여다보았다. 남자는 핸들을 움켜쥔 채 룸미러에 비치는 내 시체를 물끄러미 바라보고 있었다. 몹시 흥분했는지 눈을 깜빡이는 횟수가 현저히 적었다.

본인은 단순히 비를 피하는 것뿐이겠지만 잔뜩 위축된 그 모습은 농성이라는 표현이 딱 어울렸다. 시험 삼아 보닛 위로 몸을 내밀고 손을 흔들어 봤지만 전혀 반응이 없었다. 남자는 내가 아닌 껍질만을 경계하고 있었다.

나는 창문을 두 번쯤 가볍게 노크해보았다. 콩콩, 콩콩. 반응은 없었다. 목소리는 들려도 손으로 내는 소리는 들리지 않는 걸까. 그것 참 이상하군.

어쩌면 좋을지 생각에 잠겨 있을 때 남자가 느닷없이 기어를 넣고 사이드브레이크를 해제했다. 차가 빗속을 천천히 전진하기 시작했다.

나는 허둥지둥 뒤로 물러섰다. 까딱하면 차에 치일 판국이었다.

젠장, 역시 도망칠 생각인가.

하지만 차는 반대편 차선에 들어서자마자 천천히 후진하여 멈춰 섰다. 무슨 생각인지는 모르겠지만 원래 차가 있던 위치의 오른쪽 옆으로 이동한 셈이다.

도망치지 않은 것은 일단 안심이지만 역시 방심할 수 없다. 겁에 질린 모습을 보아하니 조그만 계기만 있으면 또다시 도망칠 가능성은 충분하다.

이 남자는 내 시체를 첫 번째로 발견한 사람이자 사건의 유일한 목격자다. 도망치게 내버려 둘 수는 없다. 이 남자가 날 버리고 도망치면 난 어쩌란 말인가. 이런 좁은 밤길에 혼자 서 있으란 말인가. 말도 안 된다. 경찰은 내 목소리를 들을 수 있을까.

본인에게는 성가시기 그지없는 노릇이겠지만 하다못해 경찰이 도착할 때까지는 도망치지 못하도록 찰싹 달라붙어서 이 남자를 마크할 수밖에 없다. 만약 다시 도망치려고 하면 기절하든 말든 일단 말을 걸어서 설득해봐야겠다. 물론 그건 어디까지나 최후의 수단이지만.

남자를 마크하려면 일단 차에 올라타야 한다. 밖에 서 있다가 차가 갑자기 달리기라도 하면 끝장이다. 뛰어서 쫓아가는 것은 불가능하다. 치바 현에는 시속 50킬로미터로 달리는 차를 따라잡는 '달리는 할멈'이라는 요괴가 있다지만 내게는 무리다. 역시 차에 타자. 게다가 나도 비를 피하고 싶은 걸.

하지만 차는 보통 문을 열면 불이 켜지기 마련이다. 그럼 당연히 눈치 챌 게 뻔하다. 내 목적은 놀라게 하는 것이 아니다. 가능하면 쓸데없는 혼란은 피하고 싶다. 문을 열지 않고도 들어갈 수 있다면 좋겠지만 나는 유령 주제에 무기물은 통과할 수 없는 것 같다.

한참 머리를 굴리고 있을 때 갑자기 실내등이 켜졌다. 남자가 불을 켠 것이다. 오오, 이런 행운이. 이틈이다.

나는 왼쪽 뒷좌석 문으로 손을 뻗었다. 그리고 조심스럽게 손잡이를 잡아당겼다. '달칵' 하는 맥 빠진 소리를 내며 문이 살짝 열렸다. 들킬까봐 조마조마했지만 남자는 눈치 채지 못한 것 같았다. 둔감한 것일까, 아니면 너무 겁을 먹어서 시체 외에는 주의가 미치지 않는 것일까.

그러고 보니 노크 소리도 못 들었었지. 내가 내는 소리는 살아있는 인간에게는 들리지 않는 모양이다. 어디 잠깐 실험을 해 볼까.

갑자기 문을 쾅 닫으면 이 남자는 쇼크로 죽을 지도 모른다. 그러니 일단 평범하게 닫아보자. 아무리 둔감한 녀석이라도 문이 닫히는 소리는 눈치 챌 수 있겠지.

그래서 '쾅'이 아닌 '탁' 정도로 문을 닫아봤지만 남자는 전혀 눈치 채지 못했다. 어떻게 된 걸까. 귀가 먹었나? 하지만 아까 내 목소리에는 반응을 보였잖아? 게다가 남자 한 명이 올라타면 차가 꽤 흔들리기 마련이다. 백보 양보해서 문 닫는 소리를 못 들었다 해도 멈춰서 있는 차가 느닷없이 흔들리면 누구라도 조금은 놀랄 텐데. 이상하다.

유령이란 이런 것일까? 뭔가 묘한 기분이었다. 이 남자에게 나는 '목소리는 들리지만 모습은 보이지 않는' 상태인 듯했다. 손을 뻗으면 닿을만한 거리에 있는데도 남자는 내 존재를 전혀 눈치 채지 못했다.

남자는 쉴 새 없이 담배를 피우며 안경 너머 핏발 선 눈으로 룸미러를 노려보았다. '안녕'하고 미국인처럼 손을 흔들어 봤지만 남자는 나를 쳐다보지도 않았다. 아아, 제발 눈치 좀 채 줘요.

뭘까, 이 이상한 느낌은. 나는 현실세계에 분명히 존재하고 있지만 동시에 모니터를 통해 이 세계를 바라보고 있는 것 같기도 했다. 내가 무슨 짓을 해도 상대방은 그걸 전혀 눈치 채지 못하는 것이다. 뭔가 모든 물질이 나를 무시하고 있는 것 같았다. 진짜 우울했다.

계속 입을 다물고 있던 남자가 문득 작게 중얼거렸다.

"설마 이런 엄청난 일에 말려들게 될 줄이야."

나는 무의식적으로 대답했다.

"그러게 말이에요."

남자가 감전이라도 된 것처럼 소스라치게 놀랐다. 아차. 목소리는 들렸었지. 사태가 복잡해지지 않도록 좀 더 입을 다물고 있기로 할까.

3

 카운터에서 금전출납기의 현금을 계산하던 쿠사노 테츠야가 기침을 하며 양쪽 콧구멍에서 콧물을 흘린 것은 그날 밤 시체를 발견한 시각으로부터 20시간 정도 경과한 후였다.
 "우와, 더러워."
 주방의 남자 직원들이 호들갑스럽게 떠들었다.
 "킁."
 쿠사노는 휴지를 들고 주방 안쪽으로 달려가서 힘껏 코를 풀었다.
 "쿠사노 씨, 감기 걸리셨어요?"
 S스태프인 미나미 히로토가 나지막한 소리로 물었다. 남녀를 합쳐서 40명 가까이 되는 아르바이트생들 중에 가장 믿음직스러운 남자다.
 "감기일지도 몰라. 큰일이군."
 쿠사노는 코를 훌쩍이며 휴지를 동그랗게 말아서 쓰레기통에 던졌다.
 "그럼 좀 쉬세요. 오늘은 비교적 한가하니까 마감업무는 우리끼리도 할 수 있어요."
 "아니야. 괜찮아, 괜찮아."
 쿠사노의 미소는 어색하게 굳어 있었다. 실은 아까부터 오한이 멈추질 않았다. 게다가 가게에 나와 있는 동안은 회사에서 지급한 반소매 와이셔츠와 얇은 조끼밖에 걸칠 수 없어서 몸이 굉장히 안 좋았다.

184센티미터에 97킬로그램이나 되는 보기 드문 거구의 미나미는 커다란 몸을 구부리고 쿠사노의 안색을 살폈다.

"하지만 얼굴이 새빨간데요."

"위험할 정도로?"

"위험할 정도로."

미나미가 쿠사노보다 한참 높은 곳에 있는 머리를 끄덕이며 말했다.

"그래? 그렇게 티가 나?"

"눈 밑이 새까매요. 그런 얼굴로 카운터에 서 있으면 손님들이 무서워할걸요. 그러니까 사무실에서 쉬고 계세요. 무슨 일이 생기면 즉각 내선으로 연락드리겠습니다."

패스트푸드점의 아르바이트보다는 럭비팀의 디펜스 태클이 어울릴 듯한 생김새를 지닌 미나미는 겉모습만으로는 상상조차 할 수 없을 만큼 세심하게 남을 배려할 줄 아는 남자이기도 했다. 그렇기에 아르바이트생 중에서 가장 랭크가 높은 S스태프로서 쿠사노 같은 정사원과 똑같은 유니폼을 입고 있는 것이다.

미나미의 배려는 고마웠지만 정사원이라는 책임감이 쉬는 것을 주저하게 만들었다.

"하지만 앞으로 한 시간 반만 지나면 폐점이고 내일은 쉬는 날이니까 조금만 참아…"

"안 됩니다."

미나미가 쿠사노의 말을 단호하게 끊으며 말했다. 차마 거역할 수 없는 강경한 어조였다.

"쿠사노 씨가 쓰러지기라도 하면 우리는 어쩝니까. 점장님과 야나이 씨만으로는 가게가 제대로 돌아가지 않습니다. 쉬어야 할 때는 쉬도록 하세요. 그 대신 토요일에는 엉덩이를 걷어차서라도 일하게 할 테니까요."

야나이란 쿠사노보다 여섯 살 연상인 정사원의 이름이다. 중도채용이라 경력은 쿠사노와 마찬가지로 3년이 채 못 되지만 전직 대형 패밀리 레스토랑 사원이었던 그의 매니지먼트 능력은 쿠사노와 비교도 안 될 만큼 뛰어나다. 하지만 머리가 좋은 만큼 차가운 인상을 주는 편이다. 그에 비해 쿠사노는 머리가 딸리는 만큼 몸—즉 노동량으로 때울 수밖에 없는 처지라 아르바이트생들 사이에서는 오히려 야나이보다 평판이 좋았다. 본인은 그저 필사적인 것뿐이지만 다른 사람들 눈에는 그게 열심히 일하는 것처럼 비치는 모양이다.

"아시겠죠? 그러니까 가서 쉬세요. 폐점하기 전에 보고하러 가겠습니다. 최종점검만 해 주시면 됩니다."

미나미는 일방적으로 결론을 내린 후 비틀거리는 쿠사노를 강제로 쫓아냈다.

뒷문 밖으로 쫓겨난 쿠사노는 쓴웃음을 지으며 한숨을 쉬었다. 미나미는 착한 녀석이지만 방법이 거친 게 문제다.

일기예보에 의하면 오가사와라 제도 앞바다를 통과하는 태풍의 따뜻하고 습한 바람의 영향으로 오늘밤은 열대야가 될 거라고 한다. 학교를 마치고 가게로 달려온 아르바이트생들도 모두 덥다고 투덜거렸지만 쿠사노에게 오늘밤의 바람은 오히려 싸늘하게 느껴졌다.

사무실은 가게 뒤쪽의 조립식 건물 안에 자리 잡고 있다. 건물은 크게 두 구역으로 나뉘어져 있는데 3분의 2가 창고, 나머지가 휴게실과 사무실이다.

"으으, 추워."

쿠사노는 맨살이 드러난 양팔을 문지르며 건물 안으로 뛰어들어갔다. 통로의 자동판매기에서 따뜻한 캔 커피를 뽑은 후 휴게실 문을 열었다.

등이 오싹 떨렸다.

드디어 오한이 심해지기 시작한 모양이다.

4평정도 되는 실내에는 아무도 없었다. 폐점까지 얼마 안 남은 시간이라 아무도 없는 것이 당연했지만 누군가가 쉬고 있을 때 외에는 이곳에 들어와 본적이 없어서 그런지 텅 빈 휴게실이 유달리 넓고 썰렁하게 느껴졌다.

가게에서 나온 순간부터 긴장이 풀린 탓인지 더 이상 서 있기도 힘들었다. 휴게실 안으로 들어가려면 입구에서 신발을 벗어야 했지만 지금의 쿠사노에게는 늘 신고 다니는 구두를 벗는 것조차 힘겨웠다.

쿠사노는 휴게실 오른쪽에 있는 좁은 사무실 안으로 도망치듯 뛰어 들어가서 옷걸이에 걸려 있는 감색 양복을 걸친 후 바퀴 달린 의자에 털썩 주저앉았다.

통로에 있는 사물함에 냉동고 안에서 작업할 때 입는 두꺼운 재킷을 넣어뒀다는 사실이 떠올랐지만 한 번 주저앉자 몇 미터 안 되는 거리를 움직이는 것조차 귀찮았다.

쿠사노는 에어컨을 냉방에서 난방으로 바꿨다. 철제 책상과 서류용 사물함이 공간의 대부분을 차지하고 있는 좁은 방이라 따뜻해지기까지 얼마 걸리지 않을 것이다.

쿠사노는 설산의 늙은 원숭이처럼 목을 움츠리고 추위에 떨었다. 몸을 조금이라도 따뜻하게 하려고 캔 커피를 한 모금 마셨지만 미각이 이상해졌는지 쓰기보다는 오히려 짜게 느껴졌다.

그날 밤에도 쿠사노는 역시 추위에 떨며 캔 커피를 마시고 있었다. 장소는 경찰서 안이었다.

현장검증은 담담하게 진행되었다. 비옷을 입고 바닥에 엎드려 사고 흔적을 조사하는 감식반 수사원을 흘낏 바라보며 쿠사노는 순찰차 뒷좌석에서 자신이 목격한 것을 빠른 어조로 이야기했다. 사고 현장에 있다는 흥분과 안도감이 뒤섞여 쿠사노는 몹시 말이 많아진 상태였다.

하지만 말이 많은 데 비해 증언의 내용은 애매했다. 뺑소니를 친 차의 번호는커녕 정확한 색과 차종, 그리고 사고 당시의 상황을 묻는 수사원의 질문에도 거의 대답할 수 없었던 것이다.

"다시 한 번 잘 생각해보게. 도망친 차의 번호를 모르겠나? 일부라도 좋아. 제일 끝자리 수도 좋고 지역 표시도 상관없네."

40대 후반쯤 되어 보이는 형사는 노란 실내등 아래에서 이마를 찡그리며 몇 번이나 물었다. 쿠사노는 그때마다 연신 머리를 숙이며 변명을 늘어놓았다.

"죄송합니다, 정말 못 봤습니다. 어두운 길인데다 안경을 쓸 만큼 시력이 안 좋아서요. 아, 물론 운전에는 지장이 없습니다. 하지만 아마 범인은 그 차가 틀림없을 겁니다. 물론 현장을 직접 목격한 건 아니지만 제가 다가가자마자 갑자기 도망쳤으니까요. 저기, 정말 죄송합니다. 이렇게 될 줄 알았더라면 번호판을 봐 두는 건데."

"아, 책망하는 게 아닐세."

바싹 얼어 있는 쿠사노를 바라보며 형사는 잠시 생각에 잠겼다. 이마의 주름이 점점 깊어졌다. 이윽고 형사가 지금까지와는 전혀 다른 말투로 입을 열었다.

"이렇게 좁은 차 안에서는 마음이 진정되지 않을 테니 기분도 바꿀 겸 경찰서에 가서 천천히 얘기를 들려주시지 않겠습니까? 아, 취조를 하려는 건 아닙니다. 그쪽은 용의자가 아니니까요. 어디까지나 그쪽… 음, 쿠사노 씨라고 하셨죠. 쿠사노 씨의 자유입니다. 이런 수사는 처음이 중요합니다. 며칠 후에 다시 증언하셔도 괜찮지만 저희로서는 너무 시간이 지나기 전에 최대한 많은 정보를 제공받고 싶어서요. 바쁘시겠지만 최대한 빨리 끝낼 테니 함께 가 주시지 않겠습니까? 아, 쿠사노 씨의 차는 저희가 경찰서로 가져가겠습니다. 역시 충격을 받았을 때 운전을 하는 건 좀…. 길도 잘 모르실 테니 그냥 순찰차를 타고 가시죠. 순찰차에 타는 건 처음이시죠?"

그리하여 쿠사노는 경찰서에서 다시 자세한 사정을 설명해야 했다.

심야의 경찰서는 경계심이 너무 부족한 것 아닐까 싶을 만큼 한산한데다 어둡고 썰렁했다.

"어둡죠? 절전하라고 하도 시끄럽게 굴어서요. 예전에는 한밤중에도 불을 환하게 켜놨었는데."

형사는 복도 자판기에서 캔 커피 두 개를 뽑아 그중 하나를 쿠사노에게 건넸다.

"춥죠? 지금 젊은 녀석한테 수건을 가져오라고 하겠습니다. 커피 드시겠습니까? 아, 제가 사는 겁니다."

형사가 싹싹한 미소를 지으며 말했다. 쿠사노는 형사에게 꾸벅 머리를 숙인 뒤 양손으로 캔 커피를 들고 그의 뒤를 따랐다.

당연히 좁은 취조실에서 진술을 하게 될 줄 알았건만 형사가 안내한 곳은 학교 교실만큼 넓은 회의실이었다. 쿠사노는 간이 테이블 구석에 앉아서 자신이 목격한 것을 형사에게 이야기했다.

그 차에서 엄청난 음량의 음악이 흘러나왔다는 것과 자신이 현장에 도착했을 때 피해자는 이미 숨이 끊어져 있었다는 것 등, 당시의 상황은 자세히 설명할 수 있었지만 형사가 원하는 범인 체포와 직접 연결될만한 정보는 제공할 수 없었다.

이야기 도중에 젊은 경찰관이 회의실로 들어와서 형사에게 뭔가 귓속말을 했다.

오오, 형사 드라마 같군.

그 광경을 바라보며 쿠사노는 그렇게 생각했다. 그런 생각을 할 정도로 마음이 진정된 상태였다.

형사는 가볍게 고개를 끄덕이며 경찰관을 돌려보낸 후 쿠사노를 돌아보았다.

"아직 범인은 찾지 못했다고 합니다. 그리고 의사 선생님 말로는 시체를 살펴보니 거의 즉사였을 거라고…. 자세한 검시 결과는 나중에 나오겠지만 정말 안됐군요."

쿠사노는 '그렇군요'라고 대답하며 저도 모르게 깊은 한숨을 쉬었다. 결과적으로는 인공호흡을 할 필요도 없었고 자신의 서툰 소생조치가 사인과 아무런 관계도 없음이 증명된 셈이다. 그 점은 안심이 됐지만 역시 사람이 죽은 것은 충격적이었다. 그때 자신이 뭘 어떻게 하든 청년은 살아나지 않았겠지만 그래도 '살리지 못했다'는 씁쓸한 생각이 작은 가시처럼 가슴에 박혀 사라지지 않았다.

쿠사노와 형사는 그 뒤로도 30분 정도 대화를 계속했지만 이렇다 할 수확은 없었다.

"비가 그친 것 같군요."

정문까지 쿠사노를 배웅 나온 형사가 푸른빛을 띠기 시작한 하늘을 올려다보며 말했다. 작은 먹구름 조각이 동쪽 하늘로 흘러갔다.

쿠사노는 뒤돌아서서 형사에게 머리를 숙였다.

"도움을 못 드려서 정말 죄송합니다."

"아닙니다, 별 말씀을. 여러 가지 정보를 제공해주셔서 정말 감사합니다. 우리도 최선을 다해 범인을 체포할 테니 쿠사노 씨도 뭔가 생각나는 게 있으면 언제든 연락해 주십시오. 아무리 사소한 일이라도 상관없습니다."

형사의 말은 범인을 체포할만한 단서가 너무나도 적다는 것을 넌지시 드러내고 있었다.

"아, 네. 열심히 생각해 보겠습니다. 그리고 커피 잘 마셨습니다."

"아, 별 말씀을. 저야말로 아침까지 붙잡아서 죄송합니다."

겸손하게 대답하던 형사가 퍼뜩 뒤를 돌아보며 말했다.

"아차, 열쇠. 차 열쇠를 아직 돌려드리지 않았군요. 가서 가져오겠습니다."

형사가 건물 안으로 사라진 후 쿠사노는 또다시 낡이 밝기 시작한 하늘을 올려다보았다. 군청색 하늘이 유달리 눈부셨다. 흥분이 가라앉은 후에야 쿠사노는 비로소 자신이 몹시 지쳐있다는 사실을 깨달았다.

맨션으로 돌아온 쿠사노는 욕조에 들어가서 싸늘해진 몸을 녹인 후 식사도 양치질도 생략하고 침대에 누웠다. 시체를 발견하기 직전까지 머릿속을 차지하고 있던 만두 도시락 따위는 이미 까맣게 잊어버린 지 오래였다. 어쨌든 자고 싶었다. 커튼 너머 아침 햇살이 은은하게 새어 들어왔다. 쿠사노는 조용히 눈을 감았다.

잠들기 직전에 시체가 떠올라서 악몽을 꾸지 않을까 하는 불안이 머릿속을 스쳐지나갔지만 육체적 피로는 정신적 불안을 능가했다.

쿠사노는 대낮이 될 때까지 죽은 듯이 잠들었다가 잠에서 깨어 기계적으로 준비를 마친 후 주린 배를 움켜쥐고 또다시 출근했다. 오후 근무인 날에는 1분 1초라도 오래 누워 있고 싶어서 식사를 거르고 출근하는 것이 습관이었다.

출근 도중 사고현장에 목격정보를 모집하는 간판이 설치되어 있는 것을 발견했다. 그와 동시에 유리알처럼 텅 빈 시체의 눈이 떠올랐다. 쿠사노는 허둥지둥 그 생각을 떨쳐버렸다.

정식 출근시간 2시간 전—즉 실질적인 출근시간—에 가게에 도착해서 오전 근무를 하던 점장에게 인사를 건넨 뒤 어젯밤 사고에 대해 간략하게 보고했다. 그리고 경찰에서 신원확인 전화가 걸려올지도 모른다고 알렸다.

"뺑소니 사고라. 나도 보고 싶군."

이제 곧 마흔 살이 되는 점장은 그렇게 중얼거리며 통통한 얼굴에 기분 나쁜 미소를 지었다. 20대에는 상당히 다혈질이었다는 이 점장은 여자 손님에게 끈질기게 치근대는 깡패 두 명을 병원으로 보내버리는 바람에 출세가 대폭 늦어졌다는 전설을 지니고 있다. 하지만 그런 그도 지금은 허리둘레가 그때의 두 배쯤 되고 테이블에서 담배를 피우던 고등학생이 재떨이를 던져도 웃음을 잃지 않을 만큼 온화해졌다. 몸도 마음도 모두 둥글어진 셈이다. 하지만 그것은 어디까지나 손님과 아르바이트생들 앞에서만 보이는 태도일 뿐 부하직원을 야단칠 때의 박력을 보면 과거를 짐작하기에 충분했다.

이 점장 앞에서는 쿠사노도 언제나 직립부동자세를 유지하곤 했다.

보고를 마친 후 휴게실에서 햄버거와 감자튀김을 허겁지겁 먹었다. 18시간만의 식사. 보통은 뭘 먹어도 맛있게 느껴지겠지만 왠지 너무 싱겁고 맛이 없었다. 생각해보면 이때 이미 감기에 걸려 있었던 모양이다.

그 후 근무시간 내내 파트타임 직원과 아르바이트생들의 질문공세에 시달려야했다. 점장이 잽싸게도 주위에 떠벌린 모양이었다. 사고에 관해서는 쿠사노 본인도 아직 마음의 정리가 안 된 상태였기 때문에 노골적으로 호기심을 드러내며 이것저것 묻는 사람들의 태도에 조금 넌더리가 났다.

마침 그날은 5분 거리에 있는 대형 슈퍼마켓에서 특별할인을 하는 날이라 평소보다 더욱 바빴다.

재료 반입 시간인 2시, 일손이 부족한 4시부터 6시 사이의 마의 2시간, 마지막으로 손님들이 몰려오는 8시 전후. 쿠사노는 필사적으로 움직여 그 고비들을 무사히 넘길 수 있었다.

바쁜 와중에도 마주치는 아르바이트생들마다 사고에 대해 미주알고주알 캐물었다. 소문은 핸드폰과 메일을 통해 종업원들 사이에 눈 깜짝할 사이에 퍼져서 저녁부터 근무하는 아르바이트생들은 남녀를 불문하고 가게에 들어서자마자 "안녕하세요, 쿠사노 씨. 사고를 목격하셨다면서요?"라고 물었다.

그래도 처음에는 일일이 질문에 대답해줬지만 시간이 지남에 따라 그것도 차츰 귀찮아져서 나중에는 뭘 물어도 무뚝뚝한 표정으로 "그 얘기는 나중에 하지."라고 대꾸하게 되었다. 그런 말투가 안 좋은 인상을 준다는 것은 잘 알고 있었지만 현기증과 오한 때문에 남의 기분을 살펴줄 여유가 없었다.

미나미를 비롯한 아르바이트생들도 쿠사노의 상태가 차츰 악화되어가는 것을 눈치 채고 그 후로는 한동안 그를 내버려 두었다. 그러다 커다랗게 재채기를 하며 콧물을 흘리는 모습에 보다 못한 미나미가 쿠사노를 휴게실로 쫓아낸 것이다.

"우와, 나왔다."

누군가의 목소리가 들려왔다.

젊은 남자 목소리였다. 휴게실에 아르바이트생이 있는 모양이다. 그 목소리에 선잠에서 깨어난 쿠사노는 오한에 어깨를 떨었다. 머리 위의 에어컨이 뜨거운 바람을 기세 좋게 내뿜고 있었지만 침대는커녕 이불 한 장 없는 상황이라 몸이 충분히 따뜻해지지 않았던 모양이다.

문득 문이 열리고 미나미가 거구를 움츠리며 사무실로 들어와서 재빨리 문을 닫았다. 달칵 하고 문이 닫히는 소리가 쿠사노를 잠에서 현실로 끌어냈다.

"쿠사노 씨, 마감업무를 마쳤습니다. 체크 부탁드립니다."

낮고 굵은 미나미의 목소리는 아직 꿈에서 완전히 헤어나지 못한 쿠사노의 심장까지 직접 울려 퍼지는 듯했다. 막 잠에서 깼을 때 들었던 '우와, 나왔다'라는 목소리는 좀 더 높았는데 그건 미나미가 아닌 다른 사람이었나. 혹시 꿈에서 들었나. 아니, 그보다 놀라운 것은 미나미의 말이었다.

"뭐? 벌써 시간이 그렇게 됐나?"

쿠사노는 허둥지둥 손목시계를 보았다. 오전 0시 35분. 기껏해야 30분 정도 눈을 붙인 줄 알았는데 실제로는 세 시간이나 지났단 말인가.

"이런. 내가 이렇게 오랫동안 잤나?"

미나미가 막 캐낸 광석 같은 얼굴에 미소를 지으며 말했다.

"다들 오늘 일은 파르페 정도로 용서해 드리겠다고 하더군요. 물론 오늘 당장 먹으러 가자는 건 아니지만. 다음에 한 턱 내세요."

언제부터인가 폐점 후 다함께 패밀리 레스토랑으로 몰려가서 남자들밖에 없는 주제에 초콜릿 파르페를 먹으며 실없는 잡담을 나누는 것이 이 가게의 정기행사가 되었다. 쿠사노도 이곳으로 이동해온지 나흘 만에 이 모임에 끌려갔고 그 후로는 빠짐없이 참석하는 편이었다.

쿠사노는 감기 때문에 멍한 머리를 필사적으로 굴리며 물었다.

"아, 파르페는 그렇다 치고 전부 끝났나?"

"네."

미나미가 아무렇지도 않게 고개를 끄덕였다.

"고등학생들은?"

"물론 제시간에 돌려보냈습니다. 오늘은 손님이 많지 않아서 여동생은 좀 더 일찍 돌려보낼까 하다가 그냥 10시까지 일하게 했습니다. 역시 쿠사노 씨가 없으니 불안해서요."

미나미에게는 고등학교 2학년에 재학 중인 여동생이 있는데 오빠와 함께 이 가게에서 아르바이트를 하고 있다.

"아, 괜찮아. 이번 달은 아직 인건비에 여유가 있으니까. 참, 그렇지. 데이터는?"

"입력했습니다. 전표들도 전부 입력해서 파일로 저장했습니다."

"뭐야, 계속 저기 있었어?"

쿠사노는 옆쪽 책상 위에 놓여 있는 컴퓨터를 가리키며 물었다.

"네, 30분쯤 전까지. 너무 곤히 잠들어 계시기에 깨우기가 미안해서요."

그 말을 들은 후에야 쿠사노는 비로소 자신의 몸 위에 냉동고에서 작업할 때 입는 재킷이 덮여 있다는 것을 깨달았다.

"현금정산은?"

"그것도 끝냈습니다. 현금 차는 마이너스 64엔입니다."

"흐음."

쿠사노는 얼빠진 목소리로 대답했다. 여우에 홀린 듯한 기분이었다. 현금 차 64엔은 그럭저럭 허용할 수 있는 범위였지만 쿠사노가 놀란 것은 그 때문이 아니었다. 미나미가 혼자서 마감업무를 끝낸 것 때문이었다.

S스태프인 미나미는 마감업무 책임자 자격을 지니고 있지만 실제로 사원 없이 혼자서 마감업무를 맡은 적은 없다. 쇼핑센터에 있는 소형점포라면 미나미 혼자서도 문제없이 해낼 수 있겠지만 높은 매상을 자랑하는 이 가게는 그만큼 일도 복잡하고 힘들어서 아르바이트생에게 마감업무를 맡기기에는 위험부담이 너무 크기 때문이다.

실제로 쿠사노가 이곳으로 이동해오기 전에 점장이 두 번 정도 미나미에게 마감업무를 맡기고 체크한 적이 있지만 미나미는 두 번 다 예정시간을 한 시간이나 넘겨서 합격점을 받지 못했다.

그런데 오늘밤은 사원과 비교해도 손색이 없을 만큼 깔끔하게 업무를 마친 것이다.

"대체 어느새 이렇게 실력을 쌓은 거냐?"

"아, 요즘은 점장님과 마감업무를 할 때에는 대부분 저 혼자 하니까요."

미나미가 아무렇지도 않게 대답했다. 하지만 그 목소리에는 자랑스러워하는 듯한 기색이 배어 있었다.

"뭐야, 그 아저씨. 그런 얘긴 한 마디도 없었는데. 그럼 그때 점장은 뭘 하는데?"

"보통 사무실에서 주무십니다. 아주 가끔 보러 오실 때도 있습니다만."

"그 아저씨도 일을 참 얼렁뚱땅 하는군."

쿠사노는 어이없다는 듯이 얼굴을 찡그리며 고개를 젖혔다.

별 것 아닌 동작이었지만 순간 머리가 망치로 두들겨 맞은 것처럼 쾅쾅 울렸다. 쿠사노는 의자에 앉은 채 태엽인형처럼 몸을 웅크렸다.

"괜찮으세요?"

미나미가 조심스럽게 쿠사노를 일으켜 세우며 물었다.

"응. 괜찮아. 내가 감기에 걸렸다는 걸 깜빡 했지 뭐야."

쿠사노는 힘없이 웃으며 책상 위의 캔 커피를 마셨다. 미지근한 커피는 아까보다 훨씬 맛없게 느껴졌다.

"체크는 어떻게 하실래요? 전 좀 더 기다릴 수 있는데…. 다른 사람들은 먼저 돌려보내죠. 아, 타카하시와 아라이도 남으라고 할까."

미나미가 머뭇거리며 물었다.

"아, 아니야. 지금 갈게. 괜히 기다리게 하면 미안하잖아."

쿠사노는 조심스럽게 일어서서 비틀거리며 사무실 밖으로 나갔다. 미나미도 허둥지둥 쿠사노를 뒤따라왔다.

"응?"

쿠사노는 주방으로 이어지는 뒷문 앞에서 고개를 갸웃거리며 물었다.

"지금 휴게실에 누가 앉아 있지 않았어?"

확신할 수는 없지만 테이블 옆의 철제의자에 누군가가 앉아 있었던 듯한 기분이 들었다.

"아뇨, 아무도 없었는데요."

미나미가 단호하게 대답하며 뒷문을 열었다.

쿠사노는 또다시 고개를 갸웃거렸다.

"그러고 보니 잠에서 깼을 때 남자 아르바이트생의 목소리를 들은 것 같은데. 휴게실에서."

"꿈 아닙니까?"

"그런가."

듣고 보니 꿈이었던 것 같기도 했다. 열 때문에 머리가 멍한 상태인 쿠사노는 더 이상 아무 생각도 하지 않기로 했다.

미나미의 마감업무는 완벽했다. 청소와 다음날 개점 준비는 항상 완벽했지만 매니저 영역인 워크시트 기입과 현금정리도 흠잡을 데가 없었다. 너무 완벽해서 쿠사노가 할 일은 자물쇠 확인과 야간방범시스템을 작동시키는 것 정도밖에 없었다.

"우와, 굉장하군. 완벽해."

직원들이 모두 퇴근한 후 쿠사노는 뒷문을 잠그며 미나미의 넓은 등을 두드렸다.

"이 정도면 앞으로 전부 맡겨도 되겠는걸. 너한테 마감업무를 맡기면 내 스케줄도 상당히 편해지겠군."

미나미는 험상궂어 보이는 얼굴에 미소를 지으며 쑥스러운 듯이 머리를 긁적였다.

"그래요?"

"응, 이 정도면 문제없겠어."

"실은 나름대로 자신이 있긴 했어요. 주말은 몰라도 평일 정도는 사원 없이 혼자 할 수 있을 것 같았거든요."

"음, 이 정도면 충분해. 이제 점장님의 허락만 받으면 되겠어."

"네."

"어차피 지금도 너한테 전부 맡기고 있다면서? 그럼 빨리 다시 심사해줄 것이지."

"그러게요."

미나미는 웃으며 고개를 끄덕였다. 하지만 그 얼굴에는 낙담이 배어 있었다. 점장에게 미나미의 마감업무를 다시 심사해 달라고 부탁하는 것은 사원인 쿠사노의 역할이었지만 자기

한 몸 건사하기에도 벅찬 쿠사노는 거기까지 생각이 미치지 못했다.

미나미가 낙담하고 있다는 것도 전혀 모른 채 쿠사노는 기분 좋게 사무실 문을 열었다.

사무실로 돌아온 쿠사노와 미나미는 컴퓨터에 마지막 데이터를 입력했다. 매상을 비롯한 각종 데이터를 본사에 전송하기만 하면 오늘의 업무는 끝이다. 그 일도 오늘밤은 미나미에게 맡겼다. 미나미를 훈련시키기 위해서이기도 하지만 감기 때문에 머리가 잘 돌아가지 않는 쿠사노보다는 미나미가 훨씬 믿음직했기 때문이었다.

휴게실에서는 남자 아르바이트생들이 잡담을 즐기고 있었다. 야행성인 그들에게 새벽1시라는 시간은 아직 초저녁에 불과하다.

미나미는 무난하게 데이터를 전송한 후 오늘의 업무를 마쳤다.

"좋았어! 다들 수고했다."

벌떡 일어서서 휴게실의 아르바이트생들에게 그렇게 말한 순간 느닷없이 무릎이 덜컥 꺾이며 정신이 아득해졌다. 5초 후 의식이 되돌아 왔을 때 쿠사노는 낡은 카펫 위에 쓰러져 있었다.

한동안 우왕좌왕하는 아르바이트생들을 멍하니 올려다보던 쿠사노는 동면에서 깨어난 뱀처럼 둔한 동작으로 몸을 일으켰다.

"그냥 누워 계세요!"

아르바이트생 한 명이 억지로 눕히려 했지만 쿠사노는 양손으로 그를 저지하고 철제의자에 앉았다. 세상이 온통 빙글빙글 돌았다. 새파랗게 질린 아르바이트생들이 마치 다른 세계의 생물처럼 느껴졌다.

누군가가 멍한 표정으로 앉아 있는 쿠사노의 어깨에 커다란 손을 얹었다. 미나미였다.

"쿠사노 씨, 구급차를 부를까요?"

미나미의 얼굴도 새파랗게 질려 있었다.

"아니, 괜찮아. 그냥 감기라니까. 한 숨 푹 자면 괜찮아질 거야."

"죄송해요. 전 그것도 모르고…."

미나미는 이렇게 심해지기 전에 쿠사노의 상태를 눈치 챘어야 했다고 자책했다. 하지만 그래봤자 어차피 아무 소용도 없었을 것이다. 쿠사노가 아르바이트생이라면 증상이 악화되기 전에 조퇴할 수 있었겠지만 정사원은 그럴 수 없다. 어떤 형태로든 가게에 있어야 한다. 하지만 만약 미나미에게 마감업무를 맡길 만한 실적이 있었다면 쿠사노를 이렇게까지 무리시키지는 않았을 것이다.

"정말 죄송합니다."

미나미가 거듭 사과했다. 그러나 고열 때문에 눈앞이 빙글빙글 돌고 있는 쿠사노에게는 그의 말이 거의 들리지 않았다.

"아, 괜찮다니까. 그럼 난 이만 간다."

아르바이트생 전원이 의자에서 일어서려는 쿠사노를 말렸다. 미나미가 믿을 수 없다는 표정으로 말했다.

"무리예요. 오늘 차를 몰고 오셨잖아요. 그런 상태로 운전을 했다가는 주차장에서 나갈 수도 없을 걸요."

"그래도 돌아가야지. 빨리 눕고 싶어."

쿠사노의 머릿속에는 집으로 돌아가서 침대에 누워 푹 자고 싶다는 생각밖에 없었다. 사무실 의자에 누워 자는 것은 너무 불편했다.

"그럼 제가 집에 가서 이불이랑 감기약을 가져올 테니 차를 빌려주세요. 10분 만에 다녀오겠습니다."

아르바이트생인 아라이가 말했다.

"음, 그럴래?"

한시라도 빨리 눕고 싶은 마음에 쿠사노는 그 제안을 받아들이려고 했지만 미나미가 반대를 하고 나섰다.

"안 돼, 앞으로 4시간 30분만 있으면 점장님이 출근하시잖아. 아무리 감기라도 여기서 자다가 들키면 위험하지 않을까. 특별한 볼일이 없으면 폐점 후에는 곧바로 돌아가라고 가이드에도 적혀 있어. 점장님은 그런 문제에 까다롭단 말이야."

미나미가 주머니에서 수첩만한 크기의 '매니지먼트 가이드'를 꺼내며 말했다. '매니지먼트 가이드'란 정사원과 S스태프에게만 주어지는 골드카드 같은 존재다.

"그래? 그럼 안 되겠네."

모처럼의 아이디어였지만 아라이는 결국 마지못해 납득할 수밖에 없었다.

"음, 하긴 감기라면 더더욱 그렇겠지."

쿠사노도 태평하게 고개를 끄덕였다.

"점장님께 들키면 아르바이트생들에게 옮길 셈이냐며 날 때려죽일 지도 몰라."

"그럼 어쩌지?"

미나미가 쿠사노와 아르바이트생들을 둘러보며 말했다.

"아, 미나미 형, 오늘 차 몰고 왔다면서? 형이 집까지 모셔다 드리지 그래?"

아르바이트생인 타카하시가 말했다. 다른 아르바이트생들도 그게 좋겠다는 표정으로 고개를 끄덕였다.

"응? 내가?"

미나미가 자신을 가리키며 어색하게 고개를 저었다.

"아, 오늘은 좀…. 나 내일 1교시에 수업이 있거든."

미나미의 매정한 반응에 고열에 시달리고 있는 쿠사노를 제외한 모두가 이상하다는 듯이 서로 얼굴을 마주보았다. 이럴 경우 만사를 제쳐두고 앞장서서 남을 돕는 성격 때문에 사원들에게도 아르바이트생들에게도 절대적인 신뢰를 받고 있는 미나미라면 기꺼이 그렇게 할 거라고 생각했기 때문이다.

"그럼 누가 집에 가서 차를 가져오지 그래?"

말은 그렇게 했지만 타카하시는 아무도 나서지 않을 것임을 확신했다. 미나미의 매정한 반응 때문에 뭔가 선뜻 나서기 어려운 분위기이기도 했고 실은 쿠사노의 집에 가 본 사람이 아무도 없었던 것이다. 길을 안내해야 할 쿠사노가 이 모양인 이상 집을 찾느라 얼마나 고생해야 할지가 뻔히 보였다.

어색한 침묵이 흐르는 가운데 아라이가 고개를 번쩍 들며 말했다.

"택시를 부르면?"

"아…."

모두가 허를 찔렸다는 듯이 입을 다물었다. 사회인이라면 제일 먼저 떠올렸을 아이디어지만 시급 7, 800엔을 받고 일하는 학생들이 미처 그 생각을 못한 것도 무리는 아니었다.

10분도 되지 않아 택시가 도착했다.

아르바이트생들에게 떠밀려 뒷좌석에 올라탄 쿠사노는 기사가 문을 닫기 전에 미나미에게 물었다.

"사무실 문은 잠갔어?"

"잠갔습니다."

"그래…. 아, 커피를 놔두고 왔는데."

점장이 출근했을 때 책상 위에 마시다 만 캔 커피가 놓여 있으면 휴일이고 뭐고 상관없이 호출을 당할 게 분명하다.

"그것도 치웠습니다."

미나미는 험상궂은 얼굴에 어색한 미소를 지으며 대답했다. 이럴 때조차 점장에게 꾸지람을 들을까봐 걱정하는 쿠사노가 조금 안쓰럽게 느껴졌다.

"아, 그렇구나. 미안해. 참, 에어컨은?"

"껐습니다. 걱정 마세요."

"휴게실 히터는?"

사무실이 있는 조립식 건물은 겨울이 되면 몹시 춥기 때문에 에어컨 외에도 발밑을 따뜻하게 덥혀줄 전기 히터가 필수품이다.

"쿠사노 씨."

미나미가 들으라는 듯이 한숨을 쉬며 말했다.

"지금은 6월입니다."

"아…, 그렇지."

"수고하셨습니다."

그렇게 말하며 미나미는 쓸데없는 대화를 일방적으로 중단하고 차에서 떨어졌다. 택시는 곧 거칠게 출발했다.

"손님, 술 마셨습니까?"

기사가 룸미러를 통해 쿠사노의 새빨간 얼굴을 바라보며 퉁명스럽게 물었다.

"아, 아뇨. 감기입니다."

"아, 그렇군요. 저한테 옮기지 않게 조심하십쇼."

기사가 신경질적으로 말했다.

대답을 하기조차 귀찮았다. 쿠사노는 아무 말 없이 창문에 머리를 기대고 곧 잠이 들었다.

4

 내가 있다는 것을 아무도 눈치 채지 못한다는 건 익숙해지면 제법 편리한 일이다.
 나는 지금 택시에 타고 있다. 그것도 공짜로.
 내 왼쪽 옆에는 내 시체의 첫 번째 발견자인 쿠사노 테츠야 씨가 안경을 쓴 채 이마에 구슬땀을 흘리며 잠들어 있었다. 감기 바이러스가 머리에서 발끝까지 끊임없이 돌고 있는지 옆에 있는 나까지 몸이 뜨거워지는 것 같았다.
 택시는 손님이 잠든 틈을 이용하여 텅 빈 우회도로를 빠른 속도로 질주하고 있었다. 속도계를 보니 시속 80킬로미터나 됐다. 대담하게도 제한속도를 30킬로미터나 넘긴 속도다. 속도가 빠르다보니 요금도 꽤나 대담하게 올라갔다. 내가 저녁부터 한밤중까지 슈퍼마켓에서 일하고 받는 돈은 정확히 4천 56엔. 택시 요금은 탑승한 지 30분 만에 그 액수를 가볍게 뛰어넘었다.
 "기가 막히는군."
 나는 무심코 중얼거렸다. 택시요금 중 기사 수중에 떨어지는 돈은 극히 일부라는 것쯤은 알고 있지만 그래도 내 하루 노동의 대가가 겨우 30분 만에 날아가는 것을 보니 분노가 솟구쳤다.
 "응?"
 내 목소리를 들은 쿠사노 테츠야 씨가 얼핏 고개를 들었다가 다시 눈을 감았다. 여전히 내가 보이지 않는 모양이다.

하긴 내 목소리가 들리는 것만도 대단한 일이다. 기사는 내 존재를 조금도 눈치 채지 못하는 걸 보니 말이다. 택시가 햄버거 가게 주차장에 도착했을 때 문이 열리자마자 쿠사노 씨보다 먼저 차에 올라탔지만 택시기사는 전혀 눈치 채지 못했다.

물론 이 기사가 특별히 둔한 것은 아니다. 어젯밤 사고를 당한 후부터 지금까지 내 존재를 눈치 챈 사람은 쿠사노 테츠야 씨를 제외하면 한 명도 없다.

사고 후 현장검증을 할 때에도 나는 7, 8명의 경찰관과 구급대원 사이를 돌아다녔었다. 현장에 설치된 커다란 조명 덕분에 어두웠던 도로는 경관들의 면도자국마저 보일 만큼 환해졌다. 그런데도 경관들은 나를 보지 못했다.

나는 내가 죽어서 유령이 되었다는 사실을 겨우 실감했다. 이렇게 많은 사람들 속에 있는데 아무도 내 존재를 눈치 채지 못하다니. 내가 있다는 걸 알면서도 무시하거나 묵살하는 것이 아니었다. 죽은 사람의 영혼이 돌아다니고 있을 거라고는 꿈에도 생각 못하는 그런 태도였다.

작업복 같은 제복 위에 하얀 비옷을 입고 야구 모자를 쓴 사람이 내가 프레임 안에 있는데도 아랑곳없이 사진을 찍어댔다. 아마 감식반원인 모양이다. 문득 현상된 사진을 보고 싶어다는 생각이 들었다. 교통사고를 당한 사람의 시체와 그 유령의 사진이라. 보고 싶은 게 당연하지 않은가?

경찰관들은 역시 이런 일에 익숙한 듯 시체를 보고 호들갑을 떠는 사람은 없었다. 물론 유령을 보면 어떨지 모르겠지만.

경찰이 도착했을 때에는 나름대로 시끄러웠지만 구경꾼들이 없어서 그런지 현장검증은 비교적 담담하게 진행되었다. 붉은 순찰차의 불빛과 시체만 없으면 유적 발굴 조사와 별 다를 바 없는 느낌이었다.

형사 드라마에 종종 등장하는 "경감님! 수풀에서 이런 것이!", "뭐야!" 하는 식의 오버액션은 전혀 없었다. 끊임없이 쏟아지는 빗속에서 현장 검증 작업은 수수하고 조용하고 합리적으로 진행되었다.

경찰들의 대화를 듣고 알게 된 사실인데 문제는 도로에 브레이크 흔적이 남아있지 않은 것이라고 한다. 하긴 이 빗속에 그딴 게 남아있을 리가 없지.

내 껍질은 곧 구급차로 병원에 운반되었다. 따라갈까 했지만 이미 죽어버린 이상 병원에 가봤자 아무 소용도 없거니와 경찰들 옆에 있으면 뺑소니범에 대해 뭔가 알 수 있지 않을까 해서 그냥 현장에 남기로 했다.

그런 침착한 분위기 속에서 유일하게 잔뜩 흥분한 사람이 있었으니 그 사람은 바로 쿠사노 테츠야 씨였다. 나는 순찰차 조수석에 앉아서 뒷좌석에 있는 쿠사노 씨와 형사의 대화를 엿들었다.

뭐랄까, 대화라기보다는 쿠사노 씨의 단독 강연회에 가까웠다. 그것도 도저히 못 들어줄 만큼 횡설수설하고 요점이 없는 강연회.

 목격증언이라는 건 알겠지만 갑자기 속사포처럼 떠들어대기도 하고, 똑같은 얘기를 몇 번이나 되풀이하기도 하고, 주어를 빼먹기도 하고…. 목격당한 당사자인 나조차 "이봐요, 좀 진정하세요."라고 말해주고 싶을 만큼 쿠사노 씨는 혼란에 빠져 있었다.

 형사가 장소를 옮기자고 제안한 것도 이해가 갔다. 마침 현장검증도 슬슬 철수하는 분위기였기 때문에 나는 그들을 따라가기로 했다. 쿠사노 씨가 내 목소리를 듣기라도 하면 일이 복잡해질 것 같아서 순찰차에서 내려 작고 파란 쿠사노 씨의 차에 올라탔다.

 쿠사노 씨의 차를 대리 운전하는 젊은 형사에게는 역시 내 목소리가 전혀 들리지 않는 눈치였다. 귀에 대고 "덤벼라, 짭새!"라고 외쳐봤지만 반응은 전혀 없음. 나는 경찰에 적의도 악의도 없지만 제복 경찰관에게 시비를 거는 것은 왠지 마음을 뜨겁게 하는 뭔가가 있었다. 가끔 특공복* 등판에 '타도 ○○현 경찰청'이라는 글을 수놓고 다니는 폭주족들이 있는데 그들의 마음도 조금은 이해가 갔다. 새로운 발견이다.

 참, '새로운 발견'하니까 생각났는데 무척 중요한 변화가 생겼다. 어느 샌가 쿠사노 씨뿐만 아니라 다른 사람들의 목소리도 들리게 된 것이다. 경찰의 목소리도 구급대원의 목소리도

---
*특공복: 일본 폭주족들이 즐겨 입는, 단이 무척 긴 가운 스타일의 하얀 옷. 갖가지 표어나 그림을 그려 넣는 게 일반적이다

뚜렷하게 들렸다. 인간의 목소리가 들리는 건 너무 당연한 일이라 그 사실을 눈치 챌 때까지 조금 시간이 걸렸을 정도지만 이건 굉장히 중요한 변화다. 사고를 당한 직후처럼 '내 목소리도 안 들리고 남의 목소리도 들을 수 없는' 상태가 계속되었다면 굉장히 괴로웠을 것이다. 내 목소리가 들리지 않아도 남이 무슨 얘기를 하는지 알아들을 수 있어서 그나마 다행이었다.

그런데 어째서 갑자기 들리게 된 것일까. 죽고 나서 어느 정도 시간이 지났기 때문에 내가 이 상태에 익숙해진 것일까? 그럼 언젠가 쿠사노 씨 말고 다른 사람들도 내 목소리를 들을 수 있게 될까? 하지만 그렇게 되면 이 세상은 혼란에 빠질 것이다.

나는 살아 있을 때 단 한 번도 죽은 사람의 목소리를 들어본 적이 없고 가족이나 친구들 중에도 그런 경험을 한 사람은 없다. 물론 유령 얘기를 그럴싸하게 떠벌리는 녀석들은 4톤 트럭 한 대에 차고 넘칠 만큼 많았지만 그건 어디까지나 단순한 '괴담'일 뿐 진짜로 유령을 본 녀석은 아마 없을 것이다. 그럼 역시 아무리 시간이 지나도 내 목소리는 사람들 귀에 들리지 않는 것일까. 그럼 왜 쿠사노 테츠야 씨에게는 들리는 것일까.

아직 죽은 지 얼마 안 돼서 잘 모르겠다. 뭐 차츰 알게 되겠지.

쿠사노 씨가 무죄방면된 것은 새벽 4시경이었다. 그동안 나는 경찰서 안을 이리저리 탐험하고 다녔는데 이때도 몇 가지 새로운 발견을 할 수 있었다.

하나는 첫 번째 발견자의 성명과 그 밖의 인적사항. 경찰이 누군가에게 전화로 묻는 것을 엿들었다.

쿠사노 테츠야. 1978년 10월 8일생. 25세. 나보다 여섯 살 연상이다. 모 대형 햄버거 체인점 직원. 양복 가슴에 수놓인 M자가 낯이 익었던 것은 그 때문이었던 모양이다. 집은 내 아파트와 같은 시에 있으며 퇴근해서 집으로 돌아가는 길에 내 시체를 발견했다고 한다.

또 하나는 쿠사노 씨가 경찰 측에 진짜 범인일지도 모른다는 의심을 받고 있다는 것.

경찰서 주차장에 갔다가 두 수사원이 쿠사노 씨의 소형차 범퍼와 바닥을 손전등으로 비춰보며 꼼꼼하게 살펴보고 있는 것을 목격하고 말았다. 아마 쿠사노 씨 몰래 부딪힌 흔적이 있는지 조사 중인 모양이었다. 그 사람은 범인이 아니라고 말해주고 싶었지만 그래봤자 내 목소리가 들리지 않을 게 뻔해서 어쩔 수가 없었다.

이런 몇몇 작은 발견을 하긴 했지만 슬프게도 범인에 관한 새로운 정보를 얻을 수는 없었다. 경관들의 대화를 통해 도주 중이라는 사실은 알게 되었지만 차종, 차 번호, 어디 사는 누구이며 어떻게 생긴 놈인지는 경찰도 아직 알아내지 못한 모양이었다.

운 좋게 범인이 잡힌다 해도 녀석을 어떻게 하고 싶으냐고 묻는다면 대답하기 곤란하지만 그렇다고 이대로 내버려 두기도 싫었다. 하다못해 한 방 정도 때려주고 싶긴 하지만 손이 그놈의 몸을 관통해버릴 테니 그것도 불가능하지 않은가. 답답한 노릇이다.

쿠사노 씨가 무죄방면된 것은 새벽 무렵이었다. 나는 또다시 그를 따라가기로 했다. 처음에는 내 아파트로 돌아가려고 했지만 생각해보니 나오기 전에 불도 끄고 문도 잠근 데다 지금 돌아가 봤자 할 일도 없었다. 그래서 차라리 내 목소리를 들을 수 있는 유일한 인물이자 사건을 대충 파악하고 있는 사람의 집을 알아두기로 한 것이다.

내가 생각해도 멋진 판단이다. 나도 제법 머리가 좋단 말이야.

계속 숨을 죽이고 가만히 있는 것도 참 괴로운 일이다. 차를 타고 쿠사노 씨의 집으로 향하는 동안 나는 계속 입을 다물고 있었다. 하룻밤에 두 번이나 교통사고로 죽을 수는 없지 않은가.

쿠사노 씨의 집은 아무 장식도 없는 크림색 원룸 맨션이었다. 샐러리맨의 방이란 원래 살풍경한 법이다. 가구라고는 온갖 잡동사니들이 흩어져 있는 접이식 테이블과 침대, TV, 플레이스테이션2, 작은 책장, 침대 맞은편에 놓여 있는 파랗고 촌스러운 2인용 소파 정도였다.

남의 집에 마음대로 들어오는 것은 태어나서 처음이거니와 죽은 후에도 처음이었다. 그래서인지 아무리 남자의 집이긴 해도 들어가기 전에는 왠지 가슴이 설레었지만 막상 안을 살펴보니 너무 삭막해서 그런 기분도 사라져버렸다.

남자 혼자 사는 집 치고는 제법 깨끗한 편이었지만 그건 깔끔해서가 아니라 방을 어지를 만큼 오랜 시간 집에 머물지 않기 때문인 듯했다. 바닥에 작은 쓰레기 조각들이 굴러다니고 책장의 책과 CD, 그리고 소파 위에 먼지가 뽀얗게 쌓여 있는 것을 보면 말이다. 축축하고 더러운 침대에 비해 스테인리스 싱크대는 바싹 말라 있었다. 전체적으로 생활공간이라기보다는 잠만 자는 곳 같았다.

 집주인인 쿠사노 테츠야 씨는 욕실에서 나오자마자 머리도 안 말리고 침대로 기어들어가서 5분 만에 코를 골기 시작했다. 아무래도 손님용 이불은 준비해주지 않을 모양이다.

 뭐, 그런 환대는 애초에 기대도 안했기 때문에 소파에 앉아서 잠을 청했다.

 낮에 잠에서 깨어난 후에도 나는 쿠사노 씨와 행동을 함께 했다. 그냥 집에 있을까 했지만 살벌한 독신 남자 집에 있어봤자 할 일도 없거니와 내 아파트로 돌아가고 싶어도 갈 방도가 없었다. 아, 내가 유령이라 다리가 없어서 그렇다는 고전적인 이유가 아니라 이용할 수 있는 교통수단이 없다는 뜻이다. 내 아파트는 이곳에서 차로 10분쯤 걸리는 거리, 즉 걸어가면 4, 50분은 걸리는 거리다. 게다가 돌아가 봤자 할 일도 없다. 아니, 실은 몇 가지 신변정리를 해야 하긴 하지만 죽은 지 하루 만에 지금껏 살던 집과 작별을 할 수도 없고 이 몸—영체라고 해야 하나—으로는 그게 가능할지 어떨지도 잘 알 수 없다.

그래서 나는 쿠사노 씨를 따라 그의 직장으로 향했다. 그가 일하는 가게는 옆 시의 도로변에 위치하고 있었다. 가게 주변은 우리 아파트 부근에 비해 상당히 널찍했다. 대형 슈퍼마켓, 패밀리 레스토랑, 파친코 가게 등이 넓은 하늘 아래 드문드문 늘어서 있는 전형적인 교외의 신흥 상업지대. 밝은 핑크색 단층건물과 넓은 주차장을 갖춘 이 가게는 주위의 널찍하고 시원시원한 분위기와 매우 잘 어울렸다.

그건 그렇고 사회인이란 정말 대단하다. 어쩜 저렇게 바쁠까. 가게 안을 이리저리 돌아다니느라 쉴 틈도 없어 보인다. 나도 일주일에 세 번씩 슈퍼마켓에서 아르바이트를 했기 때문에 손님을 상대하는 게 얼마나 바쁜 일인지는 대충 알고 있지만 그것과는 비교도 되지 않는다.

나는 주로 카운터 옆에 있는 2인용 테이블에서 그의 일하는 모습을 바라보았다. 창밖도 카운터도 한눈에 볼 수 있는 좋은 자리다. 이 자리라면 뺑소니범의 차가 지나가도 금방 알 수 있을 것이다.

솔직히 쿠사노 씨의 첫인상은 '소심하고 듬직하지 못한 안경잡이'였다. 하지만 이곳에서의 그는 마치 다른 사람이 된 것처럼 엄격한 표정으로 척척 일을 해치워나갔다. 가슴에 빛나는 'Manager'라는 명찰이 눈부시게 느껴질 정도였다. 카운터에서 주문을 받는가 하면 주방에서 조리를 돕기도 하고 손님이 내버려두고 간 쟁반을 치우기도 하고 의자와 테이블을 꼼꼼하게 닦기도 하고…. 저래서야 아르바이트생들은 할 일이 없어져 버리지 않을까 싶을 정도였다.

"굉장하다."

나는 작은 싸구려 테이블에 팔을 괴고 앉아서 때때로 혼잣말을 중얼거렸다. 가게 안이 워낙 시끄러워서 이 자리에 앉아 있으면 카운터 안에 있는 쿠사노 씨에게 내 목소리가 들릴 염려는 없다. 참고로 다른 사람들에게는 귀에 대고 소리를 지른다 해도 내 목소리가 들리지 않는다. 이건 실험을 통해 증명된 사실이다.

남이 일하는 모습을 마냥 지켜보기만 하는 것은 참으로 지겨운 일이었다. 해가 서쪽으로 기울어갈 무렵 나는 더 이상 따분함을 참지 못하고 가게 안팎을 이리저리 둘러보았다.

투명인간 노릇은 실로 즐거웠다. 아무에게도 보이지 않는 덕분에 나는 어디든 자유롭게 드나들 수 있었다. 난생 처음으로 패스트푸드점 주방에 들어가 보기도 했다. 외부인인 나는 절대 들어갈 수 없는 종업원용 휴게실에도 들어가 봤다. 제법 스릴 있는 경험이었다. 하지만 누군가와 딱 마주쳐봤자 그 사람에게는 내 모습이 전혀 보이지 않다보니 나중에는 스릴이고 뭐고 아무것도 느껴지지 않았다.

휴게실은 비교적 설비가 잘 갖춰져 있었다. 밝은 회색 융단이 깔린 네 평 정도의 실내 중앙에는 하얀 6인용 테이블이 놓여있었고 입구 옆에는 백화점 탈의실처럼 커튼이 쳐진 옷을 갈아입는 공간이 있었다.

벽의 철제선반에는 TV, 소형냉장고, 커피포트, 유선방송 튜너 등이 설치되어 있었다. 전자레인지만 있으면 여기서 자취를 할 수도 있을 것 같았다.

입구 오른쪽에는 문이 있었다. 안은 사무실이었다. 도어 뷰로 안을 슬쩍 들여다보니 옆으로 긴 방 안에 철제 책상 두 개와 컴퓨터 책상 하나, 그리고 그 뒤에 커다란 파일 사물함이 놓여 있었다. 온통 회색으로 둘러싸인 좁고 답답하고 실용성밖에 없는 방이었다.

문 옆의 화이트보드에는 점장을 필두로 모든 직원들의 이름이 적힌 자석이 다닥다닥 붙어 있었다. '쿠사노 테츠야'라는 이름이 붙어 있는 곳은 '매니저 란' 두 번째. 그 아래에는 'S스태프', 'A스태프', 'B스태프', 'C스태프', '트레이닝 클래스'라는 직함이 적혀 있었다. 아마 파트타임으로 근무하는 사람이나 아르바이트생을 가리키는 건가 보다. 한마디로 쿠사노 씨는 정사원 중에서는 제일 말단이라는 뜻이다. 하긴 말단이니까 그렇게 필사적으로 일하는 거겠지.

나는 테이블 짧은 쪽—제일 상석—에 앉아서 화이트보드를 물끄러미 쳐다보았다.

직원은 모두 50명 정도. 남녀 비율은 거의 반반이었다. 이름만 봐서는 알 수 없지만 패스트푸드점이니까 대부분 10대나 20대일 것이다. 이제 곧 스무 살인 나와 비슷한 또래다. 혹시 예쁜 여자애는 없나. 상상을 하다 보니 차츰 히죽히죽 웃음이 났다.

저녁 4시 40분.

할 일 없이 멍하니 앉아 있을 때 통로에서 여자아이들의 즐거운 웃음소리가 들려왔다.

아르바이트생들이 출근한 모양이다. 남의 눈에 보이지 않는 나는 굳이 허둥대지 않고 그 자리에 눌러앉아 있었다. 곧 문이 열리고 두 소녀가 들어왔다. 놀라웠다. 둘 다 밝은 회색과 푸른색이 섞인 똑같은 디자인의 세일러복을 입고 있었다. 아마 같은 고등학교 학생인 모양이다. 똑같은 교복에 체격도 거의 비슷했지만 내 눈에는 나중에 들어온 여자아이밖에 보이지 않았다.

어쩌면 저렇게 귀여울 수가!

솔직히 나머지 한 명은 눈에 들어오지도 않았다. 물론 절대 못생긴 건 아니었지만 그 애와 비교하면 좀 딸리는 편이었다.

물론 사람을 외모로 판단하거나 우열을 매기는 것은 좋지 못한 행동이다. 그건 나도 잘 알고 있다. 작고 왜소한 내가 남을 외모로 평가하는 것은 주제 넘는 짓이다. 그건 잘 알고 있지만 그래도 예쁜 건 예쁜 거다.

먼저 들어온 소녀가 테이블에 가방을 내려놓고 목을 꺾으며 우두둑 소리를 냈다. 버릇인가본데 별로 보기 좋지는 않았다. 내가 찍은 여자애는 안으로 들어오자마자 입구에 멈춰 서서 조금 불안한 표정으로 실내를 둘러보았다. 그 표정이 앳되어 보인다고 할까 순진해 보인다고 할까, 어쨌든 무지무지 귀여웠다. 마치 머리 옆에 물음표가 동동 떠다니는 듯한 느낌이었다.

왜 저렇게 당황하는 걸까. 혹시 오늘 막 들어온 신입인가.

"쇼우."

우둑녀가 말했다.

"먼저 갈아입어도 돼?"

"응, 그래."

쇼우라고 불린 소녀가 미소를 지으며 친구에게 차례를 양보했다. 우둑녀가 탈의실 커튼 안으로 사라진 후 쇼우는 나와 제일 먼 자리에 앉았다. 바로 옆에 앉아도 상관없는데. 뭐, 할 수 없지.

쇼우는 학교 지정 제품인 듯한 감색 가방에서 수첩을 꺼내 테이블 위에 있는 스케줄 표를 베끼기 시작했다.

그 부드러운 분위기가 감도는 얼굴을 보고 있자니 왠지 마음이 편안해졌다. 동시에 이토록 내 취향인 여자애를 죽은 후에 만나게 된 내 운명이 저주스럽기도 했다.

나는 절대 아무에게나 반하는 타입이 아니다. 넉살좋고 가벼운 인간이긴 해도 여자라면 닥치는 대로 집적대며 틈만 나면 어떻게든 해 보려고 하거나 1년 내내 여자와 사귀지 않으면 직성이 풀리지 않는 그런 수컷 기질은 없다. 빈말로도 행실이 바르다고는 할 수 없지만 1년 내내 발정기인 놈들과는 다르다. 적어도 나는 그렇게 생각했었다.

그런데 얼마 전까지 중학생이었던 어린 여자애에게 홀딱 반할 줄이야. 나라는 인간도 별 수 없는 모양이다. 하지만 거듭 강조하는데 그래도 예쁜 건 예쁜 거다.

무엇이든 호의적으로 받아들일 것 같은 쇼우의 동그란 눈이 스케줄 표와 수첩 위를 바쁘게 오갔다. 나는 영화관의 관객처럼 그 모습을 조용히 지켜보았다. 말을 걸어봤자 들릴 리도 없거니와 왠지 입을 열면 이 온화한 분위기가 깨질 것 같은 기분이 들었기 때문이다.

그 분위기를 박살낸 것은 다름 아닌 우둑녀였다.

"어머, 벌써 다음 주 스케줄이 나왔니?"

옷을 갈아입은 우둑녀가 유니폼 리본을 매며 쇼우에게 물었다. 긴 머리를 하나로 질끈 동여맨 모습이 아직 젊은데도 왠지 아줌마 같은 분위기를 풍겼다.

"아니, 아직 일요일까지밖에 안 나왔어. 전에 왔을 땐 아직 이번 주 스케줄이 전부 나오지 않았잖아. 그래서."

"아, 이번 스케줄 담당은 쿠사노 씨였지."

우둑녀의 의미심장한 미소에 쇼우도 쓴웃음을 지었다.

"하지만 쿠사노 씨가 작성한 스케줄은 꼼꼼해서 좋아."

오오, 착하기도 해라.

"그래? 하지만 너무 늦게 나오지 않니? 야나이 씨가 스케줄 담당일 때는 빠르면 목요일에 나오잖아. 나중에 변경될 때도 많긴 하지만 그래도 빨리 나오는 편이 좋지 않아?"

"그야 그렇지만…."

우둑녀가 말을 이었다.

"쿠사노 씨는 너무 요령이 없다니까. 항상 바쁘게 움직이는 것 치고는 일처리가 너무 느려."

너무하네. 이렇게 어린 여자애에게 가차 없는 혹평을 듣는 쿠사노 씨가 가엾어서 견딜 수 없었다.

"음. 뭐 일은 야나이 씨보다 못하지만 아직 스케줄 작성을 맡은 지 2개월 정도밖에 안 됐잖아. 처음에는 다 그렇지 않니?"

정말 착한 애다. 여자 친구와 단둘이 있을 때도 이러는 걸 보면 틀림없이 정말 착하고 남을 배려할 줄 아는 소녀일 것이다. 하지만 이래서야 같은 또래 여자애들과 잘 지낼 수 있을까. 좀 걱정이다. 편견일지도 모르지만 여고생들은 달콤한 음식만큼이나 남의 험담이나 뒷소문을 좋아한다. 그런 의미에서 쇼우는 '달콤한 음식을 안 먹는' 사람이나 마찬가지다. 험담을 하지 않고는 직성이 풀리지 않는 사람에게는 정말 재미없는 타입인 셈이다. 개중에는 '뭐야, 혼자만 다이어트 할 셈이야?'라고 받아들이는 사람도 있을지 모른다. 그럼 결국 쇼우가 험담의 대상이 되기 마련이다. 하긴 내가 이런 걱정을 해봤자 무슨 소용이 있담.

"뭐 그렇긴 하지."

우둑녀는 아직 하고 싶은 말이 남아 있는 눈치였지만 벽시계를 올려다 본 순간 안색을 바꾸며 말했다.

"쇼우, 빨리 옷 갈아입어. 지각하겠다."

"앗."

시계바늘은 10분 전 5시를 가리키고 있었다. 쇼우는 허둥지둥 탈의실로 뛰어 들어갔다.

두 사람의 대화를 통해 쇼우가 적어도 어제오늘 아르바이트를 시작한 신입은 아니라는 것을 알 수 있었다. 그건 그렇고 쇼우의 이름은 뭘까. 쇼우코일까, 그냥 쇼우일까.

"빨리 갈아입어. 이러다 늦겠다."

5분 만에 옷을 갈아입은 쇼우는 우둑녀와 함께 쏜살같이 휴게실에서 뛰쳐나갔다.

아차, 명찰을 봐두는 건데.

다시 혼자가 된 나는 쇼우가 남기고 간 따뜻한 공기를 가슴속 깊이 들이마시며 화이트보드를 쳐다보았다.

'쇼우'가 붙는 여자 이름. 쇼우, 쇼우…. 없잖아.

'쇼우이치'라는 이름이 있긴 하지만 설마 이 이름은 아니겠지. 아, 혹시 성일지도 몰라. 그럼 '쇼우타'? '쇼우지'?

설마 '코바야시小林'나 '코도리小鳥'의 '소小'를 음독으로 읽어서 '쇼우'라고 부르는 건 아니겠지. 그렇다면 해당되는 여자 이름이 셋이나 되는데 누가 쇼우인지 도통 알 수가 없군.

나는 쇼우의 이름을 확인하기 위해 가게로 나갔다. 카운터 옆자리에 죽치고 앉아서 잠복수사를 하는 형사처럼 그녀를 관찰했다.

그 결과 그녀의 이름이 '미나미 아이코'라는 사실을 알 수 있었다.

영문을 모르겠군. 대체 쇼우는 어디서 나온 이름이냐? 하지만 명찰에는 분명 그렇게 적혀 있었고 우둑녀를 비롯한 여자 아르바이트생들 모두가 그녀를 쇼우라고 부르는 걸 보니 그게 그녀의 별명인 모양이었다.

쇼우는 모자 위에 마이크가 달린 헤드폰을 쓰고 있었다. 이걸로 드라이브 인 손님들의 주문을 받는 것이다.

쿠사노 씨가 일하는 모습을 봤을 때도 그랬지만 쇼우의 일하는 모습에도 매우 감명을 받았다. 쇼우는 정말 부지런하고 열심히 일했다. 그녀의 담당은 드라이브 인 고객이었지만 조금이라도 여유가 생기면 카운터 손님의 주문을 받거나 때로는 카운터 손님의 주문을 받으며 드라이브 인 손님의 주문을 받기도 했다. 여유가 생겨도 절대 쉬거나 하지는 않았다. 테이블을 닦고 쓰레기봉투를 갈고 어린아이를 상대하기도 했다. 가끔 하품을 삼키기도 했지만 어쨌든 정말 대단했다.

6시가 되자 아르바이트생들 몇 명이 돌아가고 새로운 사람들이 가게로 들어왔다. 쇼우는 드라이브 인 고객용 헤드폰을 벗고 조금 안심한 얼굴로 카운터 업무를 맡았다. 해 본 적이 없어서 잘은 모르겠지만 드라이브 인 고객을 상대하는 건 꽤 긴장되는 일인 모양이다.

나는 약 한 시간 동안 쇼우에게 눈길을 빼앗기고 있었다. 그러나 지금 그보다 더 강력하게 내 시선을 사로잡는 인물이 나타났다.

장난 아니게 덩치 큰 남자였다. 주방 뒷문에서 나타난 그 인물은 굵고 쩌렁쩌렁한 목소리로 아르바이트생 한 명 한 명에게 인사하며 카운터로 성큼성큼 걸어왔다. 키는 180이 넘어보였다. 게다가 그냥 키만 큰 게 아니라 목도 팔도 엄청나게 굵었다. 덤으로 눈썹도 두꺼웠다. 뭐랄까, 거친 갱지에 끝이 갈라진 붓으로 휘갈겨 그린 듯한 느낌을 주는 얼굴이었다.

이런 험상궂게 생긴 녀석이 어째서 해체 작업 현장이 아닌 패스트푸드점에서 일하고 있는 걸까. 이상해서 견딜 수 없다. 암만 봐도 햄버거 가게의 종이 모자보다는 헬멧이 어울리는 남자인데.

쿠사노 씨와 똑같은 반팔 와이셔츠에 넥타이, 그리고 감색 바지 차림이라 처음에는 사원인줄 알았지만 가슴의 명찰에 'Manager'가 아닌 'S Staff'라고 적혀 있는 걸 보니 아무래도 아르바이트생인 모양이었다. 그럼 나와 별 차이 없는 나이란 말인가. 말도 안 돼. 쿠사노 씨보다도 늙어 보이는데.

이 덩치 큰 남자가 사원이 아니라는 것도 경악스러웠지만 더욱 놀라운 것은 그의 이름이 미나미 히로토라는 사실이었다. '미나미'. 쇼우와 같은 성이다.

남매인가? 에이, 설마.

미나미라는 성은 아주 흔하지는 않지만 그렇다고 보기 드문 성도 아니다. 무엇보다도 생김새가 너무 다르다. 쇼우는 부드러운 느낌인데 이 거인은 바위 같은 느낌이다. 푸딩과 연어알 덮밥만큼이나 느낌이 다르다. 도저히 같은 DNA를 갖고 있다고는 생각할 수 없다.

무슨 착오로 이런 가게에서 일하게 됐는지 알 수 없는 생김새이긴 했지만 혼자만 제복이 다른 걸 보면 그만큼 유능한 남자인 듯했다. 실제로 이 남자가 가게에 들어온 순간 아르바이트생들 사이에 흐르는 공기가 확연하게 변했다. 이상한 표현이긴 하지만 긴장감과 안도감이 동시에 감돌며 활기가 넘치기 시작했다.

남자는 카운터 안에서 가게를 한 바퀴 둘러본 뒤 쿠사노 씨에게 뭔가를 보고하고 나서 주방으로 들어갔다. 그리고는 곧 바인더를 들고 카운터로 돌아와서 테이블을 치우고 있는 쇼우에게 손짓했다.

"미나미 씨, 잠깐 이리 와보십시오."

쇼우는 "네."라고 딸꾹질을 하듯 깜짝 놀란 목소리로 대답한 후 총총거리며 미나미 히로토에게 달려갔다. 역시 쇼우도 이 거인이 무서운 모양이다. 당연하다. 쇼우의 키는 기껏해야 이 S스태프의 가슴 언저리밖에 닿지 않으니까 말이다.

나는 의자에서 일어서서 바인더를 들여다보았다. 거리가 있어서 확실히 보이진 않았지만 아무래도 스케줄 표인 것 같았다.

미나미 히로토가 펜으로 스케줄 표를 가리키며 뭔가를 설명하기 시작했다. 하지만 쇼우에게는 그의 가슴에 안겨 있는 바인더가 너무 높아서 보기 힘든 모양이었다. 목을 쭉 빼고 스케줄 표를 보려고 애쓰는 쇼우의 모습이 귀엽고도 우스웠다.

나란히 서서 이야기하는 모습을 보니 역시 이 두 사람은 남매가 아닐 거라는 생각이 들었다. 남녀의 차이를 빼고 봐도 얼굴이나 분위기나 전혀 닮은 구석이 없다. 음, 절대 남매일 리가 없다. 그렇게 생각하고 싶다.

거인과의 대화를 마치고 청소를 계속하러 테이블로 돌아가던 쇼우가 생긋 웃으며 우둑녀에게 말했다.

"휴식시간, 한 시간으로 연장 받았어."

이렇게 예쁜 미소를 볼 수만 있다면 난 30분이 아니라 1년이든 2년이든 휴식시간을 줄 수 있는데.

나는 쇼우의 움직임을 눈으로 끈질기게 쫓으며 쿠사노 씨의 일이 끝날 때까지 할 일 없이 시간을 때웠다. 쇼우가 있기에 그나마 다행이지 그녀마저 없었더라면 죽을 만큼—아니, 다시 살아날 만큼 따분했을 것이다.

손님은 밤이 되어도 끊이지 않았다.

우리 마을에도 이 체인점이 있어서 나도 철이 들기 전부터 가끔씩 햄버거를 먹으러 가곤 했었지만 해가 저문 후에 간 적은 거의 없었다. 시골이라 보수적인 면이 있어서 그런지 우리 마을에서는 저녁식사를 패스트푸드로 때우는 건 상상조차 할 수 없는 일이었다. 저녁식사는 어디까지나 집에서 어머니가 차려준 밥을 먹는 게 상식이었다. 그래서 마을에 한 군데밖에 없던 그 가게는 날이 어두워지면 텅텅 비곤 했었다. 하긴 이건 주변 인구가 너무 적기 때문이기도 했지만.

그에 비해 이쪽 사람들은 저녁 메뉴 선택폭이 넓은 모양이다. 다들 저녁을 햄버거로 때워도 별 상관이 없는지 낮처럼 카운터에 줄을 설 정도는 아니었지만 손님이 끊이지는 않았다. 드라이브 인 쪽은 여전히 바빠 보였고 테이블도 3분의 1정도는 차 있었다. 흥미로운 점은 손님 층이 다양하다는 것이었다. 학생들은 말할 것도 없고 뭔가 사정이 있어 보이는 중년 샐러리맨과 무슨 일에 종사하고 있는지 상상조차 가지 않는 아저씨들, 목소리가 워낙 커서 날마다 여기서 차를 마신 다음 수영교실에 간다는 걸 가게 안의 모든 사람들에게 광고하고 있는 것이나 다름없는 아줌마 4인조, 남편이 출장중이라 아들을 데리고 나온 듯한 젊은 주부 등. 밤이 되어도 가게는 그런 다양한 손님들로 북적거렸다. BGM은 밝고 경쾌했으며 종업원들은 웃는 얼굴로 열심히 일하고 있었다.

그런 밝은 분위기 속에서 쿠사노 테츠야 씨는 혼자 어두운 얼굴을 하고 있었다.

아마 감기에 걸린 모양이다. 그 비를 맞으며 몇 십 분이나 서 있었던 데다 흠뻑 젖은 채로 새벽까지 경찰서에 있었으니 감기에 걸리는 것도 무리는 아니다. 불가항력이긴 했지만 원인을 만든 사람으로서 미안한 마음이 들었다.

쿠사노 씨의 상태는 시간이 지날수록 악화되어 결국 9시가 지나자 사무실로 들어가 버렸다. 나도 좀 책임감이 느껴져서 상태를 보러가긴 했지만 쿠사노 씨는 구석에 움츠린 채 곧 잠들어 버렸다. 그냥 내버려두고 가게로 돌아갈까 했지만 혹시나 무슨 일이 생길까봐 할 수 없이 옆 휴게실에서 대기하기로 했다.

물론 무슨 일이 생긴다 해도 유령인 내가 할 수 있는 일은 아무것도 없겠지만 그래도 함께 허둥댈 수는 있지 않겠는가.

할 일 없이 의자에 앉아서 멍하니 시간을 때우길 수십 분. 10시가 지나자 우둑녀와 쇼우가 휴게실로 들어왔다. 문득 쇼우가 휴게실 입구에 멈춰 서서 방을 둘러보며 가볍게 고개를 갸웃거렸다. 그러고 보니 처음 봤을 때도 이랬었지. 버릇인가?

"아, 너 먼저 갈아입어."

우둑녀가 쇼우에게 순서를 양보한 후 철제의자에 털썩 앉아서 목을 우두둑 울렸다. 이 버릇만 없으면 이 애도 제법 귀여울 텐데. 명찰을 보니 '노지리 아스카'라는 이름이 적혀 있다. 탤런트처럼 멋진 이름이다. 그래봤자 내게는 어디까지나 우둑녀일 뿐이지만.

커튼이 열리고 교복으로 갈아입은 쇼우가 탈의실에서 나왔다. 커다란 밝은 회색 깃에 푸른 리본이 달린 귀여운 세일러복. 웬만한 사람은 소화하기 어려운 디자인이었지만 쇼우에게는 무척이나 어울렸다. 곧 우둑녀가 옷을 갈아입으러 탈의실로 들어갔다.

"있지."

우둑녀가 탈의실 안에서 쇼우에게 말했다.

"거기 말이야, 오늘 갈 거야?"

거기? 그게 어딘데?

"음, 갈까 말까. 아마 기다리고 있겠지?"
"그럴까? 이틀 전처럼 아무 말도 안 하면 어떡하지?"
"아마 안 그럴 거야…. 잘은 모르겠지만."

그렇게 대답하며 쇼우는 입을 가리고 하품을 했다. 보는 사람이 없는데도 입을 가리고 하품을 하다니 정말 예의바른 아가씨다. 마음에 쏙 든다.

두 사람의 대화가 무슨 뜻인지는 전혀 알 수 없었다. 하지만 왠지 불안했다. '거기서 기다리고 있는 사람'이란 대체 누굴까. 듣자하니 꽤나 변덕스러운 사람 같은데. 남자가 아니었으면 좋겠다고 생각했다. 아니, 기도했다.

교복으로 갈아입은 두 사람은 나를 남겨놓고 서둘러 휴게실에서 나가버렸다.

밤 10시. 교복 차림의 두 소녀. 그곳. 기다리는 사람—

이 정도 키워드가 갖춰지면 싫어도 좋지 않은 연상이 떠오르기 마련이다. 내 머릿속에서 저녁 뉴스 시간에 종종 볼 수 있는, 식탁을 둘러싼 가족들의 단란한 분위기를 박살내는 요란한 문구가 춤을 추기 시작했다.

「잠입! 심야의 시부야 무법지대! 술, 마약, 매춘까지! 10대 소녀들을 삼키는 위험한 거리 철저 리포트!」

「격노한 주민들! '조용한 밤을 돌려 달라!' 늦은 밤 슈퍼마켓 주차장에서 카 레이스?! 젊은이들 최악의 매너. 드디어 인사사고까지. 현장 대소동!」

각 방송국에서 매주 방송하는 특집프로의 우주 전쟁이라도 시작됐나 싶을 만큼 거창한 타이틀.

프라이버시를 보호하기 위해 얼굴을 모자이크 처리하고 목소리를 미친 오리처럼 변조한 우둑녀와 쇼우가 리포터의 질문에 화장실 포즈로 앉아서 대답하는 모습이 뇌리에 떠올랐다. 심각한 불안이 밀려왔다.

말도 안 돼, 쇼우가 그럴 리 없어. 하지만 바로 몇 시간 전에 처음 본 여자애가 무슨 짓을 하고 다니는지 알게 뭐람. 아무리 아르바이트 태도가 성실하다 해도 그것만으로 그 애의 모든 것을 알 수는 없는 법이다.

유일한 희망은 쇼우도 우둑녀도 생김새나 말투가 날라리 여고생과는 전혀 다르다는 점이었다. 하지만 '성실하고 얌전해 보이는 여고생이 실은…'이라는 패턴은 원래 흔하지 않은가. 그렇게 생각하니 더더욱 걱정이 앞섰다. 쿠사노 씨를 내팽개치고 두 사람 뒤를 쫓을까 하는 생각도 했지만 결국 그만두었다. 쿠사노 씨가 걱정되어서가 아니라 따라가 봤더니 갈색 피부에 실버 액세서리를 주렁주렁 단 남자 세 명이 기다리고 있으면 충격으로 또 죽어버릴 것 같아서였다.

진실을 확인할 용기가 없는 나는 이를 갈며 가게 근처를 어슬렁거렸다. 마음이 진정되지 않아서 가만히 앉아있을 수가 없었다. 주차장에 가 봤지만 이미 쇼우와 우둑녀는 보이지 않았다. 차 몇 대가 하얀 수은등 불빛을 받으며 서 있을 뿐이었다.

가게 안은 한산했다. 카운터에도 점원은 한 명밖에 없었다. 덩치 큰 S스태프의 지휘 아래 조용히 폐점준비가 진행되었다. 다들 쇼우와 우둑녀가 수상한 곳으로 갔다는 사실은 모르는 눈치였다.

나는 다시 주차장에 가서 6월의 밤공기를 마시며 큰 소리로 외쳐보기도 하고, 드라이브 인 고객용 마이크에 대고 '쇼우가 어디로 갔는지 아는 사람?'이라고 물어보기도 하고, 테이블 사이를 돌아다니기도 하고, 혼자 돌아다니는 게 바보 같이 느껴지면 휴게실로 돌아가기도 하는 등 두서 없는 행동을 되풀이했다.

우연히 눈에 띈 좀 귀여운 여자애가 한밤중에 누구를 만나든 생판 남인 내게는 전혀 상관없는 일이다. 그런데 나는 왜 이렇게 동요하는 것일까? '고등학생씩이나 됐으면 좀 노는 게 당연하지'라고 넘겨버리면 그만이건만 아무래도 그럴 수가 없었다. 그런 척 해봤자 내 기묘한 초조함은 가라앉지 않을 것이다. 그럼 어쩌면 좋을까? 뒤쫓아 가서 날라리 남자 3인조를 때려눕힌 다음 쇼우의 따귀를 때리며 진부한 TV드라마처럼 "자신을 좀 더 소중하게 여겨!"라는 대사를 읊어볼까? 그런데 무슨 수로? 있는 건 넉살뿐이요, 겁 많고 소심하고 무엇보다도 안경 쓴 샐러리맨에게만 목소리가 들리는 유령이 대체 무슨 수로 그런 짓을 한단 말인가? 정말 답답하다.

그런 생각에 잠겨 있을 때 폐점 업무를 마친 S스태프 미나미 히로토가 거구를 흔들며 휴게실로 들어왔다.

"우와, 나타났다."

나는 몸을 젖히며 작게 중얼거렸다. 가게에서 봤을 때도 컸지만 휴게실에서 보니 한층 크게 느껴졌다. '사람이 들어왔다'기 보다는 '곰이 나타났다'는 느낌이랄까.

그는 어째서인지 입구 앞에 멈춰 서서 당황한 기색으로 그리 넓지 않은 실내를 둘러보았다. 그러나 곧 다시 무뚝뚝한 표정을 지으며 서둘러 휴게실 안쪽에 있는 사무실로 사라졌다.

그 후 잠에서 깨어난 쿠사노 씨가 이상하게 들떠서 설치고 다니다가 기절했다가 다시 정신을 차리는 등 한바탕 소동이 벌어졌지만 어쨌든 업무는 끝났다.

그건 그렇고 그 덩치 큰 S스태프가 휴게실에 들어왔을 때 보였던 당황하는 듯한 표정과 태도는 쇼우와 굉장히 비슷했다. 생각하고 싶지도 않지만 역시 두 사람은 남매일지도 모른다.

"말해 봐요. 정말 남매인가요?"

나는 택시 뒷좌석에서 서글픈 표정으로 잠들어 있는 쿠사노 씨에게 작게 물어보았다. 대답 대신 코고는 소리에 가까운 숨소리만이 들려왔다. 9시에 잠들었으니까 벌써 네 시간이나 의자에 앉아서 처량하게 잠들어 있는 셈이다. 감기약도 안 먹었는데 참 잘도 잔다 싶었다. 어지간히 피곤했던 모양이다.

나는 차창 밖을 바라보며 말을 이었다.

"그 두 사람이 남매인지 아닌지 보다는 사실 쇼우의 교우관계가 걱정 돼요. 그런 소문 들어본 적 없어요?"

대답은 없었다. 하긴 잠들어 있으니 대답이 없는 게 당연하다. 나도 딱히 대답을 기대했던 게 아니라 그냥 답답한 심정을 입 밖에 내고 싶었을 뿐이다. 그래서 대답을 하든 말든 멋대로 떠들어댔다.

"쇼우처럼 평범하고 얌전해 보이는 애가 날라리라면 우리나라의 장래는 엄청 어두울지도 몰라요. 하긴 이미 죽어버린 내가 이 나라의 장래를 걱정해봤자 무슨 소용이 있겠어. 하지만 뭐랄까, 그저—"

"손님?"

택시기사가 별안간 신경질적인 목소리로 말을 건넸다. 나는 깜짝 놀랐다. 하지만 기사가 말을 건넨 사람은 당연히 내가 아닌 쿠사노 씨였다.

"이보세요, 손님?"

두 번째 목소리는 나까지 겁을 집어먹을 만큼 컸다. 쿠사노 씨가 어렴풋이 눈을 떴다.

"으음, 아, 죄송합니다."

쿠사노 씨가 비뚤어진 안경을 치켜 올리며 쉰 목소리로 대답했다.

"곧 인터체인지인데요."

"아, 그럼 요 앞 노타선 선로를 지나 첫 번째 신호등에서 좌회전해주세요."

기사는 아무런 대꾸도 없이 거칠게 핸들을 꺾어 추월차선에서 주행차선으로 이동했다. 물론 그냥 감기이긴 하지만, 이 기사에게는 환자를 태우고 있다는 자각이 없는 모양이었다.

택시는 밝은 국도에서 벗어나 주택가의 좁은 길을 무시무시한 속도로 달렸다. 그리고 원룸 맨션 앞에 손님을 떨어뜨려 놓은 후 눈 깜짝할 사이에 어둠 속으로 사라졌다.

3층에 위치한 방에 도착할 때까지 쿠사노 씨는 세 번이나 주저앉거나 벽에 몸을 기댔다. 복도의 어슴푸레한 조명 아래에서도 얼굴이 새빨갛다는 것을 알 수 있었다. 부축이라도 해 주고 싶었지만 몸이 통과해버려서 그럴 수도 없었다. 나는 어쩔 줄 몰라 하며 다 죽어가는 샐러리맨을 뒤쫓아 갈 수밖에 없었다.

5

수납장에서 꺼내온 축축한 이불이 열에 들뜬 몸에 감겨 지독히 불쾌한 느낌을 주었다. 마음 같아서는 이불을 걷어내고 싶었지만 오한은 축축한 감촉보다 훨씬 불쾌해서 차마 그럴 수가 없었다.

쿠사노 테츠야는 어렴풋이 눈을 뜨고 천장을 올려다보았다.

벌써 날이 밝을 무렵인지 방안이 어슴푸레하게 밝았다. 베갯맡에 놓인 시계로 시간을 확인해보고 싶지만 조금이라도 움직이면 머리가 지독하게 아파서 그럴 수가 없었다. 침대에 눕기 전에 먹은 감기약은 얕은 잠에서 깨어난 지금도 별다른 효과를 발휘하지 못했다.

목 언저리가 이상하게 답답했다. 와이셔츠 깃이 닿아 있는 모양이다. 넥타이와 버튼을 풀긴 했지만 그래도 와이셔츠를 입고 자는 것은 불편했다. 하지만 옷을 갈아입고 싶어도 지금은 무리다. 오한에 떨고 있는 쿠사노에게 침대에서 기어나가 옷을 벗는 것은 상상조차 하고 싶지 않은 일이었다.

자동차 엔진 소리 같은 낮은 소리가 들려왔다. 아니, 엔진 소리가 아니었다. 소리는 1, 2초 간격으로 울렸다가 멈췄다가를 반복하고 있었다.

뭐지. 코고는 소리인가.

그렇게 생각하던 쿠사노는 곧 뭔가가 이상하다는 사실을 깨달았다. 이 원룸 맨션은 방음이 철저해서 옆집의 코고는 소리나 이야기 소리는 물론 TV 소리조차 들리지 않는다. 그런데 어째서 코고는 소리가 들려오는 것일까.

코고는 소리는 침대에 누워 있는 쿠사노의 왼쪽 옆에서 들려오고 있었다.

처음에는 미나미 히로토나 다른 아르바이트생이 자고 있나 보다고 생각했다. 휴게실에서 아르바이트생들이 쿠사노를 집으로 데려다 주겠다고 했던 기억이 떠올랐기 때문이다. 하지만 곧 멍한 머릿속에 택시를 타고 온 기억이 떠올랐다. 분명히 내릴 때 만 엔 가까이 나온 요금 때문에 내심 혀를 찼다. 그러니까 소파에서 코를 골고 있는 사람은 미나미나 다른 아르바이트생들이 아니다.

강도?

하지만 남의 집에서 낮잠을 자는 강도가 어디 있겠는가.

"누구?"

쿠사노는 갈라진 목소리로 물으며 머리가 울리지 않도록 천천히 왼쪽을 돌아보았다.

"아…."

순간 탄식 같은 목소리가 힘없이 흘러나왔다.

쿠사노의 눈에 비친 것은 소파 위에 몸을 웅크리고 잠들어 있는 뺑소니 사건의 피해자였다.

안경을 쓰지 않아서 얼굴이 뚜렷하게 보이지는 않았다. 안경은 손을 뻗으면 간단히 집을 수 있는 베갯맡에 놓여 있었지만 지금은 그 정도 움직임도 중노동으로 느껴졌다. 쿠사노는 안경을 포기하고 눈을 크게 뜨며 소파에 누워 있는 인물을 관찰했다.

팔베개를 하고 누워서 입을 반쯤 벌린 채 코를 골고 있는 인물은 분명 사고를 당한 그 청년이었다. 안경이 없는 데다 실내가 어두워서 잘 보이지는 않았지만 티셔츠와 청바지도 낯이 익었다.

"허억."

쿠사노는 비명처럼 신음하며 눈을 감았다. 환각을 볼 만큼 열이 지독하단 말인가. 오늘은 휴일이니 괜찮다 쳐도 내일은 아침 6시에 출근해야 하는데. 쉬고 싶어도 쉴 수가 없는데. 어쩌지? 어쩌면 좋지? 그래. 일단 자자. 생각은 그 다음에 하자.

약효 때문인지 쌓이고 쌓인 피로 때문인지 쿠사노는 어린아이처럼 곧 잠들어버렸다.

한 시간 후 다시 잠에서 깨어났을 때 방 안은 제법 밝아져 있었다. 창밖에서 참새 소리가 들려왔다.

작은 소파에는 그 시체가 아까와 똑같은 모습으로 잠들어 있었다. 더 이상 코를 골진 않았지만 그 대신 입을 오물오물 움직이고 있었다.

몸이 조금 나은 것일까. 두통도 오한도 어느 정도 가라앉아 있었다. 하지만 여전히 저 시체가 보이는 걸 보니 열은 아직 내리지 않은 모양이다.

쿠사노는 다시 잠들었다. 얼마든지 잘 수 있을 것 같은 기분이었다.

다시 한 시간 후에 눈을 뜨자 마침 청년의 환각이 등받이 쪽으로 몸을 뒤척이는 중이었다.

"아직 있잖아."

쿠사노의 씁쓸한 중얼거림에 회색 셔츠를 입은 청년의 등이 꿈틀 움직였다.

이봐, 일어나지 마.

쿠사노는 마음속으로 청년에게 말했다. 아무리 환각이라도 시체가 잠에서 깨어 이쪽을 쳐다보는 것은 싫었다.

하지만 청년은 쿠사노의 바람도 허무하게 눈을 뜨고 말았다. 그리고 나른하게 몸을 일으켜서 티셔츠 안에 손을 넣고 등을 긁적이며 졸린 눈으로 방안을 둘러보았다.

"그냥 자고 있을 것이지."

쿠사노는 혀를 차며 작게 중얼거렸다. 순간 주위를 둘러보던 청년의 환각이 재빨리 쿠사노를 돌아보았다. 눈을 동그랗게 뜨고 쿠사노의 눈을 물끄러미 응시했다.

커튼 사이로 아침 햇살이 가늘게 새어 들어오는 방 안에서 두 남자는 한동안 아무 말 없이 서로를 마주보고 있었다.

"내가 보여요?"

요코이 료타는 깜짝 놀란 듯이 자신을 가리키며 쿠사노에게 물었다.

"응, 보여. 그러니까 계속 자라, 응?"

환각뿐 아니라 환청까지 시작됐단 말인가. 빨리 열이 내리지 않으면 위험할지도 몰라. 화장실도 가고 싶고 목도 마르지만 일단 자자. 다음에 눈을 뜰 때에는 환각이 사라져 있었으면 좋겠는데.

"아, 잠깐만…."

"시끄러워!"

쿠사노는 버럭 소리를 지르며 눈을 감았다.

"어라, 또 잠들었네."

그런 중얼거림이 들려왔지만 쿠사노는 아무런 대꾸도 없이 스위치라도 꺼진 것처럼 잠들어 버렸다.

아무리 자고 또 자도 졸음이 가시지 않았지만 그래도 낮이 되자 너무 오래 잔 탓에 허리와 등이 아프기 시작했다. 이제는 두통보다 등이 아픈 게 더 신경 쓰일 정도였다.

쿠사노는 얼굴을 찡그리며 천천히 상반신을 일으켰다. 그리고 작은 소파를 노려보았다.

역시 환각은 사라지지 않았다.

"왜 사라지지 않는 거지."

"글쎄요. 왜 그럴까요."

료타는 쓴웃음을 지으며 머리를 긁적였다. 죽은 사람이 왜 여기 있는 거냐고 물어봤자 자신도 대답할 방도가 없었다.

쿠사노는 너무 오래 자서 퉁퉁 부운 얼굴에 안경을 쓰며 불쾌한 표정으로 소파에 앉아 있는 남자를 바라보았다. 안경 덕분에 환각의 얼굴이 뚜렷하게 보였다. 틀림없이 빗속에 쓰러져 있던 그 청년이었다.

"그때 차에 치인 사람이지?"

"넵."

"역시 그렇군."

쿠사노는 무표정하게 고개를 끄덕이며 몸의 상태를 확인하듯 느린 동작으로 침대에서 일어났다.

"방 안이 덥군."

방 안의 공기를 환기시키기 위해 커튼과 창문을 활짝 열었다. 장마철에는 보기 드문 맑은 날씨였다. 그래서인지 유달리 더워서 실온과 바깥 기온의 차이가 거의 없었지만 그래도 실내의 탁한 공기보다는 바깥 공기가 훨씬 상쾌했다.

6월의 햇살은 따갑고 눈부셨다. 쿠사노는 현기증을 느끼고 그 자리에 주저앉았다.

"괜찮아요?"

료타가 걱정스럽게 물었다. 쿠사노는 손을 저으며 괜찮다고 대답했다.

"역시 아직은 머리가 어질어질하군."

쿠사노는 흘낏 고개를 들었다. 그리고 낙담했다. 여전히 환각이 보였기 때문이다. 밝은 햇빛을 받으면 이 재수 없는 환각도 사라질지 모른다고 조금은 기대했었는데. 환각은 여전히 파란 소파에 앉아 있었다. 그뿐인가, 사라지기는커녕 방 안이 밝아진 탓에 아까보다 더욱 뚜렷하게 보였다. 유리알처럼 공허했던 눈동자에는 생생한 빛이 감돌고 있었다.

쿠사노는 구석에 놓여 있는 TV를 짚으며 몸을 일으켰다.

료타가 슬며시 손을 들며 물었다.

"저, 저도 몇 가지 질문을 해도 될까요?"

"해 봐."

귀찮은 기색을 역력하게 드러내며 대답했지만 료타는 아랑곳없이 질문을 던졌다.

"목소리만 들리는 게 아니라 내 모습도 보이나요?"

"응."

"무섭지 않아요?"

쿠사노는 아무런 대답도 없이 비틀거리며 부엌으로 걸어갔다. 그리고 싱크대 옆 선반에서 체온계를 꺼낸 후 침대로 돌아갔다.

료타가 또다시 물었다.

"무섭지 않아요?"

"왜?"

"난 죽은 사람이니까."

"그래봤자 환각이잖아."

쿠사노는 겨드랑이에 체온계를 끼고 침대에 누웠다. 와이셔츠는 땀과 주름으로 엉망이 되어 있었다. 아래는 까만 팬티 차림이었다.

"어차피 열이 내리면 사라지겠지. 그러니까 안 무서워…. 환각이 보이는 것 자체는 좀 무섭지만."

"저기요, 전 환각이 아니라 유령이랄까 영혼이랄까, 그 비슷한 건데요."

그렇게 설명한 후 료타는 자신의 말에 쓴웃음을 지었다.

그래, 나는 유령이었지.

원래 영혼의 존재를 믿지 않았던 료타는 자신이 죽어서 유령이 될 지도 모른다는 생각은 꿈에도 해본 적이 없었다. 그래서 막상 자신의 처지를 설명하려니 이 상황이 끔찍한 농담으로 느껴져서 쓴웃음을 지을 수밖에 없었다.

"유령이라."

쿠사노는 한숨 섞인 목소리로 중얼거렸다.

"아, 쿠사노 씨도 그런 걸 안 믿는 성격인가요?"

그건 자신도 마찬가지다. 하지만 그렇다면 지금의 자신은 대체 뭐란 말인가. 료타는 내심 빈정거리듯 중얼거렸다.

"믿고 자시고 환각과 유령은 다르니까."

"전 환각이 아니라니까요."

쿠사노는 '환각'의 지적을 무시하며 물었다.

"그런데 어떻게 내 이름을 알았지?"

"아, 이름이라면 경찰서에서—"

"아, 됐어. 말 안 해도 돼. 환각이니까 내 이름 정도는 알아도 이상할 것 없지."

도중에 말을 끊겨 버린 '환각'이 발끈한 표정을 지었지만 쿠사노는 전혀 신경 쓰지 않았다.

"그건 그렇고 몇 마디 했더니 피곤하군."

그렇게 말하며 눈을 감으려던 순간 겨드랑이에서 짧은 전자음이 울렸다. 체온계를 빼서 디지털 표시를 살펴본 후 쿠사노는 아무 말 없이 뜨거운 물을 마셨다.

"몇 도?"

'환각'이 물었다. 쿠사노는 대답 대신 체온계를 던졌다.

'환각'이 재빨리 손을 내밀었다. 그러나 하얀 체온계는 '환각'의 손을 통과하여 소파 가장자리에 맞고 바닥에 떨어졌다.

음, 역시 환각이군.

쿠사노는 입가에 자조 섞인 미소를 지었다.

"37도 2분. 어제에 비하면 많이 내렸네. 휴게실에서 쓰러졌을 때는 38도가 넘었는데."

'환각'이 오른손에 체온계를 들고 숫자를 들여다보며 말했다. 체온계는 분명 바닥에 떨어졌었다. '환각'이 체온계를 줍는 모습은 보지 못했다. 하지만 체온계는 분명 그의 손에 있었다.

"어?"

쿠사노는 '환각'의 발밑을 내려다보았다. 체온계는 역시 바닥에 떨어져 있었다. 당황하며 시선을 들자 '환각'은 체온계를 든 채 의아한 표정으로 이쪽을 바라보고 있었다. 체온계가 둘로 늘어난 것이다.

"왜 그래요?"

"아니…."

쿠사노는 입을 꾹 다물며 고개를 갸웃거렸다. 자신이 던진 체온계가 둘로 분열되었단 말인가.

혼란에 빠진 쿠사노에게 '환각'이 손을 내밀었다.

"자, 여기요."

반사적으로 손을 내밀자 '환각'이 쿠사노의 손 위에 체온계를 올려놓았다. 깜짝 놀라서 바닥을 보니 아까까지 떨어져 있던 체온계가 보이지 않았다.

"말도 안 돼."

쿠사노는 이것도 환각이라고 억지로 납득하며 악몽을 떨쳐버리기 위해 비틀거리며 일어섰다. 그리고 좁은 부엌으로 걸어가서 냉장고를 열고 페트병에 든 우롱차를 꺼내 병째로 마셨다. 차가운 액체는 바싹 마른 목을 적시고 팔다리와 머리 꼭대기까지 흡수되는 것 같았다.

반쯤 잠들어 있던 뇌가 활성화되었다. 쿠사노는 겨우 자신이 잠에서 깨어났음을 실감했다.

뒤를 돌아보자 '환각'이 소파에 앉아 창밖을 바라보고 있었다.

왜 이런 환각이 보이는 것일까. 37도 2분은 평열보다 높긴 해도 환각을 볼 만큼 고열은 아니다. 그런데도 청년의 모습은 사라지지 않았다. 그럼 저건 환각이 아니란 말인가.

쿠사노는 담배에 불을 붙인 후 폐 깊숙이 연기를 빨아들였다. 바이러스에 침범당해 약해질 대로 약해져 있는 폐에 니코틴은 너무나도 강렬했다. 쿠사노는 몸을 구부리고 격렬하게 기침했다.

"아직은 누워 있는 게 좋지 않을까요?"

'환각'이 아직 앳된 티가 남아 있는 얼굴을 걱정스럽게 찡그리며 말했다. 그러나 쿠사노는 그를 무시하고 담배를 끈 뒤 욕실로 들어갔다.

볼일을 마친 후 작은 거울을 들여다보자 초췌해진 자신의 얼굴이 비쳤다.

세수를 한 다음 무스와 수건으로 삐친 머리를 억지로 가라앉혔다. 6월인데도 드라이어의 뜨거운 바람이 따뜻하고 기분 좋게 느껴졌다.

욕실에서 나오자 '환각'은 베란다에 나가 주위를 둘러보고 있었다.

저 자식, 태평하게 햇볕을 쬐고 있다니.

쿠사노는 혀를 차며 옷장에서 새 와이셔츠를 꺼냈다. 감기 때문에 손가락에 힘이 들어가지 않아서 세탁소 비닐을 벗기는 것만으로도 숨이 가빴다.

"나가려고요?"

'환각'이 뒤를 돌아보며 물었다. 쿠사노는 아무 대답 없이 와이셔츠를 갈아입었다. 바닥에 벗어던졌던 바지를 주워 입고 먼지를 털었다.

"일? 아, 오늘은 휴일 아니었나?"

"……."

쿠사노는 '환각'을 무시하며 옷걸이에 걸려있던 재킷을 걸쳤다.

"아직은 누워 있는 게 좋을 것 같은데…. 겨우 나았는데 무리하지 말아요. 그러다 또 쓰러지겠어요. 하다못해 뭐라도 먹고 나가지 그래요? 아, 그렇지. 나도 따라가면 안 돼요? 죽은 것 까지는 좋은데 할 일이 없어서요."

아무리 무시해도 '환각'은 계속 말을 걸어왔다. 발끈한 쿠사노는 참고 참았던 말들을 단숨에 쏟아냈다.

"이봐, 나 지금 가게로 차를 가지러 갈 생각이거든? 가는 김에 일도 할 거야. 따라오는 건 네 맘이고 따라오지 말래도 따라오겠지만 제발 나한테 말 좀 걸지 마. 아무리 환각이라지만 자꾸 말을 걸면 나도 뭔가 대답을 해야 될 것 같단 말이야. 그리고 무시하는 것도 의외로 피곤하거든? 그렇다고 일일이 대답했다가는 사람들이 나를 정신병자 취급할 거 아니냐? 넌 환각이니까. 지금은 아무도 없으니까 그나마 괜찮지만 밖에서는 제발 참아줘. 세상의 이목이라는 말 알지? 그러니까 하다못해 밖에서는 입 좀 다물어 줘. 미안하지만 말을 걸어도 무시할 테니까."

말을 마치자마자 또다시 가벼운 현기증이 덮쳐왔다. 비스듬히 기울었다 원래대로 돌아오길 되풀이하는 일그러진 시야 속에서 '환각'이 "네에." 하고 시큰둥하게 대답했다.

환각을 상대로 왜 이렇게 진지한 설득을 하고 있는 것일까. 쿠사노는 깊은 허탈감을 느꼈다.

오랜만에 얼굴을 내민 6월의 태양은 기다렸다는 듯이 강렬한 볕을 거리에 내리쬐고 있었다. 맨션 밖으로 나온 순간부터 쿠사노는 무리해서 외출한 것을 후회했다. 다시 방으로 돌아가서 '환각'의 충고대로 누워있고 싶었지만 그럼 내일 출근할 때 마땅히 타고 갈 차가 없다. 내일은 일찍 출근하는 날이라 첫차를 타고 가봤자 지각이다. 결국 가게에 갈 수 밖에 없는 처지다.

쿠사노는 항상 출퇴근에 이용하는 국도와는 반대 방향으로 걸음을 옮겼다. 오후의 거리는 하얗고 눈부신 빛으로 가득 차 있었고 역으로 이어지는 길에는 아지랑이가 피어오르고 있었다.

대대로 이 마을에 살며 농업에 종사해 온 민가와 다른 지방에서 옮겨온 샐러리맨들이 사는 분양주택. 두 종류의 집들이 뒤섞여 있는 이 근방은 평소에도 낮에는 한산한 편이다. 하물며 오늘 같은 더운 날에는 거리가 텅 비어있다 해도 과언이 아닐 정도였다.

쿠사노는 등에 타는 듯한 햇볕을 받으며 역으로 터덜터덜 걷기 시작했다. 뒤를 돌아보니 몇 걸음 뒤에서 따라오는 '환각'이 뚜렷하게 보였다. 밝은 실외에서 보는 그는 일시적인 정신적 피로가 만들어낸 환각이라기보다는 그냥 이 근처에 사는 젊은이 같았다. 하지만 그는 실제로 존재할 리 없는 인물이다. 아니, 그와 꼭 닮은 사람이 있긴 했지만 그 사람은 어제 불의의 사고로 죽었다. 그러니까 지금 보이는 것은 역시 환각이다.

쿠사노는 간절하게 자신을 타일렀다.

관에 들어있지 않은 시체를 본 것은 처음이었다. 그 사건은 자신에게 생각보다 훨씬 큰 충격을 줬는지도 모른다. 게다가 요 며칠 동안 특히 피곤한 상태였고 아직 열도 남아 있다. 그런 조건들이 겹쳐서 환각을 보게 된 모양이다.

"응?"

쿠사노는 '환각'의 싹싹한 미소를 무시하고 또다시 걷기 시작했다.

료타의 머릿속에 한 가지 의문이 떠올랐다. 쿠사노 테츠야에게 자신의 모습이 보인다면 다른 사람에게도 보이지 않을까.

눈부신 햇빛을 반사하는 아스팔트길을 걸으며 료타는 지나가는 사람들이 자신을 쳐다볼지 어떨지 확인해보기로 결심했다. 방법은 뭐든지 좋다. 갑자기 춤을 추거나 괴성을 지르면 어떤 사람이든 조금은 놀랄 것이다.

그러나 어이없게도 역에 도착할 때까지 아무와도 마주치지 못했다. 료타는 쓴웃음을 지을 수밖에 없었다.

눈부신 햇빛 아래를 걸어온 탓일까, 역 구내는 오래된 절 안처럼 어둡고 조용하게 느껴졌다.

300엔짜리 표를 사는 쿠사노를 보고 료타는 바지 뒷주머니에서 지갑을 꺼내 동전을 매표기에 넣었다. 그러나 100엔짜리 동전은 기계 내부를 통과해서 그대로 나와 버렸다. 다른 동전으로도 시도해봤지만 몇 번을 넣어도 매표기는 료타의 동전을 받아주지 않았다.

"죽은 사람 돈은 못 받겠다 이거냐."

료타는 농담조로 투덜거렸다. 쿠사노는 이미 묵묵히 자동개찰구를 빠져나가고 있었다. 집에서 나올 때 선언했던 대로 철저하게 무시할 작정인 모양이었다.

 다시 한 번 동전 투입구에 100엔을 넣어보았지만 결과는 마찬가지였다. 매표기와 자동개찰구를 번갈아 바라보며 한동안 고민하던 료타는 표를 살 수 없으니 별 수 없다고 스스로에게 변명하며 부정승차를 하기로 했다.

 세 대의 자동개찰구 오른쪽 옆에는 역 사무실에서 튀어나온 형태로 유인개찰구가 자리 잡고 있고, 유리창 안에는 키가 작고 뚱뚱한 역무원이 앉아 있었다.

 "수고하십니다."

 료타는 유리창 안쪽을 향해 경례한 후 홈으로 향했다. 역무원이 허둥지둥 쫓아올까봐 가슴이 조마조마했지만 그럴 기색은 없었다.

 전차는 텅 비어 있었다. 승객은 한 차량에 열 명 정도. 승객들은 서로 한껏 거리를 두고 앉아 있었다. 그중 몇 명은 꾸벅꾸벅 졸고 있었다. 이야기소리도 들려오지 않고 쉴 새 없이 휴대폰을 조작하는 모습도 보이지 않는 차 안에는 노인이 많기 때문인지 물속처럼 조용하고 나른한 공기가 감돌고 있었다.

 덜컹, 덜컹. 바퀴가 레일의 이음새를 지나가는 단조로운 소리가 울렸다. 푸른 논밭과 울창한 수풀, 생긴 지 얼마 안 되는 주택가가 창밖으로 흘러갔다. 평일 낮의 교외는 따분할 만큼 평화로웠다.

 이 노선은 도심에서 방사선 형태로 뻗어 있는 각 철도의 역을 거미줄처럼 옆으로 연결하고 있다. 아침저녁에는 제법 붐비지만 그 외에는 대부분 비어 있어서 자리에 앉지 못하는 경우는 거의 없다. 쿠사노는 긴 시트 구석에 웅크리고 앉아서 눈을 감고 있었다. 차 안의 냉방은 약한 편이었지만 아직 열이 남아 있는 쿠사노의 몸에는 그것도 차갑게 느껴지는 모양이었다.

잠시 쿠사노의 맞은편에 앉아서 눈치를 살피던 료타는 당분간 자신을 상대해줄 것 같지 않은 그를 내버려두고 자리에서 일어서서 차안을 돌아다녔다.

쿠사노 테츠야는 료타가 죽은 직후부터 목소리를 들을 수 있었고 지금은 모습도 뚜렷하게 볼 수 있다. 쿠사노가 그것을 환각이라고 굳게 믿고 있는 것은 문제지만 어쨌든 의사를 소통할 수 있는 것은 다행이었다. 끈질기게 달라붙으면 언젠가는 오해도 풀릴 것이다. 그럼 다른 사람들은 어떨까. 역무원에게는 자신의 모습이 보이지 않는 것 같았지만 혹시 보이는 사람도 한 명쯤 있을지 모른다.

"하나, 둘, 셋, 넷…."

료타는 승객들 한 사람 한 사람 앞에 서서 앉았다 일어나기를 해 보았다. 자신이 보인다면 고개를 돌리든 옆 차량으로 도망치든 뭔가 반응이 있을 것이다. 그러나 반응하는 사람은 아무도 없었다. 역시 쿠사노 외의 사람들에게는 료타가 보이지 않는 모양이었다.

"고독하군."

요코이 료타는 별로 그렇게 보이지 않는 태평한 표정으로 자신의 처지를 한탄했다.

도중에 전철을 갈아타고 역에서 내려 20분 가까이 걸은 후에야 겨우 가게에 도착했다. 쿠사노의 집에서 나온 지 거의 1시간 30분 가까이 지난 후였다.

쿠사노는 사무실로 들어가자마자 곧 컴퓨터를 켜고 다음 주 근무 스케줄 표를 프린트해서 휴게실 바인더에 넣은 뒤 다시 컴퓨터 앞에 앉았다.

휴일인데도 감기에 걸린 몸을 이끌고 일하는 쿠사노를 흘깃 쳐다보며 료타는 스케줄 표로 달려갔다. 물론 그곳에 요코이 료타라는 이름이 적혀 있는 것은 아니었다. 료타가 찾는 것은 쇼우, 즉 미나미 아이코의 이름이었다.

"오오, 있다."

료타는 테이블 아래에서 손뼉을 쳤다.

수요일 밤 5시부터 10시 부분에 미나미 아이코라는 이름이 적혀 있었다. 아이코는 이번 주말에 하루 종일 근무하는 모양이다. 내친김에 매니저 란을 살펴보자 이번 주 토요일과 다음 주 수요일 양쪽 다 쿠사노 테츠야라는 이름이 적혀 있었다. 료타는 이 3일 동안 무슨 일이 있어도 이곳에 와야겠다고 멋대로 결심했다. 그 따뜻하고 부드러운 얼굴을 보기 위해서라면 여기까지 걸어와도 좋다는 생각마저 들었다.

스케줄은 금요일까지밖에 적혀 있지 않았다. 다음 주말 스케줄은 아직 작성하지 못한 모양이다.

"이러니까 열여섯, 일곱밖에 안 된 여자애한테 요령이 없다는 소릴 듣는 거야."

료타는 쿠사노에게 들리지 않도록 작은 목소리로 중얼거렸다.

"아, 그건 우둑녀가 한 말이고 쇼우는 그렇게 심한 말은 안 했지."

들어주는 사람도 없는 말을 혼자 중얼거린 후 료타는 어째서 자신이 이토록 그녀에게 푹 빠졌는지 자문해보았다. 연하, 그것도 서너 살이나 어린 여자아이에게 마음을 빼앗긴 자신이 너무나도 당황스러웠다.

"뭐, 이미 반해버렸으니 별 수 없지만. 무슨 수를 써도 사귈 수 없다는 걸 아니까 더 불타오르는 걸지도 몰라."

스케줄 표는 A4 용지에 가로로 인쇄되어 있었다. 세로축이 스태프 이름, 가로축이 시간. 가로로 그어진 굵은 선이 스태프가 가게에 들어온 후부터 나갈 때까지의 시간을 나타내고 있었다. 이른 아침이나 늦은 오후에는 선의 수가 적고 낮 11시 전후와 저녁 7시 전후에는 선이 몇 개나 그어져 있어서 이 표 하나로 가게가 언제 한산하고 언제 붐비는지 알 수 있었다.

다음주 수요일 스케줄을 살펴보니 아이코는 저녁 5시에 출근해서 10시에 퇴근한다고 적혀 있었다. 마음에 걸리는 것은 10시에 끊어진 선 이후의 공백이었다.

아이코와 우둑녀의 수수께끼 같은 대화가 머릿속에 되살아

났다. 어젯밤 10시 이후 대체 누구를 만난 것일까. 아이코는 자신의 상상대로 낮과 다른 얼굴을 갖고 있는 것일까. 아니면 전부 단순한 착각일까.

입안에 씁쓸한 것이 차오르는 듯한 기분이었다. 료타는 기분을 전환하기 위해 스케줄 표에서 얼굴을 들었다. 오후의 노란 햇살이 흐린 유리창을 통해 새어 들어오는 휴게실에는 료타 외에는 아무도 없었다. 바로 옆방에 쿠사노가 있다는 걸 알면서도 조용하고 밝은 이 방에 있자니 세계에서 고립된 듯한 착각마저 들었다.

"아아, 보고 싶다."

아이코의 천진난만한 웃는 얼굴이 이 쓸쓸함과 우울한 의혹을 단숨에 날려줬으면 싶었다.

달칵 하고 문이 열리는 소리에 료타는 반사적으로 문을 돌아보았다. 미나미 아이코가 왔을지도 모른다는 부질없는 기대에 가슴이 설랬다.

그러나 휴게실 안으로 들어온 것은 험상궂은 얼굴의 S스태프 미나미 히로토였다.

"댁 말고."

료타는 아랫입술을 삐죽 내밀며 고개를 돌렸다.

미나미 히로토는 입구에서 신발을 벗고 커다랗게 숨을 들이마신 다음 안쪽 사무실로 재빨리 들어가 버렸다.

목이 늘어진 무늬 없는 티셔츠 위에 빛바랜 체크무늬 반팔 셔츠를 걸치고 산지 얼마 안 되어 보이는 진한 청바지를 입은 미나미는 넥타이를 매고 가게를 활보할 때보다는 조금 작아 보였다. 등을 움츠리고 살금살금 걷는 바람에 더욱 그렇게 느껴졌는지도 모른다. 어쨌든 료타에게는 관심 없는 일이었다.

"안녕하세요."

미나미 히로토가 사무실로 들어왔다. 워낙 덩치가 커서 좁은 사무실 안으로 비집고 들어오는 듯한 느낌이었다. 쿠사노는 계속 씨름하고 있던 컴퓨터 모니터에서 시선을 떼고 미나미를 돌아보았다.

"안녕. 그런데 오늘은 밤부터 아니었나?"

"그렇긴 한데 비품 발주 마감이 내일이라 주문서를 작성해 둘까 해서요."

미나미는 매니저 업무 중에서 비교적 간단한 점포 비품과 소모품 발주를 담당하고 있다.

"강의는? 땡땡이?"

"아뇨, 오늘 목요일이잖아요."

"아, 강의가 오전밖에 없는 날이었지."

"네. 그것보다 쿠사노 씨는 웬일이세요? 오늘은 휴일 아닌가요?"

"아, 차를 가지러 온 김에 스케줄을 전부 작성하려고. 일단 금요일까지는 작성해 놨어. 실은 어제 퇴근 전에 끝내려고 했는데 그럴 겨를이 없어서."

"그렇군요."

미나미는 어젯밤의 소동을 떠올리며 빙긋 웃었다.

"참, 어제는 고마웠어. 덕분에 살았다."

"천만에요, 별 말씀을. 그보다 감기는 이제 나으셨나요? 아직 안색이 좀 안 좋은 것 같은데."

"글쎄. 아직 좀 멍한 게 솔직히 별로 멀쩡하진 않아. 집에 돌아가면 우동이라도 먹고 얼른 자야지."

"사원들은 힘들겠어요."

"아르바이트인데도 시간 외 노동을 하는 사람만큼 힘들지는 않아."

그렇게 말하며 미소 짓던 쿠사노가 느닷없이 격렬하게 기침을 하기 시작했다.

"괜찮으세요?"

"응."

쿠사노는 호흡을 가다듬으며 대답했다.

"한꺼번에 숨을 들이마시면 폐가 간지러워. 담배도 몸에서 받아들이질 않아."

"그동안 한 번도 안 피우신 것 같네요."

미나미는 책상 위에 놓여 있는 빈 재떨이를 흘낏 바라보며 만족스러운 듯이 말했다.

미나미는 담배를 굉장히 싫어해서 설령 상대가 점장이라도 눈앞에서 담배를 피우면 노골적으로 얼굴을 찡그리곤 했다.
"감기 덕분에 졸지에 금연을 하게 됐지 뭐야."
쓴웃음을 짓는 쿠사노에게 미나미가 진지한 얼굴로 말했다.
"이 기회에 끊지 그래요?"
"미안. 그건 무리야."
재수생 시절부터 6년 이상이나 계속되어온 습관을 어떻게 쉽게 버릴 수 있겠는가.
"그래요?"
미나미는 의외로 순순히 물러섰다. 끊겠다는 대답은 처음부터 기대도 않았던 모양이다.
쿠사노는 자신이 앉아있는 의자를 가리키며 물었다.
"컴퓨터 쓰려고?"
"아, 다 쓸 때까지 기다릴게요."
"앞으로 30분쯤 더 써야할 것 같은데."
그러자 미나미는 굵은 눈썹을 살짝 찡그리며 말했다.
"그럼 내일 할까."
"휴게실에서 기다리지 그래."
"아닙니다. 오늘은 일단 돌아갈게요."
"30분이면 된다니까?"
"돌아가서 저녁때까지 잠이나 잘래요."
묘하게 고집스러운 미나미의 태도에 의아함을 느끼면서도 쿠사노는 더 이상 그를 잡지 않았다. 밤 1시까지 일하다가 다음날 아침부터 학교에 가서 강의를 들었으니 졸린 것도 당연하다고 생각했기 때문이었다.

"그럼 먼저 실례합니다."

"그래, 수고해라."

컴퓨터 모니터로 시선을 돌리려던 순간 쿠사노는 문득 미나미를 불러 세웠다.

"참, 미나미. 열 때문에 환각을 본 적 있어?"

"네?"

미나미가 어리둥절한 표정으로 되물었다.

"혹시 보일 리 없는 게 보인 적 있어? 예를 들면 분명히 나밖에 없는 방에서 다른 사람의 모습이 보인다거나…."

미나미의 얼굴이 어두워졌다.

"보셨습니까?"

쿠사노는 후회했다. 아무래도 환각 얘기를 꺼낸 것은 실수였던 모양이다. 미나미에게 환각이 보인다고 고백해봤자 머리가 이상한 사람 취급밖에 더 받겠는가. 어쩌면 자신을 슬슬 피할지도 모른다.

"아, 아니. 봤다는 게 아니라—"

지금도 보여. 네 뒤에 있는 휴게실에 앉아 있단다.

쿠사노는 그렇게 말하고 싶은 충동을 억누르며 일부러 가벼운 어조로 말했다.

"그런 게 보일 만큼 열이 높아서 고생했거든. 택시에 타기 전과 후가 거의 기억이 안 나."

"그럼 실제로는 보이지 않나요?"

"응."

쿠사노는 당연하다는 얼굴로 고개를 끄덕였다.

"보이지 않으면 된 것 아닌가요?"

"뭐, 그건 그렇지만. 그때는 죽는 줄 알았어."

"그랬을 거예요. 39도 가까이 되지 않았었나요? 40도가 넘으면 환각이 보이거나 헛소리를 하는 사람도 있다더군요."

"혹시 나도 헛소리 했어?"

"그 비슷한 건요."

미나미는 프로레슬러 같은 거구를 흔들며 웃었다. 그리고 곧 집으로 돌아갔다.

"어이, 돌아가자."

쿠사노가 휴게실에서 스태프 연락용 노트를 읽고 있던 료타에게 그렇게 말한 것은 그로부터 약 1시간 후였다.

"밖에서는 나랑 말하지 않을 거라더니?"

료타는 고개를 들며 슬며시 미소 지었다. 겉으로는 크게 내색하지 않았지만 사실 료타는 쿠사노를 와락 끌어안고 싶은 심정이었다. 한 시간 동안 파트타임으로 일하는 주부와 아르바이트생 몇 명이 이 방에 들어왔지만 아무도 료타의 존재를 눈치 채지 못했다. 그래서 쿠사노가 겨우 한 마디를 던진 것뿐인데도 료타는 그만 감격하고 말았다. 하지만 그렇다고 같은 남자에게 강아지처럼 달라붙을 수도 없지 않은가. 그래서 료타는 그저 웃을 수밖에 없었다.

잠자코 있어도 어차피 따라올 '환각'에게 굳이 말을 거는 자신의 기묘한 성실함에 쿠사노는 내심 혀를 차며 말했다.

"밖이라도 아무도 없는 곳에서는 얘기해도 상관없잖아."

"그건 그러네요."

"그래서 올 거야 안 올 거야?"

"갑니다, 가요."

료타는 서둘러 쿠사노를 따라 주차장으로 향했다.

자동차 문으로 손을 뻗자 쿠사노가 움직임을 멈추고 조수석에 올라타려는 '환각'을 물끄러미 바라보았다.

"왜요?"

쿠사노의 시선을 느낀 '환각'이 난처한 듯이 웃으며 물었다.

"아니, 아무것도 아니야."

"흐응. 그럼 실례하겠습니다."

그렇게 말하며 료타는 자동차 문을 열었다.

"우와…."

순간 쿠사노는 신음하듯 중얼거렸다. '환각'이 손잡이를 잡아당기자 문은 달칵 하고 경쾌한 소리를 울리며 두 개로 분열된 것이다. 한쪽 문은 여전히 닫힌 채였지만 '환각'이 잡아당긴 다른 한쪽은 옆 차에 닿지 않을 정도로 열려 있었다.

'환각'은 머리를 낮추고 닫혀 있는 문을 스르륵 통과하여 조수석에 올라탔다.

"굉장하다…."

쿠사노는 등을 구부리고 창문 너머 '환각'의 움직임을 지켜보았다.

'환각'은 쿠사노의 시선에 당황하면서도 닫혀 있는 문 밖으로 왼손을 뻗어 또 하나의 문을 잡아당겼다. 차체가 가볍게 흔들리며 문은 다시 하나로 되돌아갔다.

뒤따라 운전석에 올라탄 쿠사노는 시동을 걸며 혼잣말을 중얼거렸다.

"그야말로 일루전이구나. 굉장한 광경을 공짜로 봤군. 운이 좋은데."

"네?"

"아니야."

쿠사노는 애써 아무 생각도 하지 않기로 결심하며 기어봉을 움직였다.

차는 주차장을 빠져나가 늦은 오후의 나른한 햇살을 반사하고 있는 우회도로를 타고 남쪽으로 향했다.

"어? 왜 이쪽으로 가요? 집으로 돌아가는 거 아니었어요?"

료타는 작아져가는 햄버거 가게를 돌아보며 말했다.

"무슨 소리야?"

"어제 탄 택시는 반대 방향으로 가던데."

"음, 아마 그 기사는 지름길을 몰랐겠지. 이 길을 따라 북쪽으로 가면 16호선이 나오는데 그쪽으로도 갈 수 있어. 하지만 그 길은 너무 멀리 돌아가는데다 시간에 따라 막히기도 하거든. 그래서 난 항상 남쪽으로 나가서 강을 따라 북서쪽으로 가다가 꺾어지곤 하지."

"흐음."

료타는 알았다는 듯이 중얼거린 후 곧 고개를 갸웃거렸다.

"하지만 그 택시기사는 지름길을 알면서 일부러 돌아갔는지도 몰라. 쿠사노 씨, 택시 안에서 계속 잤잖아요. 그래서 요금을 더 받으려고 괜히 돌아간 걸 거예요. 택시 운전사는 보통 지리를 잘 알잖아요."

"우연히 지나가던 다른 시내 택시였는지도 모르지. 시내에서 손님을 태우고 이곳에 왔다가 돌아가는 길에 나를 태웠으면 이 근처 지리를 모를 수도 있지."

'환각'과 대화를 나누는 자신에게 어이없어 하면서도 쿠사노는 왠지 대화를 중단할 수 없었다.

"세상에."

료타가 양손을 벌리며 말했다.

"어젯밤 일이 하나도 기억나지 않나보네. 그 택시는 이 지방 회사 차예요. 그 미나미라는 사람이 전화번호부를 뒤져서 부른 거라구요. 그러니까 지나가던 택시일 리가 없죠. 기억 안 나요?"

쿠사노는 잠시 침묵한 뒤 작게 중얼거렸다.

"아, 그랬었지."

"정말 기억난 거예요?"

"대충."

"그럼 쿠사노 씨가 차를 몰고 가겠다고 해서 다들 허둥지둥 말렸던 건?"

"대충."

쿠사노는 애매하게 고개를 끄덕였다.

료타가 눈썹을 찡그리며 말했다.

"그 택시기사한테 당한 거네."

"당한 것 같군."

"열 받아."

"열 받는군."

쿠사노는 적당히 맞장구를 치며 작은 의문에 잠겼다. 이 녀석은 내가 만들어낸 환각이다. 그런데 어째서 내가 기억하지 못하는 일까지 알고 있는 것일까?

한동안 달렸을 무렵 쿠사노가 핸들을 오른쪽으로 꺾어 우회도로에서 강 옆의 샛길로 들어갔다. 이 도로는 두 간선도로를 관통하는 샛길이기 때문에 폭주족이 출몰하는 밤뿐만 아니라 낮에도 차들이 빠른 속도로 달리곤 한다. 통행량이 적다고 제한속도를 지키며 느긋하게 달리다가는 눈 깜짝할 사이에 뒤차에 추월당하거나, 정신을 차리고 보면 5, 6대가 기차처럼 나란히 달리는 사태가 벌어지기도 한다. 그래서 쿠사노도 지금까지는 제한속도 이상으로 차를 몰곤 했지만 오늘은 평소와 달리 교통법규를 엄수하며 신중하게 운전하고 있었다.

"아, 이 길이구나."

차창 밖을 내다보던 료타가 작게 중얼거렸다.

"어제 오후에도 이 길을 지나갔었는데. 이 앞으로 쭉 가면 우리 집이에요."

"그렇군."

"지저분한 아파트예요. 요즘 같은 계절에는 벽장에 물방울까지 맺혀요."

"습기제거제를 놔."

"두 개나 놨어요. 그런데 별 효과가 없더라구요."

"그럼 세 개 놔."

쿠사노가 짧게 대답한 순간 뒤에서 짧고 날카로운 클랙슨 소리가 들려왔다. 룸미러를 살펴보자 하얀 경트럭이 쿠사노의 차를 들이받을 듯이 바싹 붙어 있었다. 그 뒤에도 차가 두 대 정도 줄지어 있었다.

료타가 뒤를 돌아보며 말했다.

"재촉하는데요?"

"알아."

"속도 안 올려요?"

쿠사노는 퉁명스럽게 대답했다.

"사고 내고 싶지 않아. 안 그래도 감기에 걸렸는데."

"오, 훌륭해요."

경트럭이 또다시 시끄러운 클랙슨을 울렸다. 그 짜증스러운 소리는 감기로 어지러운 머릿속에 날카롭게 박히는 것 같았다.

"시끄러워."

쿠사노가 혀를 차며 말했다.

"그냥 먼저 가게 하지 그래요? 잠깐 길가에 세워요."

쿠사노는 '환각'을 흘낏 바라보며 말했다.

"그때도 그런 식으로 먼저 보냈었지. 그 결과 그런 사고가 나고 말았어. 만약 그때 내가 그 바보 같은 운전자에게 길을 양보하지 않았더라면 너는, 아니 너와 똑같이 생긴 그 남자는 차에 치이지 않았을지도 몰라. 그러니까 앞으로는 최소한 이 길에서만이라도 제한속도를 지킬 거야. 뒤차도 지키게 할 거야. 그렇게 결심했어."

"훌륭해!"

료타는 손뼉을 치며 쿠사노를 칭찬했다.

"열 때문에 제정신이 아니라 하는 말인지는 몰라도 정말 맞는 말이네요. 나 쿠사노 씨 말에 전적으로 찬성이에요. 나도 뭔가 도울 일 없어요?"

"그럼 일단 뒤차에게 Fuck you를 날려줘."

"오케이."

료타는 빙글 몸을 돌려서 경트럭 운전사를 향해 가운데 손가락을 세웠다.

"한마디 해 줘."

"야! 경트럭! 너 말이야, 너, You! 추월하려거든 지나가는 사람 한두 명 쯤 들이받을 각오를 하고 추월하시지!"

"오, 좋은데."

"그거 아냐? 경트럭! 얼마 전 요 앞에서 전도유망한 학생이 너 같은 스피드광 때문에 죽었다. 가엾게도, 포르노 비디오를 빌리러 가던 중이었는데. 억울해서 성불이나 할 수 있겠냐?"

"포르노 비디오…."

쿠사노는 몸을 흔들며 웃었다.

"그 피해자도 실은 포르노 비디오를 빌리러 가던 길이었을지도 모르지. 한밤중에 이런 길을 걷고 있었던 걸 보면 말이야."

료타는 다시 앞을 돌아보며 쑥스러운 듯이 미소를 지었다.

"아, 사실이에요. 부끄럽지만."

쿠사노는 진행방향을 바라보며 찡그린 얼굴로 '환각'에게 충고했다.

"너 말이야, 네가 아무리 그 피해자와 똑같이 생겼더라도 그 말은 고인에 대한 모독이야."

"사실이 그런 걸요. 그리고 난 환각이 아니라 피해자 본인이라니까."

료타가 작은 소리로 투덜거린 순간 경트럭이 또다시 클랙슨을 울렸다.

"시끄러워! 자꾸 그러면 차랑 같이 러시아로 팔아넘긴다!

가서 게나 잔뜩 싣고 툰드라를 달리시지!"

료타의 고함에 쿠사노는 큰소리로 웃음을 터뜨렸다.

"너 환각치고는 웃기는 녀석이구나. 이름이 뭐지?"

"요코이 료타."

"호오, 환각에게도 이름이 있네. 장난으로 물어본 건데 대답을 할 줄이야."

"경찰에 가서 확인해 봐요. 정말 요코이 료타라니까요."

"나중에."

설마 그럴 리 없다고 생각하면서도 만에 하나 이름이 일치할 경우를 상상하니 두려움이 밀려왔다.

"확인할 용기가 없나보네."

'환각'이 쿠사노의 마음을 꿰뚫어보듯 말했다.

"내게 부족한 건 용기가 아니라 시간이야. 경찰서에 갈 시간이 있으면 잠이나 자련다."

"에이, 허세는."

"상관 마시지, 요코이 료타."

끈질기게 제한속도를 지키며 달리자 뒤따라오던 경트럭도 이젠 포기했는지 더 이상 재촉을 해오지 않았다.

차는 이윽고 어제 새벽 사고가 발생했던 현장에 도착했다. 목격정보를 모집하는 입간판 아래 국화 꽃다발이 놓여 있었다.

"지금 그거 봤냐?"

쿠사노의 물음에 료타가 고개를 끄덕이며 대답했다.

"응. 누군지는 모르겠지만 착한 사람이네요. 세상에는 참 별별 사람이 다 있는 것 같아요. 사람을 치어 죽여 놓고 도망치는 놈도 있고 꽃을 놓아주는 사람도 있고."

"그러게. 그날 밤 이후 이 길을 지나가는 건 이번이 두 번째인데 역시 기분이 좋지 않군."

"아아, 그때는 진짜 황당했어요. 공중에서 두 바퀴 반 돌아본 적 있어요? 아프진 않았지만 차에 치인다는 게 정신적으로 충격이 크더라구요. 정신을 차려보니 길바닥에 쓰러져 있지 뭐예요. 그건 그렇고 범인은 어디 사는 누구일까요? 거지같은 음악이 쾅쾅 울렸던 건 똑똑히 기억나는데. 진동이 바닥까지 전해지던걸요. 찾기만 해봐라. 아주 묵사발을 만들어주마."

료타가 주먹을 불끈 쥐며 밀했다.

"피해자와 똑같이 생겼다고 본인인척 하지 마. 환각이면 환각답게 굴어."

"나 참. 몇 번이나 말했지만 나는 차에 치어 죽은 요코이 료타 본인이고 스스로도 믿을 수 없지만 유령이 됐다니까요."

쿠사노는 귀찮은 듯이 한손을 저었다.

"알았다, 알았어."

"안 믿는 주제에."

료타가 아랫입술을 삐죽 내밀며 말했다.

"이제 그만 인정하지 그래요? 내가 환각이라면 아직도 보일리가 없잖아요? 열에 시달릴 때라면 몰라도 지금은 정상 체온에 가까운데. 날 유령이라고 인정하는 게 더 자연스럽지 않아요?"

"하지만…. 그건 말이지, 저, 음…."

아무 반박도 못하는 쿠사노에게 료타가 속사포처럼 말을 이었다.

"나도 깜짝 놀랐어요. 설마 내가 유령이 되어 이 세상을 떠돌게 될 줄은 상상도 못했으니까. 하지만 이렇게 된 거 어쩌겠어요. 네로와 파트라슈처럼 천사에게 이끌려 천국에 갔더라면 아무 문제도 없었겠지만 난 아무래도 성불할 기회를 놓쳤나 봐요. 어쩌다보니 어영부영 이 세상에 남아있게 됐어요."

쿠사노는 커다랗게 숨을 내쉬며 핸들에서 한 손을 떼고 손바닥에 맺힌 땀을 바지에 닦았다.

"백보 양보해서 네가 그 시체에서 빠져나온 유령이라고 치자. 대체 왜 나한테 달라붙는 거지? 이런 경우 첫 번째 발견자인 내가 아니라 널 죽게 만든 운전자한테 달라붙어야 되는 거 아니냐? 내가 너한테 무슨 짓을 했다고 이래?"

"키스했잖아요. 그것도 아주 강렬하게."

"이 멍청아, 그건 인공호흡이었어."

"알아요, 농담이에요. 음, 달라붙을 생각은 없지만 범인은 눈 깜짝할 사이에 도망쳐서 얼굴도 모르고 무엇보다도 내 모습을 보거나 내 목소리를 들을 수 있는 사람은 쿠사노 씨 밖에 없잖아요."

"난 영능력자가 아니야."

"숨겨져 있던 재능이 개화했나 보죠. 틀림없어요."

"그딴 재능 필요 없어."

"에이, 너무 그러지 마세요. 믿을 사람은 쿠사노 씨밖에 없단 말이에요."

쿠사노는 세차게 고개를 저었다.

"안 믿어. 안 믿어, 그딴 얘기. 넌 그냥 환각이야. 아마 열 때문이 아니라 사고를 목격한 충격 때문에 이런 환각을 보게 된 걸 거야. PTSD*? 아마 그런 걸 거야. 다음 휴일에는 경찰 말고 정신과에 가봐야겠군."

"가봤자 난 사라지지 않을 걸요."

"약과 카운슬링으로 사라지게 해주마."

"뭐, 맘대로 해요."

료타는 설득을 단념하고 시트에 깊숙이 몸을 묻었다.

차는 사고현장을 지나 국도와의 교차점에 도착했다. 신호등이 바뀌기를 기다리는 자동차 행렬 제일 끝에 서서 신호가 파란색으로 바뀌기를 기다렸다.

"무엇보다 말이야."

쿠사노는 아직 할 말이 남았는지 '환각'을 상대로 푸념을 늘어놓기 시작했다.

"난 눈 돌아가게 바쁜 사람이야. 하루에 12시간 가까이 일하

---

*PTSD : Post Traumatic Stress Disorder. 외상 후 스트레스 장애

고 있어. 아침부터 밤까지 햄버거를 팔고, 간만의 휴일에는 빨래하고 낮잠 자느라 아무것도 못하고, 매거진도 영 점프도 스피리츠*도 다 읽기 전에 다음호가 나올 정도야. 비디오테이프를 빌려봤자 비디오에 넣기도 전에 대여기간이 끝나고, 어쩌다 봐도 도중에 잠들어버려. 주말에도 출근해야 하니까 옛 친구들과도 만날 수 없고, 항상 일만 하다 보니 만나봤자 할 얘기도 없어. 학생 때는 매일 프로야구를 보러갔다가 집으로 돌아와서 게임을 할 만큼 시간이 많았는데 지금은 게임을 사 봤자 포장을 뜯을 시간도 없어. 후지 록 페스티벌도 섬머소닉도 가는 건 고사하고 누가 나오는지도 몰라. 크리스마스에도 정월에도 정신을 차리고 보면 햄버거를 팔고 있더군. 안 그래도 먹고 살기 벅찬데 뺑소니 사건 피해자를 무슨 수로 도와주란 말이야. 짐작도 안 간다. 유령? 그거 좋네. 나도 가끔 과로사라는 말이 머릿속을 뱅뱅 돌더라. 환각이 보일 정도니까 말기일지도 몰라. 그럼 나도 곧 너와 같은 처지가 되겠네. 사이좋게 손잡고 천국의 계단을 올라가 볼까."

쿠사노의 긴 푸념이 일단락되자 잠자코 듣고 있던 료타가 입을 열었다.

"저기…, 그렇게 숨도 안 쉬고 말하면 힘들지 않아요?"

소귀에 경 읽기로군. 쿠사노는 그렇게 생각했다.

---

*매거진·영 점프·스피리츠: 일본의 만화 잡지들

"힘들어. 내렸던 열이 다시 오른 것 같아."

"사고 내지 말아요."

"걱정 마. 이제 곧 집에 도착할 테니까."

"나 있죠."

"뭐."

"내일 일단 고향으로 내려갈까 해요. 부모님께 죽었지만 걱정 말라고 말하고 싶어요."

"부모님께는 네 모습이 보이냐?"

머릿속으로 '환각, 고향에 돌아가다'라는 제목을 떠올리며 쿠사노는 빈정거리듯 한쪽 뺨을 일그러뜨렸다.

"몰라요. 하지만 피가 연결된 사람이라면 보일지도 모르잖아요. 부모자식간의 정이 있는데. 어쨌든 한 번 내려가 볼래요."

"다시는 안 돌아와도 돼."

쿠사노가 낮게 속삭였지만 료타는 못들은 척 하고 말을 이었다.

"어쨌든 내일 아침에 출발할 거니까 일어나서 내가 안 보여도 놀라지 말아요."

"넌 보이는 게 더 놀랄 일이야. 게다가 난 늦어도 5시에는 집에서 나가야 되니까 아마 내가 먼저 일어날걸."

"고생이 많네요."

"고맙다."

신호등이 푸른색으로 바뀌었다. 차는 교차점에서 왼쪽으로 꺾어져 국도로 들어갔다. 쿠사노의 차 뒤에서 안달복달하던 경트럭이 엔진소리를 울리며 다른 차선으로 쏜살같이 달려갔다.

료타는 싸늘한 눈으로 차츰 작아져가는 하얀 차체를 바라보며 중얼거렸다.

"저 경트럭 운전자, 혹시 내 행동이 잘못된 건 아닐까 하는 생각은 요만큼도 없겠지."

"차를 몰다보면 눈에 띄는 건 죄다 저런 녀석들뿐이더군."

쿠사노는 그렇게 대답하며 지금 막 밟으려던 액셀에서 발을 뗐다.

6

늦은 아침. 신칸센의 승객들은 대부분 양복 차림의 샐러리맨들이었다. 오늘은 금요일이니까 아마 당일치기로 출장을 가는 모양이다.

승객 중에는 노트북을 펴고 열심히 일하는 사람도 있었지만 대부분 시트에 기대어 졸고 있었다. 다들 아침인데도 피곤에 찌든 얼굴이었다. 쿠사노 씨를 보면서도 느낀 거지만 사회인이란 정말 힘들 것 같다.

장기침체에 빠진 일본 경제를 필사적으로 지탱하고 있는 그들에게 경의를 표하며 나는 차량을 이동하여 그린석*의 호화로운 시트에 깊숙이 몸을 묻었다. 지정석도 자유석도 꽉 차서 비어있는 것은 그린석 뿐이었기 때문이다.

그린석에 타는 것은 태어나서 처음이었고 물론 죽은 후에도 처음이었다. 나는 공연히 들떠서 혹시 연예인이라도 타고 있진 않은지 촌닭처럼 주위를 두리번거렸지만 내게 따가운 시선을 보내는 사람은 아무도 없었다. 하긴 당연한 일이다.

아무리 쳐다보는 사람이 없다지만 스무 살 가까이 먹은 남자가 이렇게 들떠서 촐싹대다니 내가 생각해도 한심하긴 했지만 신칸센을 타고 고향에 내려가는 것 자체가 진귀한 경험인지라 조금 들뜨는 것도 무리는 아니었다. 스스로에게 변명하는 동안에도 신칸센은 고향을 향해 똑바로 달려가고 있었다. 차창 밖의 풍경이 시속 200킬로미터로 흘러가는 것을 보고 있자니 기분이 상쾌했다.

"야호—"

좀 바보 같긴 하지만 그렇게 외쳐보았다. 주위의 반응은 없었다. 기분이 좋았다.

우쭐한 기분이었다. 신칸센 그린석에 공짜로 타다니. 왠지 모를 정복감마저도 느껴졌다.

들뜬 기분은 다른 열차로 갈아탄 후에도 계속되었다. 고향에 도착했을 때에는 왠지 금의환향한 듯한 기분마저 들었다. 뭐

---

*그린석 : 신칸센의 차량은 그린석, 지정석, 자유석으로 나뉘어져 있으며, 그린석은 일등석에 해당된다

대단한 일을 한 게 아니라 그냥 차에 치어 죽은 것뿐이지만.

역에서 집 근처까지 버스가 있긴 했지만 아무래도 시골이라 운행간격이 길었다. 다음 버스는 한 시간 후에나 온다고 한다. 생각지도 못했던 귀향에 마음이 조급해서 도저히 기다릴 수 없었다. 걸어서도 4, 50분밖에 되지 않는 거리라 힘내서 걸어가기로 했다.

차도 별로 지나다니지 않는 시골길은 초여름의 눈부신 햇살로 가득 차 이대로 천국까지 이어져 있을 것 같은 기분이 들었다. 바람에 술렁이는 논의 벼이삭들도 크고 뚜렷하게 보이는 산들도 오늘은 유달리 싱그럽게 보였다. 우리 마을이 이렇게 멋진 마을이었나 하고 고개를 갸웃거릴 정도였다.

멀리 내가 다니던 중학교가 보였다. 앞으로 한 달만 지나면 여름방학이다. 내가 다녔을 때에는 여름방학이 끝나면 머리를 금발로 물들이고 등교하는 녀석이 각 학년에 몇 명씩 있었는데 지금은 어떨까. 분위기가 조금은 차분해졌을까, 아니면 좀 더 강렬해졌을까.

지금 생각해보면 좀 거친 구석은 있지만 활기차고 멋진 학교였다. 물론 다시 한번 그 시절로 돌아가고 싶으냐고 묻는다면 즉각 'No'라고 대답하겠지만 원래 과거란 미화되기 마련. 이 상쾌한 햇살 때문인지 왠지 그 시절이 몹시 그립게 느껴져서 입가에 절로 미소가 감돌았다.

봄방학 때에도 고향에 내려왔었으니까 겨우 3개월 만인데도 역시 귀성이란 좋은 것이다. 수도권 밖의 3류 이상 2류 미만 대학에 다니는 나는 내 이름을 아는 사람조차 거의 없는 평범한 스무 살 학생이지만 이곳에서는 요코이 씨 댁의 아들 료타다. 나는 이 마을을 알고 있고 이 마을은 나를 알고 있다. 이런 것도 나쁘지 않은 기분이다.

나는 콧노래를 부르며 집으로 이어지는 길을 걸었다. 그러나 즐거웠던 기분은 집에 도착한 순간 사라지고 말았다.

집 앞에 흰색과 회색으로 칠한 소형버스가 서 있었다. 차체에 '토우소 장례식장'이라는 글자가 쓰여 있는 버스였다. 그밖에도 세단이 세 대 정도 서 있었다. 마당을 들여다보자 광대뼈 언저리와 콧등이 빨간 시골 아저씨 세 명이 어울리지도 않는 예복을 입고 땀을 훔치며 할 일 없이 담배를 피우고 있었다. 친척 아저씨들이다. 아무래도 오늘은 내 장례식인 모양이다. 참고로 이 사람들에게도 내 모습은 보이지 않는 모양이었다.

현관문이 열리고 이 좁은 집에 잘도 꾸역꾸역 들어갔구나 싶을 만큼 많은 사람들이 밖으로 나왔다. 다들 상복이나 예복 차림에 심각한 표정을 짓고 있었다.

그 중에 우리 엄마의 모습도 보였다. 엄마는 입을 꾹 다문 채 무서운 표정을 짓고 있었다. 화를 내는 게 아니라 슬픔을 참고 있기 때문이라는 것쯤은 금방 알 수 있었다. 눈이 새빨갰다.

3개월 전에는 동글동글했던 뺨이 지금은 초췌하게 움푹 꺼져 있었다. 한 10년쯤 팍삭 늙은 것 같았다.

"준코 씨, 마음 굳게 먹어."

그렇게 말한 것은 엄마의 시누이, 즉 아빠의 누나이자 내게는 고모인 사람이었다. 이름은 카즈요라고 한다. 한자는 기억나지 않는다. 참고로 준코는 우리 엄마 이름이다.

카즈요 고모는 엄마에게 찰싹 달라붙어서 귀찮을 만큼 말을 걸고 격려해주었다. 늘 화장을 떡칠하고 성격이 드세고 언제나 무서운 고모가 오늘은 괜히 겁이 날 만큼 다정해 보였다. 그만큼 엄마의 표정은 험악했다.

친척들은 내 앞을 지나쳐서 장의사에서 준비한 소형버스에 차례차례 올라탔다.

"료이치, 문 잠갔니?"

고모가 뒤를 돌아보며 현관문에서 마지막으로 나온 아저씨에게 물었다. 누군가 했더니 우리 아빠였다. 입을 멍하니 벌리고 있는 모습이 꼭 노망난 노인네 같았다.

"응."

마음이 다른 곳에 있는 것처럼 성의 없는 대답이었다.

엄마가 솟구치는 감정을 필사적으로 억누르기 위해 딱딱한 표정을 짓고 있다면 아빠는 완벽한 무표정이었다. 원래 감정 표현이 서툰 분이긴 하지만 아들의 죽음이라는 현실을 견디다 못해 감정 자체를 어딘가 다른 곳에 두고 온 모양이었다. 공통점이라면 두 분 다 아직 50대 전후인데도 유난히 늙어 보인다는 점이었다.

"얘, 내 말 듣긴 들은 거니?"

고모가 다시 한 번 물었다.

"아, 제가 닫을게요!"

숙모님이 열쇠다발을 들어 올리며 대답했다. 아직 30대 후반에 쾌활하고 좋은 분이지만 덜렁대는 구석이 있어서 좀 불안했다.

혹시 내가 있다는 걸 눈치 채지 않을까 기대했지만 엄마도 아빠도 나를 전혀 보지 못했다. 쓸쓸했다.

두 분은 소형버스가 아닌 택시를 타고 한 발 먼저 장례식장으로 향했다.

"다들 빨리 타."

카즈요 고모가 남은 친척들을 버스에 태웠다. 마치 양떼와 목장견을 보는 듯한 기분이었다.

"에리코, 부의금은?"

"여기요."

사촌누나 에리코가 녹갈색 봉투를 들어 올리며 표준어로 대답했다. 에리코는 나보다 다섯 살 연상으로 지금은 도쿄에 있는 회사에서 일하고 있다. 마지막으로 만난 게 다른 사촌 형제의 결혼식 때였으니까 벌써 2년 전인가. 오랜만에 본 에리코는 전보다 훨씬 예뻤다.

카즈요 고모가 종이봉투를 가리키며 딸에게 엄명을 내렸다.

"너 그것만은 절대 잃어버리면 안 된다. 큰돈이니까."

"알았다니까요."

에리코가 조금 발끈하며 대답했다.

친척들 중에는 버스가 아닌 자가용을 타고 장례식장으로 가는 사람들도 있었다. 카즈요 고모네 식구도 그중 하나였다. 나는 그쪽에 빌붙어 가기로 했다. 이젠 무임승차도 꽤나 익숙해진 것 같다.

카즈요 고모는 조수석에, 에리코는 오른쪽 뒷좌석에 앉았다. 운전사는 고모부. 고모부의 이름은 전혀 기억나지 않았다. '고모부'라고 부른 적밖에 없기 때문이다.

나는 왼쪽 뒷좌석에 앉아서 고모네 가족의 대화에 묵묵히 귀를 기울였다.

"너 갈아입을 옷이랑 짐은 가져왔니?"

카즈요 고모가 뒤를 돌아보며 에리코에게 물었다.

"트렁크에 넣어뒀어요. 엄마, 저쪽에 옷을 갈아입을 곳은 있겠죠?"

"당연히 있겠지."

"하룻밤 더 자고 가면 안 되냐?"

고모부가 퉁명스럽게 물었다. 쓸쓸함을 감추느라 퉁명스러운 척 하는 게 눈에 훤히 보였다.

아, '하룻밤 더'라고 말하는 걸 보니 어제부터 내려와 있었나 보군.

에리코가 고모부를 설득하듯이 말했다.

"저도 바빠요. 너무 오래 내려와 있을 수는 없어요."

하긴 에리코도 사회인이니까. 내일은 토요일이지만 내 장례식에 참석하느라 이틀이나 쉬었을 테니 밀린 일을 처리하려면 출근해야 할지도 모른다. 미안한 한편 바쁜데도 이렇게 달려와 준 것이 기쁘기도 했다.

그런 생각에 잠겨 있을 때 카즈요 고모가 가시 돋친 목소리로 말했다.

"네가 바쁠 게 뭐가 있어. 너 설마 놀기만 하는 건 아니겠지? 실업보험은 평생 나오는 게 아니란다. 뭐든지 좋으니까 다시 취직할 곳을 알아보렴."

아, 그랬구나….

"놀긴 누가 놀아!"

아픈 곳을 찔린 것일까, 에리코가 입술을 삐죽 내밀며 어린애 같은 말투로 대답했다.

"저금은 남아 있니?"

"절약하고 있으니까 걱정 말아요."

"아파트에서 쫓겨나지나 말아라."

에리코가 눈살을 찌푸리며 말했다.

"아파트가 아니라 원룸 맨션이라고 해 줘."

"원룸…."

"아, 그렇지."

에리코가 몸을 앞으로 내밀며 카즈요 고모에게 말했다.

"료타가 살던 아파트 사이타마에 있죠? 나 그 집으로 이사 갈까? 사이타마는 집세도 싸잖아요. 괜찮지 않아요?"

료타란 바로 나를 말하는 것이다.

"바보 같은 소리 하지 마."

고모가 언성을 높이며 에리코를 꾸짖었다. 역시 고모는 무섭단 말이야.

"농담이에요."

"농담이라도 그렇지. 해도 될 말과 안 될 말이—"

"네, 네, 죄송해요. 취소할게요."

발끈해서 퉁명스럽게 사과하는 에리코에게 고모부가 작은 목소리로 말했다.

"그 집으로 이사 갔다가 료타가 피투성이 귀신이 돼서 나타나면 어쩌려고."

본인은 아마 농담이었겠지만 아무리 상대가 조카라도 장례식 당일에 하기에는 너무 조심성 없는 발언이거니와 무엇보다도 현기증이 날 만큼 썰렁했다. 카즈요 고모와 에리코는 눈을 동그랗게 뜨며 서로 얼굴을 마주보았다. 어쩌다 한 번 입을 열 때마다 주위가 순식간에 얼어붙는 걸 보면 고모부도 참 대단한 사람이다. 게다가 나는 이미 귀신이 되었다. 내가 고모부의 얘기를 못 들을 거라고 생각한다면 큰 착각이다.

에리코는 반쯤 진심으로 화를 내며 25세의 일반 여성이 아닌 이 가족의 한 명으로서 말했다.

"료타라면 귀신이 돼서 나타나도 좋아요. 아니, 나타났으면 좋겠어요. 나 정말 그 집으로 이사 갈까?"

왠지 목소리가 떨리는 것 같아서 자세히 살펴보자 눈에 눈물이 맺혀 있었다. 안 돼, 에리코. 울지 마. 난 이런 데 약하단 말이야. 고모, 제발 어떻게 좀 해봐요.

"그 애라면 귀신이 돼서 나타나도 무섭지 않을 것 같아. '안녕하세요?' 하고 웃으며 나타나지 않을까?"

나이스, 고모. 에리코가 쿡쿡 웃음을 터뜨렸다.

"그건 그렇군."

고모부가 또다시 입을 열었다. 고모부, 제발 쓸데없는 말은 하지 마세요.

"사고로 죽었다기에 시체도 엉망진창일 줄 알았는데 상처 하나 없이 깨끗하더군. 꼭 밀랍인형 같던데. 그 정도면 귀신이 돼서 나타나도 별로 무섭지 않을 것 같아."

고모부, 고모부는 단어 선택 센스가 근본적으로 결여되어 있군요.

"여보, 료이치 앞에서는 행여나 그런 소리 말아요."

카즈요 고모가 단단히 못을 박았지만 고모부는 자신의 발언에 무슨 문제가 있는지 전혀 모르는 듯 '으응' 하고 애매하게 대답했다.

고모부의 연이은 망발 때문에 차 안에는 무거운 공기가 흘렀다.

침묵을 견디다 못해 제일 먼저 입을 연 것은 역시 카즈요 고모였다.

"뺑소니라니 가엾기도 하지. 한창 좋을 나이에…."

으음, 좀 더 밝은 얘기는 없나요?

"어째서 범인을 못 잡는 거지? 경찰은 뭐하는 거죠?"

에리코가 혼잣말처럼 중얼거렸다. 그래, 나도 그걸 알고 싶었어.

"아직 사고가 난 지 얼마 안 돼서 자세한 건 모르겠다만…."

고모가 그렇게 운을 띄운 뒤 설명을 시작했다.

"사고가 난 시간이 한밤중이잖니. 목격자가 한 명도 없는 데다 비 때문에 브레이크 흔적과 타이어 자국이 지워져서 범인을 찾고 싶어도 단서가 거의 없다더구나."

그렇구나, 역시 단서가 없나 보구나. 빌어먹을. 나쁜 놈. 남을 치어죽여 놓고 아직 바깥세상을 활보하고 있단 말이냐. 용서 못해.

"너무해, 정말 너무해."

에리코가 또다시 떨리는 목소리로 중얼거렸다. 아까보다 떨림의 강도가 훨씬 세서 진심으로 분노하고 있다는 것이 절절하게 느껴졌다. 고마워, 에리코.

"그런데 료타는 왜 비 오는 날 한밤중에 혼자 돌아다니고 있었던 걸까?"

고모부가 무심코 던진 질문에 내 가슴은 철렁 내려앉았다.

설마 그렇고 그런 비디오테이프를 빌리러 가던 중이었다는 게 들통 나지는 않았겠지?

"글쎄요."

고개를 갸웃거리는 고모를 보며 나는 깊은 안도감을 느꼈다.

"빈손이었던 걸 보면 편의점에 가는 길이었을지도 모른다고 하더군요. 나도 잘은 몰라요. 료이치 내외가 그 모양이라 미안해서 꼬치꼬치 캐물을 수가 있어야죠."

그런 것 치고는 제법 많은 정보를 알고 있는 것이 실로 고모다웠다.

고모부가 에리코에게 물었다.

"그 애가 에리코보다 몇 살 아래였지?"

"다섯 살 아래예요."

"그럼 아직 스무 살이군."

그렇게 말하며 고모부는 앞 유리창이 부옇게 흐려질 만큼 커다란 한숨을 쉬었다. 아무 자각 없이 무신경한 말을 내뱉는 독설가이긴 해도 조카의 죽음이 슬프기는 한 모양이었다.

에리코가 창밖의 산을 바라보며 작게 중얼거렸다.

"벌써 스물인가. 실감이 안 나요. 전문대학에 들어간 후로는 거의 만난 적이 없으니까요. 게다가 원래 몸집이 작은 애라 아직도 반바지를 입은 어린애 모습만 떠올라요."

"료타가 태어났을 때 동생이 생겼다고 좋아했던 것 기억나니?"

고모의 물음에 에리코가 미소를 지으며 대답했다.

"네. 실은 여동생이 갖고 싶었는데 막상 태어난 걸 보니까 너무 귀여워서 남동생도 괜찮겠다 싶더라구요."

"에리코, 에리코 하면서 네 뒤를 졸졸 쫓아다녔었지. 금붕어 똥처럼."

"금붕어 똥이라. 난 꼭 드래곤퀘스트* 같다고 생각했는데."

나는 빙긋 미소를 지었다. 드래곤퀘스트라. 하긴 그랬던 것 같다.

카즈요 고모가 말을 이었다.

"할아버지 댁에 놀러 가면 내내 같이 놀고 목욕도 같이 하고 잠도 같이 잤었지."

"사흘이나 같이 있다 보면 나중에는 막 귀찮고 짜증이 나다가도 헤어지면 금방 보고 싶은 거 있죠. 추석과 설날에는 늘 그랬던 것 같아요."

"료타와 함께 있을 때만은 너도 누나답게 굴곤 했었지. 보고 있으면 '이 애도 다 컸구나'라는 생각이 절로 들었단다. 집으로 돌아오면 다시 떼쟁이가 되곤 했지만."

묵묵히 차를 몰고 있던 고모부가 불쑥 물었다.

"그 보이콧 사건은 몇 살 때였더라?"

"보이콧 사건?"

---

*드래곤퀘스트 : 일본의 대표적인 RPG 게임. 에리코가 졸졸 따라다니는 료타를 드래곤퀘스트 같다고 표현한 것은 이 게임에서 맵을 이동할 때 파티 멤버가 플레이어 캐릭터를 따라 움직이기 때문이다

카즈요 고모가 고개를 갸웃거리며 물었다. 고모부가 싱글싱글 웃으며 설명했다.

"왜 있잖아, 그 애가 '에리코는 이제 어린애가 아니니까 같이 목욕 안 할 거야'라며 욕실에 틀어박혀서 농성했던 사건."

"아, 맞다. 에리코가 나중에 들어가려고 했더니 쫓아냈었죠."

에리코가 조금 쑥스러운 듯이 쓴웃음을 지으며 말했다.

"중학교 2학년인가 3학년 때였어요. 료타는 아홉 살이나 열 살 쯤?"

"어린 게 조숙하기도 하지."

고모가 말했다. 하지만 고모, 고모가 내 입장이 되어 보세요. 얼마 전까지만 해도 납작 가슴에 나와 별 차이도 없던 에리코가 갑자기 가슴도 커지고 엉덩이도 커지고…. 아무리 열 살이라도 부끄럽고 당황스럽지 않겠습니까.

"나 그때 처음으로 내가 어른이 되기 시작했다는 걸 깨달았어요. 그때부터 은연중에 료타와 거리를 두게 됐죠. 아무 생각 없이 어울려 놀 수 없게 됐어요."

"료타는 그렇지도 않았던 것 같지만."

고모부가 또다시 쓸데없는 말을 했다.

"그런가? 그 애도 왠지 그때부터 서먹서먹하게 굴었던 것 같은데."

"네 눈치를 살폈던 거겠지. 나중에 료타가 네 엄마한테 찾아와서 이렇게 말한 적이 있단다. '요즘 에리코가 나랑 안 놀아

줘요'라고. 그런 일도 있었지."

고모부가 앞을 보고 운전하며 고모에게 동의를 구했다. 카즈요 고모는 딸에게 변명하듯 마지못해 대답했다.

"넌 그때 사춘기였잖니. 신체적인 변화에 한창 예민할 시기인데 그런 말을 들었으니 네가 료타와 거리를 둔 것도 무리는 아니지. 엄마는 네 마음도 이해가 되는 만큼 그 애에게 뭐라고 대답해야 좋을지 모르겠더구나. 그래서 '그럼 고모랑 놀래?' 했더니 '됐어요'라고 하지 뭐니."

농성 사건은 그 후에도 종종 화제에 올랐으니 기억이 난다만…. 그랬구나, 내가 고모한테 그런 말을 했었구나. 지금까지 잊어버리고 있었지만 고모도 참 대답하기 난처했겠군.

"료타가 많이 쓸쓸했겠네. 내가 너무 쌀쌀맞게 굴었나."

에리코의 목소리가 한층 낮아졌다. 아차, 너무 감상적으로 흘러가는 것 아니야? 울지 마, 에리코.

딸의 변화를 눈치 챈 고모가 재빨리 덧붙였다.

"강아지나 고양이처럼 찰싹 달라붙어서 장난치며 놀진 않았지만 넌 그 애를 잘 돌봐줬잖니. 친척들도 다들 그랬단다. 사촌 간에 저렇게 사이좋은 경우도 참 드물다고."

카즈요 고모가 에리코를 기껏 다독거려놓은 순간 고모부가 참견을 하고 나섰다.

"그래도 료타는 너와 놀고 싶었을 거야. 얼떨결에 튀어나온 말이긴 해도 '이제 어린애가 아니니까'라니. 열 살짜리 꼬마치고는 꽤 사려 깊은 표현 아닌가? 그 애는 원래 남들의 기분을 배려하는 성격이었잖아. 몸이 변했다고 직접적으로 말하면 에리코가 상처받을 지도 모른다는 생각에 일부러 돌려서 말한 것 아닐까?"

아닙니다. 그건 지나친 비약이십니다, 고모부. 에리코의 태도가 미묘하게 변한 것이 좀 서운했던 건 사실이지만 완곡한 표현을 택한 것은 단순히 에리코의 '어린애가 아닌' 부분을 구체적으로 지적하는 게 부끄러웠기 때문입니다.

고모부가 말을 이었다.

"더 어렸을 때는 가끔 에리코를 '누나'라고 불렀다가 당황하며 '에리코'라고 고쳐 부르곤 했었지. 그 애에게 에리코는 친누나 같은 존재였던 거야."

고모부, 가뜩이나 울음을 참고 있는 딸에게 꼭 그런 말을 해야겠습니까?

왠지 불길한 예감에 나는 슬쩍 옆을 훔쳐보았다. 아앗, 에리코의 눈에서 눈물이 펑펑 쏟아지고 있잖아! 에리코는 예쁜 얼굴을 무참하게 일그러뜨리며 고개를 숙이고 격렬하게 오열하기 시작했다. 둑이 무너지듯 참고 참았던 울음이 터져버린 모양이었다.

그 바람에 고모까지 눈물을 흘리며 허둥지둥 핸드백에서 손수건을 꺼냈다.

별로 넓지 않은 차안은 에리코와 고모의 울음소리로 가득 찼다. 정말 분위기 칙칙하군. 미치겠네.

고모부는 에리코를 울린 주범 주제에 '왜 저렇게 우는 걸까'라는 표정으로 묵묵히 운전을 계속했다.

토우소 장례식장은 제법 깨끗한 곳이었다. 아마 비교적 최근에 생긴 장례식장인 모양이다. 내 영결식 식장은 3층이었다. 식장 안에는 국화꽃으로 장식된 커다란 제단이 입구를 향해 엄숙하게 놓여 있었다. 제단 중앙에는 커다란 액자에 끼워진 내 영정이 놓여 있었다. 앗, 그런데 저거 고등학교에 입학하자마자 찍은 사진 아니야? 좀 요즘 사진으로 고를 것이지. 하긴 갑자기 죽었으니 천천히 고를 시간도 없었겠지만 아무리 그래도 4년 전 사진은 너무하잖아.

식장 네 귀퉁이에 설치된 BOSE제 스피커에서는 엔니오 모리코네의 음악이 나지막하게 흘러나오고 있었다. 나쁘진 않지만 좀 더 화려한 음악으로 밝고 명랑하게 보내줄 수 없나. AC/DC 같은 음악이 좋은데.

친척들은 옆 대기실에서 차를 마시거나 내 영정 앞에서 뭔가를 속삭이는 등 장례식이 시작될 때까지 나름대로 시간을 때우고 있었다. 성질 급한 동네 아줌마들은 벌써부터 의자를 차지하고 앉아서 눈물을 흘리고 있었다.

엄마와 아빠는 친족석의 제일 앞자리에 앉아 있었다. 아빠는 배를 쑥 내밀고 아무렇게나 의자에 앉아서 벽을 멍하니 바라보고 있었고 엄마는 여전히 입을 꾹 다문 채 무서운 표정을 짓고 있었다.

"엄마."

나는 엄마 옆에 앉아서 말을 걸어보았다. 대답은 없었다.

사실 나는 약간의 기대를 품고 있었다. 생판 남인 쿠사노 씨에게도 내 모습이 보이는데 나를 낳아준 엄마라면 목소리 정도는 들리지 않을까 하는. 하지만 그건 아무래도 안일한 생각이었던 모양이다. 슬프지만 예상했던 일이라 그렇게 충격적이지는 않았다.

가까이서 본 엄마의 얼굴엔 유달리 주름이 눈에 띄었다.

"뭐라고 해야 하나. 미안해요, 먼저 죽어서."

나는 폭삭 늙어버린 엄마의 모습에 조금 동요하며 말했다. 달리 무슨 말을 해야 좋을지 알 수 없었다. 친척들은 고사하고 부모님조차 내 모습을 볼 수 없다면 신칸센을 타고 여기까지 온 의미가 없잖아.

문득 BGM이 차츰 잦아들기 시작했다. 장례식이 시작되려는 모양이다. 친족들과 마을 사람들이 장의사 직원의 안내방송에 따라 자리에 앉은 후 뚱뚱한 스님이 염불을 읊으며 엄숙하게 입장했다.

스님의 독경이 시작된 후부터는 거의 '누가 누가 잘 우나 대회'였다. 아마 저 지나치게 어려보이는 사진이 참석자들을 필요 이상으로 슬프게 만드는 듯했다. 여기저기서 흐느낌 소리가 들려왔다. 칙칙해서 견딜 수 없었다. 허둥지둥 복도로 대피한 나는 도움을 청하기 위해 접수를 맡고 있는 에리코에게 다가갔다.

접수는 에리코와 아줌마 한 명이 맡고 있었다. 나와의 관계는 잘 모르겠지만 몇 번인가 얼굴을 본 적이 있는 친척 아줌마였다. 평일이라 그런지 내 인기가 별로라 그런지 조문객이 많지 않아서 별로 바빠 보이지는 않았다. 이 정도면 혼자서도 충분히 대응할 수 있지 않을까.

나는 몹시 낙담했다. 폭주 자동차에 치어 약관 19세에 화려하게 생을 마감한 것치고는 조문객이 너무 적지 않은가. 건물 밖까지 줄줄이 늘어서 있지는 못할지언정 몇 명 정도는 줄을 서서 분향할 차례를 기다리고 있어야 하는 것 아닌가.

스피커에서 독경이 흘러나오는 가운데 나와의 관계를 잘 알 수 없는 아줌마가 옆에 앉아 있는 에리코에게 속삭였다.

"역시 오늘은 사람이 별로 없네."

"그러게요."

에리코가 말했다. 에리코는 이 아줌마와 친한 모양이었다.

"어젯밤은 네 명이서도 정신없이 바빴는데. 평일 낮이라 그런가."

"료타의 친구들 중 반 이상은 다른 지방에서 생활하고 있으니까요. 어젯밤 그렇게 많이 찾아온 게 굉장한 것 아닐까요? 멀리서 내려온 사람도 많던데."

에리코의 말을 들은 나는 반사적으로 테이블 위에 놓여 있는 방명록을 집어 들었다.

페이지를 넘겨보자 옛 동급생들의 이름이 빽빽하게 적혀 있었다. 서로 집에 놀러가서 자고 올 만큼 친했던 녀석부터 얼굴도 기억나지 않는 녀석까지, 고등학교 친구들부터 중학교, 초등학교 친구들까지. 게다가 자세히 살펴보니 방명록 뒤에 ④라는 글자가 작게 적혀 있었다. ①부터 ③까지는 테이블 뒤쪽에 놓여 있었다.

한 권 한 권 페이지를 넘기는 동안 불현듯 울음이 터져 나올 뻔했다. 그곳에는 내가 20년 가까이 살아오면서 만났던 거의 모든 사람들의 이름이 적혀 있었다. 중학교 때 매일 아침 함께 등교했던 친구, 초등학교 중학교 고등학교 담임선생님, 초등학교 5학년 때 나를 괴롭혔던 녀석, 첫사랑의 소녀.

거친 마을에서 작은 동물처럼 몸을 움츠리고 살아왔는데 나와 관계를 맺었던 사람들이 이렇게 많을 줄이야. 내가 생각해도 참 아까운 사람이 죽었다 싶다.

참석한 사람들이 대부분 장례식에 익숙하지 못한 젊은 나이이기 때문인지 방명록의 글씨는 모두 지나치게 딱딱했다. 극단적으로 크거나 작은 글씨, 너무 짙거나 흐린 글씨. 무리해서 붓펜으로 쓰는 바람에 낙서처럼 지저분한 글씨도 많았다. 하지만 그 모든 것이 사랑스러웠다.

만나고 싶어서 견딜 수 없었다. 이 사람들을 한 명 한 명 찾아가서 '난 괜찮아'라고 말해주고 싶었다. 그러나 이제 그건 불가능한 일이다. 아무리 사이가 좋았든 나빴든 만나러 가봤자 아무도 나를 볼 수 없다. 나는 이미 과거의 사람이 된 것이다.

나는 육체를 잃고 어떻게 해야 할지 모르는 상태로 정처 없이 방황하고 있지만 이 사람들은 앞으로도 계속 살아갈 것이다. 다른 사람과 만나기도 하고 헤어지기도 하고, 직장을 얻기도 하고 잃기도 하고, 결혼해서 아이가 생기기도 하고. 틀림없이 많은 일들을 겪게 될 것이다. 내가 그들의 인생 속에 등장할 기회는 더 이상 없다. 길에서 우연히 마주치거나 동창회에 나갈 수도 없다. 기껏해야 가끔씩 떠올리며 '그 녀석, 젊은 나이에 죽다니 너무 안 됐어'라고 동정 받는 역할 밖에 남지 않은 것이다. 쓸쓸했다.

약 한 시간 만에 독경이 끝나고 스님이 짧은 추모연설을 마친 후 식장에서 물러갔다.

장의사 직원들이 재빨리 의자를 치우고 관을 식장 중앙으로 옮겼다. 접수를 맡고 있던 두 사람도 식장 안으로 들어와 관을 둘러싼 사람들 틈에 섰다. 나는 식장 구석에서 친척들의 모습을 바라보고 있었다.

관 옆에 국화꽃 바구니가 놓이고 내 껍질이 누워 있는 관의 하얀 뚜껑이 열렸다. 마지막 이별을 고하는 시간이다.

엄마 아빠가 하얀 국화꽃 한 송이를 내 얼굴 옆에 살며시 놓았다. 아빠는 입술을 떨며 내 유체를 물끄러미 내려다보았다. 엄마가 관 속으로 손을 뻗었다. 내 뺨이나 얼굴을 어루만지고 있는 모양이었다. 엄마가 내 얼굴을 쓰다듬어 준 것은 십 몇 년 만이었다. 장의사 직원이 적당한 시간을 봐서 조용히 말을 걸 때까지 엄마와 아빠는 계속 그렇게 서 있었다.

부모님에 이어 친척들도 차례대로 내 유체 주위에 국화꽃을 놓았다. 카즈요 고모도 에리코도 손수건으로 끊임없이 눈물을 닦으며 내 껍질에게 작별을 고했다.

모든 꽃이 관 속에 놓인 후 장의사 직원 두 명이 커다란 관 뚜껑을 덮었다.

그때 엄마가 느닷없이 큰 소리로 오열하기 시작했다. 금 망치와 정을 든 장의사 직원이 저도 모르게 뒤를 돌아볼 만큼 격렬한 오열이었다. 참고 참았던 슬픔이 터져버린 것일까, 엄마는 그 자리에 힘없이 주저앉았다. 혼자서는 서 있을 수도 없는 모양이었다. 카즈요 고모가 허둥지둥 달려와서 엄마의 등을 쓸어주었다.

나는 한계에 달해 있었다. 더 이상은 절망에 빠진 부모님의 모습을 보고 싶지 않았다. 빌어먹을. 이젠 끔찍해. 에리코가 우는 것도 보고 싶지 않아. 무서운 카즈요 고모가 이상하게 다정한 것도 마음에 안 들어. 이젠 끔찍해. 돌아가자. 빨리 돌아가자. 안녕, 엄마 아빠. 안녕, 에리코. 나 때문에 슬퍼하지 마.

금으로 도금한 정이 칙칙한 식장에 기묘하리만치 메마른 소리를 울리며 관에 박혔다. 그 소리를 들으며 나는 계단을 지나 현관 밖으로 뛰쳐나갔다.

밖에는 바보처럼 맑고 파란 하늘이 펼쳐져 있었다.

도쿄 역에 도착한 것은 해가 지기 전이었다. 쿠사노 씨의 원룸 맨션으로 곧장 돌아갈까 했지만 그의 근무실태를 생각해 보면 아직 집으로 돌아오지 않았을 가능성이 높았다. 그래서 나는 그가 일하는 가게로 향했다.

예상은 적중했다. 가게 주차장 구석에 낯익은 파란 소형차가 서 있었다. 굉장하다. 짧은 바늘이 시계를 한 바퀴 도는 동안 계속 이 가게에서 일하고 있었단 말인가.

차 옆에 서서 멍하니 그런 생각에 잠겨 있을 때 문이 열리고 쿠사노 씨가 나왔다. 회사 로고가 들어간 반팔 셔츠에 종이모자. 계속 검은 상복만 봐서 그런지 그 차림이 유달리 신선해보였다.

쿠사노 씨는 내 앞으로 걸어와서 양손으로 허리를 짚으며 깊은 한숨을 쉬었다. 하루 종일 일에 시달린 피로와 고양감이 땀에 젖은 얼굴에 배어 있었다. 감기는 많이 나은 모양이었다.

나는 의례적인 미소를 지으며 말했다.

"다녀왔습니다."

쿠사노 씨는 양손으로 허리를 짚은 채 한동안 아무 말 없이 나를 바라보았다. 그리고 고개를 돌려 주위에 아무도 없는 것을 확인한 후 작은 목소리로 중얼거렸다.

"어서 와라…"

7

 교외, 그것도 도로변에 위치한 점포는 주말이 대목이다. 가족나들이를 나왔다 돌아가는 길에 들르는 손님이 많기 때문에 손님수도 객단가*도 평일과는 비교가 되지 않는다. 따라서 점포 측은 밀려드는 주문을 감당하기 위해 주말에는 종업원 수를 대폭 늘리곤 한다. 쿠사노가 근무하는 점포는 평일과 주말의 격차가 특히 커서 주말 매상은 평일의 세 배, 일요일과 공휴일은 네 배에 달한다. 가장 바쁜 시간은 낮 11시부터 1시까지. 이 두 시간 동안 카운터와 주방은 전장을 방불케 할 정도다.

 요코이 료타는 주방 구석에 쌓여 있는 쓰레기봉지 옆에 우두커니 서서 땀을 뻘뻘 흘리며 일하는 젊은 아르바이트생들을 멍하니 바라보고 있었다. 대량의 냉동재료를 식용유로 튀기는 소리와 그릴에서 고기를 굽는 소리, 벨소리와 알람소리가 끊임없이 울리는 가운데 그들은 농담을 주고받으며 놀랄 만큼 빠르고 정확하게 햄버거를 만들어나갔다. 료타 옆에는 어느덧 빈 박스가 산더미처럼 쌓였다.

 "다들 굉장해!"

 료타는 주방의 소음에 지지 않을 만큼 큰 소리로 외쳤다. 빈정거림이 아닌 순수한 감상이었다. 물론 그 목소리에 뒤를 돌

---

*객단가 : 고객 한 사람이 구매한 평균값

아보는 사람은 아무도 없었다.

"내 목소리를 들을 수 있으면 더 굉장할 텐데!"

료타는 양팔을 벌리며 말을 이었다. 지금까지는 투명인간이 된 것 같은 상황을 즐기는 경향이 있었지만 영결식에 다녀온 후부터는 아무도 자신을 보지 못하는 즐거움보다 아무도 자신을 봐주지 않는 쓸쓸함이 더욱 강하게 느껴졌다.

유일하게 대화가 가능한 쿠사노는 다른 사람이 있는 곳에서는 료타와 한 마디도 하지 않는다는 철칙을 고수하고 있기 때문에 지금은 말을 걸 수 없다. 하긴 쿠사노는 카운터와 테이블과 주차장을 바쁘게 돌아다니고 있어서 그런 철칙이 없다 해도 말을 걸 수 있는 상황이 아니었다.

낮의 제일 바쁜 시간대가 시작되기 직전까지 료타는 거의 지정석으로 굳어가고 있는 카운터 옆 테이블에 앉아 있었다. 하지만 정오가 지나자 물밀듯이 밀려들어오는 손님들에게 떠밀려 주방 안쪽으로 쫓겨날 수밖에 없었다.

료타는 심통 난 표정으로 중얼거렸다.

"다들 바빠서 좋겠네. 얘들아, 죽으면 무지 한가하단다. 할 일이 없거든."

가게 전체에서 피어오르는 활기에 료타는 평소 이상으로 말이 많아져 있었다.

카운터에서 낯익은 여자 아르바이트생 한 명이 양손에 커다란 쓰레기봉투를 들고 총총걸음으로 다가왔다.

"오, 너는 쇼우의 친구 우둑녀 아니냐."

료타가 그렇게 말을 건 순간 노지리 아스카—일명 우둑녀가 느닷없이 고개를 들었다. 혹시 자신의 목소리가 들렸나 싶어서 한순간 당황했지만 노지리 아스카의 시선은 료타가 아닌 그 옆의 쓰레기 더미에 쏠려 있었다. 료타는 안도와 동시에 실망을 느꼈다.

아스카는 쓰레기 더미 옆에 쓰레기봉투를 내려놓은 후 우두둑 소리를 내며 호쾌하게 목을 꺾었다.

"그 버릇, 고치는 게 좋을걸."

료타가 그렇게 중얼거렸지만 아스카는 그에게 눈길조차 주지 않고 세면대로 걸어가서 손을 씻었다. 손을 움직일 때마다 하나로 묶은 머리가 흔들리는 것을 바라보며 료타는 끈질기게 말을 걸었다.

"사람도 많은데 좀 쉬지 그래? 한 명쯤 빠져봤자 아무도 모를걸."

아스카는 아무 말 없이 종이타월을 뽑아서 꼼꼼하게 손을 닦은 후 서둘러 카운터로 돌아갔다.

"좀 상대해주면 누가 잡아먹나. 아, 심심해."

료타가 입을 삐죽 내밀며 투덜거렸지만 아스카는 눈 깜짝할 사이에 카운터 안으로 사라져 버렸다.

오후 3시가 지나자 가게 안의 분위기도 어느 정도 차분해졌다. 그래봤자 손님 수는 평일과 비교도 안 되게 많았지만 종업원 수도 평일보다 많다 보니 한창 붐빌 때처럼 정신없이 바쁘지는 않았다.

겨우 가게 안을 마음대로 돌아다닐 수 있게 된 료타는 창문 너머 주차장에 있는 쿠사노를 발견하고 강아지처럼 반색을 하며 그에게 다가갔다. 쿠사노는 바람 때문에 쓰러진 자전거를 한 대 한 대 세우고 있는 중이었다.

"그런 건 아르바이트생에게 시키지 그래요?"

료타가 말을 건네자 쿠사노는 주위를 살펴본 뒤 작은 목소리로 대답했다.

"환각 주제에 점장 같은 소리 하지 마."

"오오, 오랜만의 반응."

"뭐?"

"다들 말을 걸어도 대답을 안 해줘서 하루 종일 TV에 대고 얘기하는 것 같은 기분이었거든요."

"그거 괴로웠겠구나."

"3시 넘었어요. 퇴근 안 해요?"

"아르바이트생도 아닌데 칼같이 퇴근할 수는 없지."

작게 대답하던 쿠사노가 느닷없이 밝고 커다란 목소리로 말했다.

"감사합니다!"

료타는 소스라치게 놀라며 뒤를 돌아보았다. 아이를 데리고 온 손님이 주차장을 가로질러가고 있었다. 료타는 손님이 멀어질 때까지 기다렸다가 다시 말을 이었다.

"어쨌든 그런 건 다른 사람한테 맡기고 사무업무부터 끝내지 그래요? 그럼 칼퇴근은 무리라도 좀 일찍 집에 갈 수는 있잖아."

쿠사노는 순식간에 영업용 미소를 거두고 평소의 무뚝뚝한 표정으로 돌아오며 말했다.

"지금 점장님이 컴퓨터를 쓰고 있어서 섣불리 사무실에 접근할 수가 없어. 그랬다가 무슨 일이라도 시키면 퇴근은 물 건너 갈 테니까."

"아, 그 묘하게 박력 있는 아저씨 말이구나. 샐러리맨 노릇도 참 힘들겠네요."

"힘들답니다."

쿠사노는 료타의 말투를 흉내 내어 대답한 뒤 곧 원래의 말투로 말했다.

"그러니까 환각과 놀아줄 시간은 없단다."

"아, 그러니까···. 됐어요, 설득하는 것도 귀찮네. 하루 종일 이 가게 사람들이 일하는 걸 봤더니 나까지 피곤하거든요."

쿠사노는 쿡쿡 웃으며 완전히 친숙해져버린 '환각'에게 말했다.

"피곤하면 휴게실에 가서 쉬어."

"그러고 싶지만 휴게실에 사람이 너무 많아서 빈자리가 없어요."

"음, 하긴 토요일이니까. 다들 시끄럽지? 고등학생들은 특히 시끄러울걸."

료타는 대답 대신 싱긋 웃었다.

"5시가 넘으면 휴게실도 한산해지니까 그때까지 알아서 시간을 때우도록 해."

"5시라. 마침 잘됐다."

"뭐가?"

"아무것도 아니에요."

미나미 아이코가 5시에 퇴근한다는 것은 이미 체크를 마친 상태였다.

"뭐야, 왜 싱글싱글 웃는 거냐?"

"'환각'이 무슨 표정을 짓든 뭔 상관이람?"

"……."

"그건 그렇고 몇 시쯤 퇴근할 수 있을 것 같아요?"

"글쎄, 늦어도 6시 반에는 여기서 탈출하고 싶다만."

"탈출?"

료타가 물었다.

"오전근무일 때는 가게가 영업 중이라 '퇴근'이라고 표현할 만큼 당당하게 돌아갈 수 없거든. 보통 상황을 봐서 최대한 슬며시 빠져나가곤 하지."

"그렇군요."

"그럼 이제 대화 끝."

쿠사노는 자전거를 전부 세운 뒤 재빨리 가게 안으로 돌아갔다. 그리고 그 후로는 료타와 절대 시선을 마주치지 않았다.

료타는 카운터 옆의 '지정석'에 앉아서 그를 지켜보았다. 쿠사노는 여전히 바쁘게 일하고 있었다.

"다른 사람도 좀 부려먹을 것이지."

료타는 몇 번이나 어이없는 표정으로 중얼거렸다. 쿠사노의 일하는 모습은 보기만 해도 지칠 정도였다. 그 모습에 질린 료타는 카운터에서 일하는 미나미 아이코를 쳐다보며 시간을 때웠다.

지나치게 북적거리는 가게의 분위기에 염증을 느낀 료타는 5시가 되자마자 재빨리 휴게실로 이동했다.

휴게실에 도착하자 마침 남자 아르바이트생 두 명이 문을 열고 밖으로 나왔다. 안에는 료타와 비슷한 또래의 여자 아르바이트생 한 명이 남아 있었다.

료타는 그녀의 맞은편에 앉아서 시험 삼아 이것저것 말을 걸어보았다. 역시 반응은 없었다.

때때로 사무실에 있는 쿠사노가 뭔가 한 마디 하고 싶은 표정으로 이쪽을 돌아보았지만 료타는 그의 비난 섞인 시선을 무시하고 계속해서 말을 걸었다.

아무리 말을 걸어도 대답은 돌아오지 않았다. 슬슬 말을 걸기도 지쳐갈 무렵 문득 문이 열렸다.

"수고하셨습니다."

미나미 아이코였다. 그녀는 처음 봤을 때와 마찬가지로 문 앞에 멈춰 서서 주위를 둘러본 후에야 안으로 들어왔다.

"오, 쇼우다."

"아, 쇼우. 수고했어."

료타와 여자 아르바이트생이 동시에 말했다.

"수고하셨습니다."

아이코는 아르바이트생을 향해 활짝 웃으며 그녀의 맞은편에 앉았다. 자신과 비슷한 또래의 아르바이트생에게 넉살 좋게 말을 걸고 있던 료타는 아이코의 등장과 동시에 그녀에 대한 관심을 잃어버렸다.

"넌 5시 퇴근 아니었니?"

아르바이트생이 말했다. 시계바늘은 이미 5시 30분을 가리키고 있었다.

"도망칠 타이밍을 놓쳐서요."

아이코가 쓴웃음을 지으며 말했다.

"타임카드를 찍기 직전에 점장님께 붙잡혔어요. '테이블이 엉망이다, 가서 치워라. 30분쯤 걸려도 상관없으니까 완벽하게 치우도록'이라고 하더라구요."

"그렇구나. 피곤하지? 눈이 푹 꺼졌네."

아르바이트생이 말했다. 그 말에 료타는 새삼 아이코의 얼굴을 살펴보았다. 그녀의 얼굴에는 피곤한 기색이 감돌고 있었다. 자꾸만 감기는 눈을 억지로 뜨고 있는 듯한 느낌이었다.

"피곤하다기보다는 수면부족이에요."

"밤에 놀러 다니기라도 하니?"

"음, 그렇다고 할 수 있죠. 심야 데이트랄까."

그 말을 들은 순간 료타는 아이코의 옆얼굴을 바라보며 돌처럼 굳어버렸다.

"그래? 의외네. 쇼우는 좀 더 성실한 타입인 줄 알았는데."

아르바이트생이 깜짝 놀라며 말했다. 그러자 아이코가 허둥지둥 변명했다.

"아, 농담이에요. 데이트라는 건 거짓말이에요."

"하지만 밤에 놀러 다니는 건 사실이지?"

"밤이라고 해봤자 12시 전에는 집으로 돌아가는걸요. 아스카도 있구요."

"아니, 그런 문제가 아니라…."

료타가 듣다못해 참견을 하고 나섰지만 아이코는 아무런 반응도 보이지 않았다.

아르바이트생이 아이코에게 얼굴을 바싹대고 걱정스러운 듯이 눈썹을 찡그리며 말했다.

"아무리 아스카와 함께라도 한밤중에 여자애 둘이 돌아다니는 건 위험해. 그러다 납치라도 당하면 어쩔래?"

"그래! 납치당하면 어쩔래!"

료타는 주먹으로 테이블을 내리치며 외쳤다. 물론 둘 다 아무 반응도 없었다.

아이코가 또다시 변명하듯 말했다.

"일단 호신용 벨도 있고 자전거를 타고 다니는걸요. 역 앞

같은 위험한 곳에는 가까이 가지도 않으니까 괜찮아요. 게다가 실은 놀러 다니는 게 아니거든요."

"뭐야, 그랬구나."

료타는 진심으로 안심했다. 동시에 또 다른 의문이 떠올랐다.

"놀러 다니는 게 아니면—"

"놀러 다니는 게 아니면 어디서 뭘 하는데?"

아르바이트생이 료타의 의문을 대신 물어봐주었다. 아이코는 생긋 미소를 지으며 손가락을 가볍게 흔들었다.

"그건 비밀이랍니다."

"너무해…."

"아스카가 아무에게도 말하지 말라고 했거든요. 말하면 때리겠대요."

"실은 수상한 종교 집회에 참석하는 것 아니니?"

"비슷할 지도요?"

두 사람은 어깨를 흔들며 웃음을 터뜨렸다.

"뭐야. 이런 중요한 문제는 좀 더 집요하게 캐물어야지."

료타가 몸을 앞으로 내밀며 아르바이트생에게 좀 더 물어볼 것을 재촉했지만 그 얘기는 그걸로 끝이 났다.

"자, 그럼 나도 이만 돌아가 볼까."

아르바이트생이 의자에 앉은 채 커다랗게 기지개를 켰다.

"아아, 세미나 리포트를 써야 되는데. 정말 하기 싫다."

"무슨 리포트인데요?"

아이코가 고개를 갸웃거리며 물었다. 여전히 호기심이 강해 보이는 눈동자였다.

"스페인 역사. 그 교수가 이탈리아 반도랑 스페인 쪽 전문이거든. 후기 우마이야 왕조가 어쩌고 레콘퀴스타가 저쩌고, 뭐 그런 내용."

아르바이트생은 당연히 하기 싫지 않겠냐는 듯이 양팔을 벌리며 아이코에게 동의를 구했다.

"흐음."

"월요일까지 제출해야 돼. 하기 싫어서 계속 현실도피를 했는데 이제 슬슬 손을 대지 않으면 그때까지 못 끝낼 것 같아. 하지만… 아아, 세미나를 잘못 선택했어. 안달루시아나 바르셀로나 가우디 같은 단어를 들으면 괜히 좀 끌리기 마련이잖니."

"으음, 그런가?"

"그래서 그 세미나를 선택했지 뭐야. 1지망에 미끄러져서 본의 아니게 들어간 거긴 하지만."

"흐음, 대학생도 참 힘들겠네요."

아르바이트생은 깊이 고개를 끄덕였다.

"힘들고 말고. 난 정말 바보야. 리포트가 너무 많아서 정말 못 해먹겠어. 쇼우 너도 대학이나 학과는 신중하게 선택하렴."

그렇게 말하며 아르바이트생은 유니폼이 들어 있는 가방과 빈 주스 캔을 들고 내키지 않는 표정으로 일어섰다.

"대학이라. 아직 실감이 잘 안 나요."

아이코가 애매한 미소를 지으며 대답했다. 아르바이트생이 고개를 끄덕이며 말했다.

"그렇겠지. 쇼우 너 지금 2학년이지? 아마 눈 깜짝할 사이에 수험생이 될 걸?"

"그래요?"

"그렇단다."

"그럼, 그럼."

료타가 자신의 경험을 돌아보며 대답했지만 그 말은 완벽하게 무시당했다.

아르바이트생이 또다시 기지개를 켜며 아이코에게 물었다.

"쇼우 넌 집에 안 가니?"

"네. 아스카가 6시에 끝나거든요. 그때까지 기다리는 중이에요."

"둘이 정말 친한가봐. 중학교 때부터 친구였다고 했지?"

"네. 그때부터 질기게 붙어 다니고 있죠."

아이코가 쓴웃음을 지으며 대답했다. 아르바이트생이 또다시 물었다.

"둘이 어디 놀러 가려고?"

아이코는 고개를 저었다.

"아뇨, 노트를 베끼기로 했어요. 저 수학을 굉장히 못하거든요. 아스카가 없으면 유급할 정도에요."

"아, 좀 실망스럽군."

료타는 작게 중얼거렸다.

"하지만 영어는 꽤 잘해요. 그리고 현대문학도."

아이코가 마치 료타에게 변명하듯 덧붙였다.

"이과계열을 30이라고 치면 문과 계열은 80정도? 평균을 내면 50정도 수준이에요. 그러니까 바보라고 생각하진 마세요."

"음, 나름대로 균형이 잡혔다고 해야 하나…."

아르바이트생이 그 말을 끝으로 휴게실에서 나간 후 료타는 아이코와 단 둘이 되었다. 물론 그렇다고 뭘 어쩔 수 있는 것은 아니었다. 료타는 아이코의 옆얼굴을 힐끔힐끔 훔쳐보며 깊은 한숨을 쉬었다.

휴게실에 또다시 정적이 찾아왔다. 자신의 진로라도 생각하는 것일까, 아이코는 한동안 생각에 잠겨있었다. 그러다 잠시 눈을 깜빡거리더니 곧 잠들어버리고 말았다.

"어라, 잠들어버렸네."

고개를 비스듬하게 기울이고 어린아이처럼 잠들어버린 아이코의 옆얼굴을 바라보며 료타는 뒤통수에 깍지를 끼고 작게 중얼거렸다.

"고등학교 2학년이면 열여섯이나 일곱이겠군. 세 살 아래까지는 오케이인데."

그리고 한마디 작게 덧붙였다.

"문제는 이 애가 좋아하는 타입에 세 살 연상의 죽은 사람도 포함되어 있느냐 하는 거겠지만."

소외감.

문득 료타의 머릿속에 소외감이라는 단어가 스쳐지나갔다. 맹렬한 속도로 돌진해 온 차에 부딪혀 인간 세계 밖으로 튕겨 나간 존재. 친누나처럼 따랐던 사촌누나의 눈물을 닦아줄 수도 없고, 아빠와 엄마를 위로해줄 수도 없고, 마음에 드는 여자애에게 고백은커녕 자신이 옆에 있다는 것조차 알릴 수 없는 남자. 무력한 방관자.

"어쩌다 이렇게 된 걸까."

료타는 아이코의 무방비한 옆얼굴을 바라보며 작게 속삭였다. 작지만 규칙적인 숨소리가 들려왔다. 숨을 쉴 때마다 가냘픈 가슴이 아래위로 작게 움직였다.

"살아 있구나, 쇼우는."

그렇게 중얼거린 순간 자신이 아이코에게 반한 이유를 비로소 알 것 같은 기분이 들었다.

아이코에게서는 누구보다도 싱그러운 생명력이 느껴진다. 물론 쿠사노 테츠야나 다른 종업원들도 살아 있긴 하지만 아이코의 약동감 넘치는 생명력에 비하면 빛이 바래 보인다.

아이코의 진정한 매력은 윤기 있는 머리카락이나 부드러운 뺨 같은 외적인 특징이 아니다. 계산 따윈 조금도 없는 웃음, 호기심이 강해 보이는 눈빛. 그런 내면에서 발산되는 싱그러운 생명력이다.

죽은 후에도 감정과 생각을 갖고 있긴 하지만 정작 그것을 표현할 육체를 잃어버린 료타가 살아 있다는 것을 온몸으로 노래하는 듯한 아이코에게 강렬한 동경을 느낀 것도 무리는 아니다.

"뭐야, 나 쇼우가 부러웠던 거구나."

료타는 등을 움츠리며 기분 좋게 자고 있는 아이코의 옆얼굴을 들여다보았다.

"있잖아, 아까 말 못했는데 30과 80의 평균은 55야. 너 진짜 수학을 못하나 보구나."

료타는 작게 속삭였다. 아이코는 여전히 평온한 얼굴로 잠들어 있었다.

"한 번이라도 좋으니까 만져보고 싶어. 이렇게 말하면 넌 화를 내려나?"

무심코 흘러나온 진심. 료타는 당황하며 스스로에게 변명했다.

"아, 가슴이나 엉덩이를 만져보고 싶다는 게 아니야. 고양이를 보면 쓰다듬어보고 싶잖아? 그 비슷한 거야. 저기… 치한 같은 짓을 하고 싶은 게 아니거든? 그런 짓을 하면 인간으로서 끝장이잖아. 눈치 채지 못하는 걸 이용해서 그런 짓을 하는 건 파렴치한 짓이야…. 하지만 손을 살짝 만져보는 것쯤은 괜찮지 않을까?"

몸을 기울이자 치마 위에 살포시 포개져 있는 아이코의 작은 손이 보였다.

만져볼까? 하지만―

"범죄는 아니지만 이건 역시 반칙이야. 하긴 만져봤자 통과할 테니 근본적으로 불가능하지만."

그때 '달각' 하는 가벼운 소리와 함께 문이 열렸다. 료타는 반사적으로 몸을 일으켰다.

S스태프 미나미 히로토가 문에 머리를 부딪지 않도록 몸을 구부리고 휴게실로 들어왔다. 미나미의 얼굴은 땀에 흠뻑 젖어 있었다. 아침 8시부터 일했으니 무리도 아니다.

"뭐야, 좀 더 단 둘이 있고 싶었는데."

료타는 그렇게 중얼거리며 다시 고개를 숙이고 아이코의 옆얼굴을 바라보았다.

미나미는 문 앞에서 걸음을 멈추고 잠들어 있는 아이코를 물끄러미 응시했다. 자기도 남 말할 처지가 못 되는 주제에 료타는 왠지 다른 남자가 아이코의 잠든 얼굴을 쳐다보는 것이 마음에 들지 않았다. 그래서 들으라는 듯이 이렇게 말했다.

"일어나, 쇼우. 이런 곳에서 자다가는 S스태프에게 야단맞는다."

그러나 아이코는 깨어날 기색을 보이지 않았다.

"의외로 신경이 튼튼하군. 하긴 근무시간은 끝났으니까 휴게실에서 자든 말든 자기 마음이지, 뭐. 아무리 S스태프라도 거기까지 참견할 자격은 없잖아?"

료타는 우두커니 서 있는 미나미를 돌아보며 빈정거리듯이 말했다. 순간 그와 미나미의 시선이 정면으로 마주쳤다.

방금 전까지 아이코를 내려다보고 있던 미나미가 지금은 료타를 똑바로 바라보고 있었다.

"엉?"

료타는 반사적으로 어색한 미소를 지었다. 미나미 히로토가 낮고 굵은 목소리로 말했다.

"떨어져."

"네?"

료타는 여전히 어색한 미소를 지으며 되물었다.

"내 동생에게서 떨어져. 지금 당장."

"네? 저기…, 어라?"

료타의 미소가 딱딱하게 굳었다. 료타는 어리둥절한 표정으로 미나미와 아이코를 번갈아 바라보았다. 상황이 잘 이해되지 않았다.

그때 '끼익'하는 날카로운 소리가 울렸다. 철제의자를 미는 소리였다. 곧이어 쿠사노 테츠야가 눈을 동그랗게 뜨고 뛰쳐나와 료타를 가리키며 갈라진 목소리로 물었다.

"미나미, 이 녀석이 보여?"

미나미는 석상처럼 딱딱한 얼굴로 료타를 노려보며 묵묵히 고개를 끄덕였다.

"이럴 수가!"

"정말이야?!"

료타와 쿠사노는 거의 동시에 경악에 찬 목소리로 외치며 서로의 얼굴을 마주보았다.

"이게 어떻게 된 일이죠?"

료타는 거의 울상을 지으며 쿠사노에게 물었다.

"글쎄…. 이게 어떻게 된 거지?"

쿠사노가 료타 대신 미나미에게 물었다.

미나미는 그 물음에 아무런 대꾸도 없이 딱딱한 목소리로 료타에게 세 번째 경고를 던졌다.

"내 동생에게서 떨어져. 빨리."

"넵."

료타는 입영 첫날의 신병처럼 잽싸게 옆자리로 이동했다.

"보여? 저 녀석이 보인단 말이지, 미나미? 어째서 보이는 거지?"

쿠사노가 숨도 쉬지 않고 물었다. 미나미는 모르겠다고 짧게 대답했다.

"모르겠다니…. 잠깐, 저 녀석은 내가 만들어낸 환각 아니야?"

"아닙니다. 제게도 보이니까요."

"거 봐! 내가 그랬잖아요!"

료타는 손뼉을 치며 기쁜 듯이 말했다. 하지만 내심 기쁨보다는 놀라움이 더욱 컸다.

"으응…."

머리 위에서 들려오는 대화가 수면을 방해한 것일까, 아이코가 몸을 작게 뒤척였다. 세 사람의 시선이 일제히 아이코에게 집중되었다.

"그렇구나. 미나미에게도 저 녀석이 보이는구나. 잠깐 확인해봐야지."

쿠사노가 아이코의 어깨로 손을 뻗은 순간 미나미가 그 손을 잡으며 고개를 저었다.

"소용없습니다. 다른 사람에게는 보이지 않으니까요. 미쳤다는 오해만 받을 겁니다."

잠시 흐트러졌던 아이코의 숨소리가 다시 규칙적인 리듬을 되찾았다.

"거물이군."

료타가 작게 중얼거렸다. 쿠사노는 아이코에게서 미나미에게로 시선을 옮기며 말했다.

"그럼 뭐야? 나하고 너한테만 보인다 이거야?"

미나미는 아무 말 없이 고개를 끄덕였다.

"그럼 저 녀석은 뭐지? 왜 나하고 너한테만 저 녀석이 보이는 거지? 아, 좀 뜬금없지만 미나미, 너 다섯 시에 퇴근이지?"

혼란에 빠진 쿠사노는 속사포처럼 질문을 늘어놓았다. 그러나 미나미는 대답 대신 아이코를 가리키며 말했다.

"우리 얘기를 듣기라도 하면 골치 아파질 테니까 자리를 옮기는 게 어떨까요."

"음, 그게 좋겠군. 그럼 사무실로 갈까? 너도 따라와. 당사자니까."

쿠사노가 손짓을 하며 말했다. 료타는 쫓기듯 사무실 안으로 들어갔다.

세 사람은 옆으로 긴 사무실 안에 미나미를 중심으로 나란히 앉았다.

"되게 좁네요."

료타가 담뱃진 때문에 누렇게 변색된 벽지를 둘러보고 있을 때 미나미가 엉거주춤 일어서서 쿠사노 옆으로 의자를 옮겼다.

미나미의 거구가 눈앞을 가로막는 바람에 좁은 사무실이 더욱 좁게 느껴졌다.

"미안하지만 한 대만 피울게."

쿠사노는 옷걸이에 걸려 있는 재킷 주머니에서 담배와 라이터를 꺼내 초조하게 불을 붙였다.

담배 연기를 세 모금쯤 뱉은 후 쿠사노가 다시 입을 열었다.

"나 정상이지? 오늘도 제대로 일했지?"

"네."

미나미가 작게 고개를 끄덕였다.

"저, 이 녀석 말이야…."

쿠사노가 턱으로 료타를 가리키며 말했다.

"나하고 너한테만 보이는 환각이야? 아니면 진짜로 있는 거야?"

두꺼운 입술에 굵은 손가락을 대고 한동안 생각에 잠겨 있던 미나미가 이윽고 설명하기 어려운 듯 얼굴을 찡그리며 대답했다.

"뭐랄까, 물질로서 존재하는 건 아니지만 실제로 존재하긴 합니다."

"아, 그렇구나…. 그럼—"

"네. 유령이라고 부르는 게 제일 이해하기 쉽겠죠. 어쨌든 죽은 사람의 혼 같은 겁니다."

"그렇구나."

쿠사노는 한숨 섞인 목소리로 작게 중얼거리며 폐 깊숙이 담배연기를 빨아들였다.

"역시 환각이 아니었군."

료타가 재빨리 입을 열었다.

"내가 처음부터 그랬잖아요. 그것도 몇 번씩이나. 난 유령이라고. 길바닥에 쓰러져 있다가 당신에게 발견된 요코이 료타라고."

미나미가 료타를 가리키며 쿠사노에게 물었다.

"쓰러져 있었다니 그게 무슨 말입니까?"

"음, 화요일에 퇴근하다 발견한 뺑소니 사건 피해자."

"요코이 료타라고 합니다. 무사시대학 2학년입니다. 참고로 뺑소니범은 아직 잡히지 않았습니다."

그렇게 말하며 료타는 미나미에게 깊숙이 머리를 숙였다.

"아, 안녕."

미나미는 료타와 거리를 취하듯 쿠사노 쪽으로 몸을 기울이며 가볍게 머리를 숙였다. 쿠사노는 내심 깜짝 놀라고 말았다. 담배를 싫어하는 미나미가 자진해서 연기 쪽으로 몸을 기울였기 때문이다.

료타가 쿠사노에게 물었다.

"저, 한 가지 물어볼 게 있는데요. 미나미 씨는 처음부터 제가 보이셨나요?"

"아, 확실하게 보이거나 목소리가 들린 건 목요일부터였지만 있다는 건 그 전부터 느낌으로…."

미나미가 평소 이상으로 무뚝뚝하게 대답했다.

쿠사노는 재떨이에 재를 털며 말했다.

"아, 역시 처음에는 안 보였단 말이지? 나와 똑같군. 이유가 뭘까?"

"모르겠습니다. 하지만 '보일 때'는 대부분 그런 식이더군요. 처음에는 어렴풋이 느껴지다가 차츰 뚜렷해지곤 하죠. 라디오 주파수를 맞추는 느낌이랄까…."

"'보일 때'는? 자주 보이나 보지?"

쿠사노가 그렇게 묻자 미나미는 얼굴을 살짝 찡그리며 고개를 끄덕였다.

"몇 달에 한 번 정도긴 하지만…. 철이 들기 전부터 종종 보이곤 했습니다. 선천적인가 봅니다."

"그런데 왜 아무 말도 안 했어?"

상상조차 못했던 미나미의 비밀에 쿠사노는 당황하면서도 애써 장난스럽게 말했다.

"유령이 있다고 말해줬더라면 나도 혼란스럽지 않았을 텐데."

"아, 쿠사노 씨에게도 보인다는 건 몰랐으니까요. 가르쳐줘봤자 유령이 보이지 않는 사람은 믿어주질 않거든요. 굳이 무섭게 만들 필요도 없고. 그래서 죄송하지만 잠자코 있었습니다."

"그렇군. 그럼 동생에게도 보이나?"

쿠사노가 등 뒤의 벽을 가리키며 물었다.

"동생에게는 보이지 않습니다. 본인은 영감이 강한 편이라고 우기지만 눈앞을 지나가도 아무 반응이 없더군요. 아까도 바로 옆에 앉아 있었는데 전혀 눈치 채지 못했잖습니까."

미나미는 거기까지 설명한 후 목소리를 낮추며 말을 이었다.

"저… 제가 유령을 볼 수 있다는 건 다른 사람에게는 비밀로 해 주세요. 다들 절 이상한 눈으로 볼지도 모르니까요."

"응, 알았어."

미나미의 박력에 압도당한 쿠사노는 그저 고개를 끄덕일 수밖에 없었다. 미나미가 다짐하듯 말했다.

"동생에게도 비밀입니다."

"알았어."

쿠사노는 인형처럼 고개를 끄덕였다.

"저기요."

료타가 슬그머니 손을 들며 말했다.

"동생이라면 쇼우, 그러니까 또 한 명의 미나미 씨를 말하는 거죠?"

"그래."

미나미가 퉁명스럽게 대답했다.

"아, 역시 동생이었구나. 성이 같아서 혹시나 했는데. 남매치고는 얼굴…아니, 분위기가 너무 달라서 우연히 성만 같은 남인 줄 알았어요."

"야, 미리 말해두는데 쇼우를 노리고 있다면 포기하는 게 좋을 거다."

쿠사노가 장난스럽게 말했다. 료타는 발끈하며 쿠사노를 노려보았다.

"그게 무슨 소리야? 설마 내가 쇼우에게 음흉한 마음을 품고 있다고 의심하는 건 아니겠죠? 노리고 자시고 난 이미 죽었잖아. 남이 들으면 오해할 소리 하지 말아요."

료타는 아이코의 오빠인 미나미의 눈치를 살피며 뻔뻔스럽게 시치미를 뗐다. 쿠사노도 지지 않고 되받아쳤다.

"왜 은근슬쩍 반말을 섞는 거냐? 나보다 나이도 어린 주제에. 이 '파수꾼'이 눈을 부릅뜨고 있는 한 쇼우한테 접근할 생각은 버리는 게 좋을 거다. 죽었든 살았든 말이야. 알겠냐?"

"파수꾼? 제가 말입니까?"

"설마 자각이 없는 거냐?"

"아이코가 누구와 사귀든 방해할 생각은 없습니다. 그건 아이코의 자유니까요. 하지만 아이코는 실제 나이보다 훨씬 어린애 같은 성격입니다. 아직 누구와 사귀기에는 너무 어릴지도…."

"내 말이 맞지?"

쿠사노는 료타를 바라보며 한쪽 눈썹을 치켜 올렸다.

"음, 정말 그러네요."

료타도 쓴웃음을 지으며 고개를 끄덕였다. 그리고 다시 미나미를 바라보며 물었다.

"그런데 왜 다들 동생 분을 '쇼우'라고 부르는 거죠?"

그러자 미나미는 떨떠름한 표정으로 입을 다물었다. 쿠사노가 미나미 대신 대답했다.

"작은 미나미, 즉 쇼우 미나미小南. 그래서 쇼우라고 부르는 거야."

"아, 그렇구나. 그럼…."

쿠사노는 고개를 끄덕이며 미나미를 가리켰다.

"응. 이쪽은 큰 미나미大南. 그래서 '다이大'라는 별명으로 부르는 사람도 있어."

"다이…."

료타는 머뭇거리며 미나미의 얼굴을 바라보았다. 별명을 붙이는 것 자체가 이토록 어울리지 않는 남자도 드물 거라는 생각이 들었지만 굳이 그 말을 입 밖에 내지는 않았다.

쿠사노가 말했다.

"나는 이 가게로 이동한지 1년도 안 돼서 잘은 모르겠지만 작년 봄에 여동생이 이 가게에서 아르바이트를 시작했을 때 그런 별명이 붙었다더군. 지금은 미나미보다 나이가 많은 사람은 모두 졸업해서 다이라고 부르는 건 베테랑 직원들뿐이지만."

이제야 '쇼우'라는 별명의 유래를 알게 된 료타는 자못 진지하게 고개를 끄덕였다.

"그렇구나. 그렇게 된 거였군요, 다이 씨."

료타가 넉살좋게 말했다. 순간 미나미가 료타를 날카롭게 노려보았다. 료타는 뺨을 씰룩이며 어색한 미소를 지었다.

"노, 농담이에요."

"그건 그렇고―"

쿠사노가 담배를 피우며 입을 열었다.

"네가 정말 유령이었을 줄이야."

그렇게 말하며 쿠사노는 눈을 가늘게 뜨고 연기 너머 료타를 관찰했다. 료타는 손을 들어 유령 포즈를 취하며 말했다.

"무서워요?"

"아니, 별로."

"어, 왜요?"

"넌 하도 넉살이 좋아서 별로 안 무서워. 게다가 갑자기 '죽어서 유령이 됐다'는 말을 들어봤자 현실감도 없고."

"그건 그래. 나도 내 장례식을 보기 전까지는 실감이 안 나더라구요."

료타가 천연덕스럽게 웃으며 말했다. 미나미가 낮은 목소리로 물었다.

"물어볼 게 있는데, 너 어째서 쿠사노 씨에게 달라붙어 있는 거냐?"

"그야 달리 얘기할 수 있는 사람도 없고…. 그럼 안 되나요?"
"살아 있는 사람에게 자꾸 달라붙지 마."
미나미의 냉랭한 발언에 료타는 재빨리 되물었다.
"왜요?"
"죽은 사람과 얽히는 게 싫으니까. 기분이 별로서든."
"너무하네. 나도 좋아서 이러고 있는 게 아니에요. 하지만 이렇게 된 이상 어쩔 수 없잖아요."
"그건 네 사정이고. 살아 있는 사람에게는 살아 있는 사람의 사정이란 게 있는 거야."
"우와, 심하다. 처음 보는 사람한테 어떻게 이런 말을 할 수 있담. 아, 내가 아까 쇼우 옆에 있어서 화났구나, 다이 씨."
료타가 넉살좋게 너스레를 떨었지만 미나미는 넘어오지 않았다.
"동생과는 상관없어. 미안하지만 쿠사노 씨에게도 내게도 달라붙지 말아줬으면 좋겠다."
"나더러 어쩌란 말이죠?"
미나미는 연기와 함께 커다랗게 숨을 들이마시며 더욱 낮은 목소리로 말했다.
"사라져 줘."
료타는 눈썹을 찡그리며 내뱉듯이 말했다.
"말도 안 돼. 겨우 내 목소리를 들을 수 있는 사람을 찾았는데 어디로 사라지란 말이야?"

"그건 내가 알 바 아니지. 네가 어떻게 생각하든 난 유령을 보는 건 이제 지긋지긋해. 사고를 당한 건 안 됐지만 난 죽은 사람을 살아나게 할 수는 없어. 나와 쿠사노 씨를 따라다녀 봤자 무슨 뾰족한 수가 있는 것도 아니잖아."

"난 살려달라고 한 적 없어. 게다가 왜 댁한테 사라지라는 명령을 들어야 하는 거지?"

"명령이 아니라 부탁이야. 넌 그렇게 나쁜 녀석 같지는 않다만 유령은 유령이야. 매정해 보일지도 모르지만 난 유령을 보는 것조차 싫어."

"이건 차별이야!"

"잠깐, 둘 다 진정해."

쿠사노가 의자에서 일어서며 두 사람을 말렸다.

"둘 다 왜 이래? 황천을 사이에 두고 싸워서 뭘 어쩌겠다고."

료타가 선생님에게 고자질하는 초등학생처럼 입을 삐죽 내밀며 말했다.

"그치만 너무하잖아요. 인간이 어쩜 저렇게 매정하담."

쿠사노는 '쉿' 하고 작게 속삭이며 료타를 달랬다.

"알았으니까 좀 조용히 해. 그렇게 큰 소리로 싸우면 다른 사람한테는 미나미 혼자 소리 지르는 것처럼 보이잖아. 그것도 '유령'이니 '죽었다'느니 이상한 소릴 하면서. 다른 직원들이 들으면 어쩌려고 그래?"

미나미는 그 말에 겨우 이성을 되찾았다.

"아이코는?"

쿠사노는 문틈으로 휴게실을 살펴보았다.

"아직 자고 있어. 음, 정말 거물이군…. 아, 누가 들어왔다. 마츠오카와 야마모토 씨로군. 그러고 보니 벌써 6시네. 슬슬 저녁 아르바이트생들이 도착할 시간이군."

"그럼 이만 얘기를 끝내기로 하죠."

미나미가 의자에서 일어서며 말했다. 쿠사노는 그런 미나미를 바라보며 달래듯이 말했다.

"작은 목소리로 얘기하면 되잖아. 이 녀석 얘기도 조금은 들어주면 안 될까? 겉으로는 태평해보이지만 얼마나 난감하겠어."

"내게 달라붙지 말아달라는 것 외에는 할 말이 없습니다."

미나미는 그렇게 선언한 후 쿠사노의 등 뒤를 지나 사무실에서 나가버렸다.

"당황스럽군."

쿠사노는 손가락으로 핸들을 쿡쿡 찌르며 신음 섞인 목소리로 중얼거렸다.

차는 석양에 잠긴 우회도로를 달리고 있었다. 저물기 직전의 태양이 마지막 임무를 수행하듯 차 안을 오렌지색으로 물들였다.

"뭐가요?"

"네가 유령이라는 사실이."

"아, 그거라면 내가 제일 당황하고 있는데."

"그렇겠지만 나도 어떻게 해야 좋을지 모르겠어."

"미안해요."

료타가 퉁명스럽게 사과했다.

"아까 미나미의 태도도 당황스러웠어."

"진짜 너무하더라."

료타는 미나미의 냉담한 태도를 떠올리며 또다시 분개했다.

"평소에는 그런 녀석이 아니거든. 덩치가 크고 지나치게 침착해서 괜히 무뚝뚝해 보이지만 원래는 상냥하고 좋은 녀석이야."

쿠사노가 재빨리 미나미를 감쌌다. 료타는 쓴웃음을 지으며 놀리듯이 말했다.

"고생이 많네요."

"무슨 소리야?"

"나와 미나미 씨 사이에 끼어서 고생이 많다구요."

"알면 싸우지 마."

"미안해요. 발끈해서 싸우긴 했지만 나쁜 사람이 아니라는 건 나도 알아요. 일하는 걸 봤으니까. 뭐랄까, 성실하고 듬직한 사람이더군요."

"응. 원래는 남들이 꺼리는 일도 나서서 떠맡는 녀석이야. 그런데 저렇게 매정하게 내쳐버릴 줄은 몰랐어. 묻고 싶은 게 많았는데. 대체 왜 저러는 걸까?"

"무서워서 그럴 거예요."

"누가?"

"미나미 씨가."

"누구를?"

료타가 답답하다는 듯이 몸을 뒤틀며 대답했다.

"물론 나를."

"뭐?"

"그 사람은 무서운 거예요. 보면 알아."

"그런가? 하지만 미나미는 1년에 몇 번씩이나 유령을 본다잖아. 그런 사람이 너 같이 박력 없는 유령을 무서워 할 리가 있냐?"

"하지만 이제 유령을 보는 건 지긋지긋하다고 했잖아요. 아까 애인처럼 쿠사노 씨한테 딱 달라붙어 있던 것 기억나요? 그건 내가 무섭기 때문이야."

"……."

쿠사노는 담배를 싫어하는 미나미가 담배를 피우는 자신에게 거의 밀착해 있었던 것을 떠올렸다.

"내 말이 맞죠?"

료타는 자신의 날카로운 통찰력을 자랑하듯 턱을 치켜들며 말을 이었다.

"게다가 전부터 마음에 걸렸었는데 그 사람 내가 휴게실에 있으면 꼭 문 앞에서 몸을 움찔하더라. 누가 어두운 곳에서 갑자기 어깨를 두드린 것처럼. 그리고 슬며시 주위를 살펴보더라구요. 역시 유령이 있다는 걸 알고 무서워서 그랬던 것 아닐까요?"

"흐응, 그래? 자세히도 살펴봤군."

"워낙 덩치가 커서 쳐다보기 싫어도 눈에 띄는걸."

"그건 그렇군."

"틀림없어. 미나미 씨는 내가 무서운 거야. 그래서 날 멀리 하는 거예요."

료타는 콧구멍을 벌름거리며 자신의 주장에 절대적인 자신감을 표현했다.

쿠사노는 차창너머 붉게 물든 하늘을 올려다보며 한숨 섞인 목소리로 중얼거렸다.

"흐음. 그 녀석에게도 무서운 게 있단 말이지."

"그럼요. 스기와라노 미치자네*나 타이라노 마사카도** 같은 원령이든 나 같은 녀석이든, 사람들은 유령이라면 무조건 무서워하기 마련이에요. 어렸을 때 뭔가 안 좋은 경험이라도 있었던 것 아닐까? 잘은 모르겠지만."

"그런가."

쿠사노는 반신반의하며 고개를 갸웃거렸다.

---

*스기와라노 미치자네 : 菅原道眞. 일본 헤이안시대 초기의 문장가, 학자, 정치가, 문신. 당대 최고의 문장가였으나 후지와라노 토키히라의 탄핵으로 좌천당하여 향후 59세에 세상을 떠났다. 미치자네가 죽은 후 그를 탄핵했던 후지와라노 토키히라를 비롯하여 이 사건에 관계되었던 관료들이 차례차례 의문사를 당하고 질병과 천재지변이 끊이지 않자, 사람들은 이것을 죽은 미치자네의 원령 때문이라 여기고 신사를 세워 그를 텐신(天神)으로 모셨다
**타이라노 마사카도 : 平將門. 일본 헤이안시대 중기의 무장. 썩어빠진 당시의 정부에 대항하여 백성들을 위한 '신세계'를 꿈꾸며 스스로를 신황(新皇)이라 칭한 뒤 나라를 일으키려 했으나 당시의 집권층이었던 후지와라 가문과 그들의 앞잡이가 된 같은 혈족 타이라노 사다모리에 의해 결국 멸망당했다. 그의 시체는 절단되어서 저잣거리에 내걸렸으며, 원령이 되어 복수를 맹세했다는 얘기가 전해지고 있다

"개를 무서워하는 사람은 치와와도 무서워하잖아요."

"자기를 치와와에 비유하다니."

"뭐 어때."

"하긴 나야 상관없지만."

쿠사노는 석양에 물든 유령의 옆얼굴을 흘낏 바리보며 말했다.

"넌 어쩔 셈이냐? 미나미는 사라지라고 하던데."

"물론 사라질 생각은 없어요. 부모님도 날 못 보는걸. 달리 갈 곳이 없잖아."

"잠깐. 그럼 미나미 말대로 계속 나한테 붙어 있을 생각이냐?"

"설마."

"그럼 어쩔 건데?"

"어쩔까나."

그렇게 말하며 료타는 팔짱을 끼고 생각에 잠겼다. 쿠사노가 어이없어하며 말했다.

"아무 생각도 없단 말이냐?"

"이렇게 허무하게 죽을 줄은 몰랐단 말이에요. 게다가 난 신참 유령이라 뭘 어떻게 해야 할지 하나도 모르겠어. 어쩌면 좋을까요?"

"낸들 아냐?"

"그건 그래."

료타는 다시 입을 다물고 생각에 잠겼다.

문득 쿠사노의 머릿속에 한 가지 의문이 떠올랐다.

"이봐, 유령. 넌 다른 유령은 안 보이냐?"

"유령, 유령 하지 말고 웬만하면 이름으로 불러줄래요?"

"아, 미안…."

잠시 침묵이 흐른 후 쿠사노가 미안해하며 물었다.

"그런데 네 이름이 뭐였더라?"

"요코이 료타. 전에 가르쳐줬잖아요."

"미안, 미안. 요코이 군. 넌 너와 똑같은 처지에 있는 사람은 보이지 않나?"

"갑자기 깍듯하게 구니까 오히려 이상하네. 그냥 료타라고 불러요. 다들 그렇게 부르니까."

"알았어. 어쨌든 보이냐 안 보이냐?"

"아직까지는 한 번도 못 봤어요."

"흐음, 그렇단 말이지."

"하지만 미나미 씨도 유령을 보는 건 몇 달에 한 번 정도라면서요. 게다가 처음에는 안 보이다가 차츰 뚜렷하게 보인다잖아. 그러니까 앞으로 보게 될 지도 모르죠."

쿠사노는 핸들을 힘껏 움켜쥐며 머뭇머뭇 물었다.

"그럼 나한테도 보이려나?"

"글쎄요. 역시 보이는 건 무섭나요?"

"그야 유령을 보고 기분 좋을 사람이 어디 있겠어? 미나미도 그래서 싫어하는 거겠지."

"난 어때요?"

그 말에 쿠사노는 몸집이 작은 료타를 물끄러미 훑어보았다.

"무서운 구석도 없고 말도 많고…."

"내 입으로 이런 말 하긴 좀 그렇지만 너무 촐싹대서 유령이라는 실감이 별로 안 나죠?"

"잘 아는군."

차츰 짙어지는 어둠 속에서 쿠사노의 차는 헤드라이트를 켜고 우회도로를 돌아 좁은 강변도로로 들어섰다. 쿠사노는 지금까지 시속 60킬로미터 전후였던 속도를 반으로 낮추고 운전교습을 하는 것처럼 신중하게 차를 몰았다.

"앗!"

료타가 느닷없이 외쳤다.

고양이라도 뛰어나왔나. 쿠사노는 그렇게 생각하며 반사적으로 브레이크 페달에 발을 얹었다. 그러나 헤드라이트에 비친 도로에는 아무것도 없었다.

"뭐야, 깜짝 놀랐잖아."

"쇼우!"

"응?"

쿠사노는 주위를 둘러보았다. 가게에서 몇 킬로미터나 떨어진 이 쓸쓸한 샛길에 미나미 아이코가 있을 리 없지 않은가. 료타가 두리번거리는 쿠사노를 바라보며 말했다.

"그게 아니라 지금 그 애의 숨겨진 능력을 깨달았거든요."

"뭐?"

"아까 내가 했던 말 기억나요? 미나미 씨는 휴게실에 들어올 때 반드시 입구에서 멈춰 선다는 말."

"응."

료타는 울음을 터뜨릴 것 같은 얼굴로 설명했다.

"쇼우도 그러거든. 항상 문을 연 다음 입구에 멈춰 서서 조심스럽게 방 안을 둘러보곤 했어요. 혹시 내가 보이는 지도 몰라. 미나미 씨는 '동생에게는 보이지 않는다'고 했지만 남매니까 같은 능력이 있어도 이상할 것 없잖아. 보이는 데 안 보이는 척 하는 것뿐일지도 몰라요. 그럼 어떡하지? 안 보이는 줄 알고 별별 짓을 다 했는데. 어쩌지? 분명히 날 싫어할 거야."

쿠사노는 풀이 죽어 있는 료타를 흘낏 쳐다보며 미소를 지었다.

"내 생각에 쇼우한테는 정말 안 보이는 것 같은데."

"왜요?"

"그건 유령 때문이 아니라 아마 바퀴벌레 때문일 거야."

"그게 무슨 소리죠?"

"내가 직접 본 게 아니라 잘은 모르겠지만 한 달 전쯤 쇼우가 휴게실에 들어오다가 입구 근처에서 바퀴벌레를 밟았다나 봐. 가끔 나오거든. 날씨가 추워서 바퀴벌레가 평소처럼 잽싸게 도망치지 못했던 모양인데 그게 쇼우에게도 바퀴벌레에게도 비극이었지. 휴게실은 신발을 벗고 들어와야 하잖아. 덕분에 스타킹만 신은 채로 바퀴벌레를 밟았다더군. 게다가 바퀴벌레 배에서 튀어나온 누런 액체가 스타킹을 뚫고 발바닥에…."

"정말요?"

쿠사노는 고개를 끄덕였다.

"비명이 철문을 넘어 주방까지 들렸다더군. 쇼우는 한동안 반 광란 상태였다나 봐. 그 다음부터 쇼우는 휴게실에 들어갈 때 반드시 입구에 멈춰 서서 안전을 확인하게 됐다더군."

바퀴벌레의 액체가 나일론 섬유를 통과하여 피부에 달라붙은 감촉을 상상하며 료타는 두려움에 몸을 떨었다.

"즉 남매가 똑같은 행동을 해도 그 이유는 전혀 다르단 말이군요."

"그래. 오빠는 유령, 동생은 바퀴벌레."

"뭐야, 그랬구나."

"안심했냐?"

"네. 하지만 좀 아쉽기도 해요…. 아아, 쇼우와 얘기할 수 있다면 얼마나 좋을까. 왜 나와 얘기할 수 있는 사람은 죄다 남자뿐이람."

"낸들 아냐."

차는 계속해서 뱀처럼 구불거리는 길을 달렸다. 양미역취 수풀 너머로 보이는 서쪽 하늘은 일몰 직후의 짙은 남청색으로 물들어 있었다.

"아, 그렇지! 생각났다."

료타가 또다시 외쳤다.

"이번엔 또 뭐냐."

"앞으로 어떻게 할 건지 생각났어요."

"오, 그래."

"있죠, 범인이 누군지 알고 싶어요."

쿠사노는 좌우로 구불거리는 길에 맞춰 세심하게 핸들을 꺾으며 고개를 끄덕였다.

"나도 알고 싶군."

"그렇죠? 어떻게 생긴 놈이 나를 죽였는지 보고 싶어요. 그리고 그놈이 경찰에 잡혔으면 좋겠어요. 수갑을 차고 순찰차에 올라타는 녀석을 손가락질하며 비웃어주고 싶어요. 그리고 녀석한테 Fuck you를 날려주고 싶어요. 그 녀석한테는 안 보여도 상관없어. 좀 더 심하게 말하자면 지옥에 떨어뜨려주고 싶어요. 그리고 난 천국에 가는 거야. 어때요?"

"글쎄…."

쿠사노는 애매한 대답과 함께 입을 다물었다. 평소와 다름없는 가벼운 말투였지만 왠지 그 속에서 피해자의 분노와 원한이 느껴졌기 때문이었다.

무거운 침묵이 흐르는 가운데 료타가 차창 밖의 양미역취 수풀을 바라보며 낮게 중얼거렸다.

"범인을 경찰에 넘기는 게 제일 중요한 일이긴 하지만 사실은 나—"

료타가 문득 입을 다물었다.

쿠사노는 '다시 살아나고 싶어요'라는 말을 예상하며 무의식적으로 몸을 움츠렸다. 절대 이루어질 수 없는 바람을 당사자의 입으로 듣는 것은 너무나도 괴로운 일이다.

하지만 쿠사노의 예상과는 달리 료타는 지금까지와는 전혀 다른 장난스러운 어조로 말했다.

"있죠, 휴게실에 옷을 갈아입는 곳이 있잖아요? 탈의실 말이에요."

"응?"

"거기 하루 종일 숨어 있고 싶어요. 물론 남자가 들어오면 잠시 나오구요. 모처럼 유령이 됐으니 그 정도 특혜는 누려도 되지 않을까?"

쿠사노는 안경 너머 료타를 날카롭게 노려보았다.

"그러기만 해봐. 너와는 평생 한마디도 안 할 테니까."

"농담이에요. 그런 짓을 할 리가 없잖아요. 에이, 그 말을 진짜로 믿냐. 조크예요, 조크. 아메리칸 조크."

"미국인들도 격노할 만한 농담이로군. 두 가지 의미로."

료타는 쑥스러운 듯이 머리를 긁적였다.

"아하하, 그런가."

"칭찬이 아니거든?"

"쳇, 뭐야."

"시끄러워."

쿠사노는 문득 자신이 가게에서는 절대 쓰지 않는 거친 말투로 대화하고 있다는 사실을 깨달았다. 마치 밝고 거침없었던 학생 시절로 잠시 돌아간 듯한 기분이었다.

"하지만 역시."

료타가 또다시 낮은 목소리로 말했다.

"나쁜 짓을 한 녀석이 잡히지 않는 건 부당해요. 죽은 나만 억울하잖아."

"맞는 말이야."

쿠사노는 맞장구를 치며 생각에 잠겼다. 역시 이 녀석은 '다시 살아나고 싶어요'라는 말을 하고 싶었을지도 모른다. 아무 근거 없는 생각이긴 하지만.

"그래서 말인데요, 저기, 정말 죄송하지만…."

료타가 쿠사노의 눈치를 살피며 입을 열었다.

"범인을 찾을 때까지 좀 도와주지 않을래요?"

"뭐? 하지만 그건 경찰의—"

쿠사노의 말이 끝나기도 전에 료타가 재빨리 설명했다.

"알아요. 경찰도 열심히 찾고 있겠죠. 하지만 지금이 벌써 며칠 째죠? 내가 죽은 건 화요일 한밤중이에요. 아니, 수요일 새벽인가. 그런데 오늘은 벌써 토요일이잖아. 범인은 자수할 생각이 없는 것 아닐까요? 끝까지 도망칠 생각인가 봐. 용서 못해."

"미나미와 똑같은 말을 해서 미안하지만 내가 무슨 도움이 되겠냐? 하루의 반은 가게에 있는데."

"물론 탐정모를 쓰고 수사를 하라는 얘기가 아니에요. 그냥 순찰 비슷하게 퇴근길에 좀 돌아다니면서 다른 차를 살펴보기만 하면 돼요. 물론 그래봤자 범인을 발견할 가능성이 거의 없다는 건 알아요. 하지만 아무것도 안 하고 경찰이 잡아주기를 마냥 기다릴 수는 없잖아."

"마음은 알겠지만…."

"봤죠? 범인의 차."

옆얼굴에 기대에 찬 시선이 느껴졌지만 쿠사노는 절대 옆을 돌아보지 않았다. 안전을 위해서가 아니었다. 료타와 눈을 마주치는 것이 괴롭기 때문이었다.

쿠사노는 빠른 어조로 변명하듯 말했다.

"보긴 했지만 검은색 계열의 스포츠카라는 것밖에 몰라. 난 차에 대해 아는 게 없거든. 무슨 차종인지도 전혀 모르겠어."

"그래도 상관없어요. 그 차를 보면 분명히 기억날 거야."

"자신 없는데."

"부탁이에요."

료타는 쿠사노를 향해 기도하듯 양손을 모으며 말했다.

"뻔뻔스러운 부탁이란 건 알아요. 그래도 제발 들어주세요."

쿠사노는 커다랗게 숨을 들이마신 뒤 천천히 내뱉었.

문득 료타에게 사라지라고 했던 미나미의 얼굴이 유리창에 떠올랐다 사라졌다.

자신마저 거절하면 이 녀석은 어떻게 될까. 쿠사노는 료타를 흘낏 쳐다보았다.

"네?"

료타는 주인의 눈치를 살피는 강아지처럼 기대에 찬 눈으로 쿠사노를 바라보고 있었다.

"저…."

료타의 부탁은 범인의 차와 비슷한 스포츠카가 있는지 주의 깊게 살펴봐 달라는 것뿐이다. 딱히 일을 팽개치고 찾아달라는 것도 아니다. 겨우 그 정도 부탁을 거절할 이유는 떠오르지 않았다.

"못 찾아도 날 원망하진 말아라."

"안 해요, 안 할 게요."

료타가 이를 드러내고 웃으며 말했다. 그리고 한마디 덧붙였다.

"정말 고마워요. 그럼 앞으로 잠시 신세지겠습니다. 아, 이불은 준비할 필요 없어요. 그 소파에서 자면 되니까."

여유 있게 고개를 끄덕이던 쿠사노가 흠칫 놀라며 물었다.

"앗, 잠깐. 뭐야? 우리 집에서 지낼 거냐?"

"응."

"네 아파트 있잖아."

"어차피 금방 해약될 텐데, 뭐. 게다가 조만간 부모님이 짐을 가지러 올 거예요. 솔직히 두 분 얼굴을 보고 싶지 않아요. 두 분 다 짐정리하면서 울 게 뻔하니까."

그 말에 쿠사노는 요즘 사소한 동작에서 문득 '늙었다'는 것을 느끼게 된 부모님의 얼굴을 떠올리며 조금 심각한 표정으로 대답했다.

"그야 아들을 잃고 슬퍼하지 않을 부모는 없지."

"두 분이 울면 나도 기분이 안 좋아요. 난 불효자식이니까. 내 맘 이해하죠? 그런 집에 있을 수 있을 것 같아요?"

"……."

"난 유령이니까 식비도 안 들고 빨래거리도 없잖아."

"……."

"혹시 자는 동안 자명종이 고장 나면 내가 깨워줄 수도 있고."

"할 수 없지…."

쿠사노는 혀를 차며 마지못해 고개를 끄덕였다.

"좀 환영해주면 어디 덧나나?"

"얹혀 사는 주제에 까불지 마."

"넵."

안경을 쓴 샐러리맨과 몸집이 작은 유령을 태운 파란 소형차는 제한속도를 지키며 두 사람을 만나게 한 사고현장을 천천히 통과했다. 차 네 대가 그 뒤를 줄줄이 따라오고 있었지만 쿠사노는 절대 속도를 높이지 않았다.

"있죠, 미나미 씨 말인데요…."

료타가 입을 열었다.

"응?"

"역시 그 사람한테도 협력해 달라고 부탁해 볼래요."

"하지만 미나미는 너에게 사라지라는 말까지 했잖아."

"그래도 나와 접촉할 수 있는 몇 안 되는 사람인걸. 미나미 씨가 협력해주면 쿠사노 씨도 마음이 든든하지 않겠어요?"

"그야 그렇지."

"만약 그 사람이 범인을 발견하면 시키는 대로 순순히 사라질게요. 아, 그렇지. 어차피 갈 곳도 없는데 해외여행이나 떠나볼까. 난 뭐든 공짜로 탈 수 있으니까 퍼스트클래스를 타고 하와이에 가서 다이아몬드 호텔 스위트룸에 묵을까 봐. 그러다 지겨워지면 타이도 가보고 피지도 가보고 발리도 가보고…. 아, 몰디브도 좋겠다. 마지막은 바하마 어때요? 아니야, 역시 오키나와가 좋겠어. 세계일주 리조트 투어. 어때요?"

쿠사노는 한순간이나마 부러움을 느끼고 만 자신을 마음속으로 꾸짖으며 물었다.

"같은 공간에 있는 것조차 완고하게 거부하는 사람을 무슨 수로 설득할 건데?"

"그야 진지하게 설득해서 평화롭게 해결해야죠. 인간이란 성의를 보이면 반드시 서로 이해할 수 있는 법이에요."

"할 수 있겠냐?"

료타는 자신만만하게 가슴을 두드렸다.

"물론."

8

다음날 아침. S스태프 미나미 히로토는 자신보다 2시간 늦게 출근한 여동생을 본 순간 하얗게 질리고 말았다. 뜨거운 커피를 따르던 손이 돌처럼 굳었다.

아이코는 뒷문 옆에 있는 카드리더기에 자신의 카드를 넣은 뒤 주방 직원들에게 인사하며 카운터를 향해 걸어왔다. 여느 때와 다를 바 없는 일요일 아침의 풍경이었지만 한 가지 기이한 점이 있었다. 동생의 뒤에 유령이 찰싹 달라붙어 있다는 점이었다.

동생과 요코이 료타의 거리는 50센티미터도 되지 않았다. 료타는 보이지 않는 끈으로 이어지기라도 한 것처럼 시종일관 아이코와 가까운 거리를 유지하고 있었다.

"안녕하세요."

아이코가 가게에서는 늘 그랬듯이 예의바르게 인사하며 미나미 앞을 지나쳤다. 료타도 도발적인 미소를 지으며 미나미에게 "안녕하세요."라고 인사를 건넸다.

"저…?"

아이와 함께 카운터에서 주문한 음식을 기다리던 여자 손님이 가느다란 눈썹을 찡그렸다. 커피를 따르다가 움직임을 멈춰버린 점원에게 뭔가 하고 싶은 말이 있는 듯한 눈치였다.

"아, 죄송합니다."

미나미는 손님에게 사과한 후 다시 일에 집중했다. 주문받은 음식을 재빨리 쟁반에 담고 마지막으로 감자튀김을 올려놓는 순간 굵은 손가락이 컵에 닿았다.

"앗."

미나미의 작은 외침과 동시에 컵은 손님을 향해 쓰러졌다.

그나마 뚜껑이 덮여 있어서 손님의 옷에 뜨거운 커피가 쏟아지는 최악의 사태는 벌어지지 않았지만 손님을 불쾌하게 만든 것만은 분명했다.

미나미답지 않은 실수였다.

"죄송합니다."

또다시 머리를 숙이며 사과한 순간 혀를 차는 소리가 들려왔다.

미나미는 새 커피로 교환하기 위해 자신이 쓰러뜨린 컵을 들고 커피머신으로 돌아섰다. 그러자 손님이 가시 돋친 목소리로 그를 불러 세웠다.

"그냥 줘요. 아깝잖아요."

"하지만…."

망설이는 미나미에게 손님이 다그치듯 말했다.

"아이가 기다리고 있어요. 배가 많이 고픈가 봐요. 빨리 줘요."

"네. 죄송합니다."

미나미는 커다란 몸을 한껏 움츠리며 사과했다.

다음 손님의 주문을 받으며 무심코 고개를 든 순간 걱정스러운 듯이 이쪽을 바라보고 있는 유령과 눈이 마주쳤다. 료타는 테이블을 치우는 아이코 뒤에 바싹 붙어 서서 또다시 도발적인 표정을 지었다. 그리고 아이코의 어깨에 손을 얹으며 말했다.

"항복?"

미나미는 피가 거꾸로 솟구치는 것을 느끼며 료타를 무시하고 묵묵히 일을 계속했다.

"비겁해…. 너무 비겁해."

그 모습을 바라보며 쿠사노는 작은 목소리로 중얼거렸다.

"'성의를 보이면' 좋아하네."

장마철인데도 사흘이나 이어졌던 맑은 날씨는 어제로 드디어 끝이 난 모양이었다. 오늘은 아침부터 두터운 구름이 하늘을 뒤덮고 있었다. 공기도 무겁고 축축했다.

외출하기에는 내키지 않는 날씨다. 이 정도면 가게도 별로 붐비지 않을 것이다. 미나미는 그렇게 생각했다. 하지만 그의 예상과는 달리 손님은 쉴 새 없이 몰려들어 결국 평소와 다름없이 바쁘게 움직여야 했다.

낮의 제일 바쁜 시간대가 되자 드라이브 인 고객들이 쉴 새 없이 몰려들었다. 평일에는 보통 두 명이 한 조가 되어 주문을 받곤 하지만 주말 낮에는 세 배 이상이 나서지 않으면 도저히 대처할 수 없을 정도다.

이 시간에는 창구에서 마이크로 주문을 받다가는 밀려드는 손님을 감당할 수 없다. 그래서 직원 몇 명이 주차장으로 나가 직접 주문을 받은 다음 휴대용 단말기로 가게 카운터에 송신하는 방법을 쓰고 있다. 미나미가 맡은 역할은 주차장 조의 리더였다. 그는 주문을 받으며 두 방향에서 밀려오는 차들을 정리하고 손님들의 차를 유도하기도 했다. 주차장 조에는 미나미 외에도 세 명의 여자 아르바이트생이 포함되어 있었다. 그중 한 명은 아이코였다.

열 받게도 아이코가 주차장을 돌아다니며 주문을 받는 내내 그녀의 뒤를 그림자처럼 따라다니는 료타의 모습이 미나미의 냉정함과 집중력을 송두리째 빼앗았다.

저 넉살 좋은 유령이 아무리 따라다녀 봤자 동생에게 손가락 하나 댈 수 없다는 것쯤은 잘 알고 있다. 하지만 웬 남자가 자신의 여동생에게 비상식적일 만큼 찰싹 달라붙어서 어깨 언저리를 뚫어지게 쳐다보고 있다는 사실만으로도 불쾌하기 짝이 없었다.

활짝 열린 드라이브 인 창구 너머로 후덥지근한 공기와 함께 료타의 즐거운 외침이 들려왔다.

"좋았어, 쇼우. 다음 차로 가자!"

"야, 이 멍청아! 좀 천천히 주문해!"

미나미는 점장에게 '기분이 안 좋아서 바깥 공기를 쐬고 싶다'는 핑계를 대고는 주차장 조로 복귀했다.

아이코는 밖으로 나온 오빠에게 눈인사를 하며 자동차들 사이를 부지런히 돌아다녔다. 료타도 아이코의 종종걸음을 흉내 내며 그녀의 뒤를 바싹 뒤쫓았다.

미나미는 휴대용 단말기를 들고 부지 밖까지 늘어서 있는 자동차에 메뉴를 나눠주기 시작했다.

"항복?"

료타가 몸을 빙글 돌리고 싱긋 웃으며 말했다.

버럭 소리를 지르고 싶었지만 손님이나 다른 직원들의 눈 때문에 그럴 수가 없었다.

"저…, 주문해도 될까요?"

차에 타고 있는 손님이 머뭇거리며 물었다. 이를 갈면서 여자 아르바이트생의 등 뒤를 노려보는 덩치 큰 남자 점원이 어지간히 무서웠던 모양이다.

"아, 네. 실례했습니다. 주문하십시오."

퍼뜩 이성을 되찾은 미나미는 애써 미소를 지으며 주문을 받았다. 그러나 험상궂게 생긴 남자의 억지웃음에는 묘한 박력이 있어서 미나미가 주문을 받은 손님들은 모두 겁에 질리곤 했다.

료타가 들으라는 듯이 혼잣말을 중얼거렸다.

"쇼우는 이렇게 작은데도 참 열심이네. 키가 몇이야? 난 162밖에 안 돼. 쇼우는 나보다 10센티미터 정도 작은 것 같으니까 한 150센티미터쯤?"

"여기 시급도 짜다면서. 그런데 뭐하러 이렇게 열심히 일하는 거지?"

"확 집까지 따라갈까. 그건 역시 범죄겠지."

강철 같은 의지와 전율의 미소로 끈질기게 무시하자 료타의 혼잣말도 점점 과격해졌다.

"죽은 다음에 만나서 아무 짓도 할 수 없다는 게 너무 분해. 난 왜 이렇게 운이 나쁠까. 죽기 전에 만났더라면 별별 짓을 다 할 수 있었을 텐데."

"여자애가 땀 흘리는 모습을 보면 왠지 가슴이 벌렁거리더라."

"창고에 다른 제복도 있던데 가… 가, 갈아입을래? 갈아입지 그래?"

"그만 해! 항복이다!"

미나미는 손님이 잠시 끊긴 틈을 타 수다스러운 유령에게 항복을 선언했다.

"뭐?"

아이코가 의아한 표정으로 영문 모를 소리를 중얼거리는 오빠를 돌아보았다.

"아, 저기…."

미나미는 여동생의 시선을 피하며 아이코와 똑같은 포즈로 뒤를 돌아본 료타에게 다시 한 번 말했다.

"항복할 테니 그만 떨어져라."

"오케이."

그렇게 말하며 료타는 재빨리 아이코의 등 뒤에서 떨어졌다. 그리고는 "그럼 나중에 봐요~"라는 말을 남기고 가게 안으로 들어가 버렸다.

"무슨 일이야?"

아이코가 아르바이트생이 아닌 여동생의 얼굴로 오빠에게 물었다.

"아, 그냥 혼잣말이야."

"그런 것 치고는 목소리가 너무 크던데."

그때 마침 두 대의 차가 드라이브 인 차선으로 들어왔다.

"아, 손님이다. 두 번째 차에 가서 주문을 받도록."

미나미는 재빨리 S스태프의 얼굴로 돌아와서 아무 일도 없었던 것처럼 'B스태프 미나미 씨'에게 지시를 내렸다. 뭔가 묻고 싶은 듯한 표정으로 미나미를 바라보던 아이코는 곧 영업용 미소를 지으며 손님의 차로 다가갔다.

미나미가 차에 올라타자 차체 뒤가 조금 가라앉는 것처럼 느껴졌다.

"그럼 첫 번째 순찰, 출발!"

조수석의 료타가 전철 운전사처럼 앞 유리창을 가리키며 외쳤다. 그 외침과 동시에 쿠사노가 차를 출발시켰다.

시간은 오후 8시. 비에 젖은 도로가 조명을 받아 은백색으로 빛났다.

"순찰도 좋지만…."

가게 주차장에서 나온 지 5분도 되지 않아 쿠사노가 처량한 목소리로 말했다.

"배고파. 10시간 동안 아무 것도 못 먹었어. 5시쯤 타카하시한테 감자튀김 세 개를 얻어먹은 게 마지막이야."

"그래요? 난 괜찮은데."

"누가 너한테 물었냐?"

쿠사노는 왼손을 옆으로 뻗어서 료타를 쥐어박는 시늉을 했다. 료타는 귀찮은 듯이 얼굴을 돌렸다.

"하지 마요. 몸을 통과한단 말이야."

쿠사노는 료타의 항의를 무시하고 뒷좌석에 앉아 있는 미나미에게 말을 건넸다.

"억지로 끌어들인 사과의 뜻으로 내가 한 턱 낼 테니까 뭔가 먹으러 가자."

땀과 식용유를 흠뻑 빨아들인 와이셔츠에서 수수한 줄무늬 셔츠로 갈아입은 미나미는 잠시 눈을 동그랗게 뜨더니 곧 머리를 꾸벅 숙였다.

"네…? 아, 그러죠. 감사합니다."

료타의 협박에 굴복한 후부터 계속 퉁명스러운 표정을 짓고 있던 미나미도 배고픔을 이길 수는 없었는지 순순히 고개를 끄덕였다.

"좋아, 그럼 '류호'로 가자."

쿠사노는 '류호'를 향해 핸들을 꺾었다. '류호'는 가게에서 차로 10분 거리에 있는 라면 가게로 쿠사노와 아르바이트생들이 폐점 후 자주 들리는 곳 중 하나다. 중화요리부터 카레, 돈까스 덮밥까지 팔고 있는 이 가게는 맛은 그저 그렇지만 자리가 많아서 줄을 설 필요가 없다는 점과 아침 5시까지 영업한다는 점에서 쿠사노와 다른 직원들에게는 무척 고마운 존재였다.

자갈이 깔린 주차장에 차를 세운 후 세 사람은 지저분한 붉은 천막 안으로 들어갔다.

유리문을 열자 축축한 열기와 고소한 참기름 냄새가 세 사람을 감쌌다. 야간 경기 중계와 음식을 만드는 소리가 뒤섞여 가게 안에 독특한 활기를 불어넣었다.

"어서 오세요."

중국인 여점원이 서툰 일본어로 일행을 맞이했다.

저녁 식사 시간이라 가족과 함께 온 손님들이 많았지만 그래도 테이블 몇 군데는 비어 있었다. 쿠사노와 미나미는 늘 그랬듯이 TV를 보기 편한 입구 근처의 자리에 앉았다. 처음으로 이 가게에 와보는 료타도 단골손님 같은 얼굴로 쿠사노 옆에 앉았다.

"어서 오세요. 오늘은 일찍 오셨네요?"

광저우 출신이라는 젊은 중국인 점원이 쿠사노와 미나미 앞에 얼음물이 담긴 컵과 물수건을 놓으며 화장기 없는 얼굴에 엷은 미소를 지었다. 늘 한밤중에만 찾아오던 손님들이 이런 시간에 온 게 신기한 모양이었다.

"가끔은 제 시간에 저녁식사를 하고 싶어서요."

쿠사노는 가볍게 대답하며 재킷을 벗었다.

"아, 나는 류호 라면. 미나미, 너는?"

"전 차슈 라면. 곱빼기로."
"네."
점원이 주방을 돌아보며 큰 소리로 외쳤다.
"류호 라면 하나, 차슈 라면 곱빼기 하나!"
점원이 물러간 후 료타가 재빨리 입을 열었다.
"저, 하나만 물어봐도 돼요?"
쿠사노는 다른 손님들의 눈에 띄지 않도록 작은 목소리로 물었다.
"뭔데?"
"왜 나한테는 물을 안 주지?"
"안 주는 게 당연하지."
"중국인한테도 안 보이나 보네."
"당연하지."
"그런가요? 다이 씨."
료타의 물음에 미나미는 노골적으로 귀찮다는 표정을 지었다.
"다이 씨라고 부르지 마."
"네에~"
료타가 점원의 말투를 흉내 내며 대답했다.
"정말 알아들은 거냐?"
"네."
미나미는 료타의 태평한 얼굴을 바라보며 목소리를 낮췄다.
"미리 말해두지만 난 네가 보이긴 해도 널 죽게 만든 범인까지 알아볼 수는 없어. 내가 범인을 찾을지도 모른다는 기대는 하지 마."

"네에…."

"미나미."

쿠사노가 보기 드물게 미나미를 나무랐다.

"시작도 하기 전에 못 찾을 거라고 단정할 건 없잖아?"

"얼마 전 TV에서 우연히 봤는데요, 뺑소니범 검거율이 어느 정도인지 아세요?"

"검거율이라…. 글쎄? 한 70퍼센트 정도?"

미나미는 고개를 저으며 말했다.

"10년 전에는 그 정도였지만 지금은 30퍼센트라고 하더군요. 즉 가해자 세 명 중 두 명은 잡히지 않는다는 뜻이에요."

"정말?"

"네. 프로 경찰이 필사적으로 수사해도 그 모양인데 일반인인 우리가 '검은색 계열의 스포츠카'라는 단서만으로 범인을 찾아봤자 쉽게 발견할 수는 없을걸요."

"우와, 그딴 건 알고 싶지 않았는데."

료타가 양손으로 머리를 짚으며 말했다.

"그 자식이 체포되지 않으면 죽어서도 눈을 감을 수 없단 말이에요."

조금 안 됐다는 생각이 든 것일까, 미나미가 변명하듯 덧붙였다.

"하지만 사망사고 검거율은 90퍼센트라고 하더군."

90퍼센트라는 말에 쿠사노의 얼굴이 환하게 밝아졌다.

"아, 그럼 늦건 빠르건 잡히긴 잡히는 모양이네."

미나미는 조용히 고개를 저었다.

"7, 8년 전까지는 97퍼센트나 98퍼센트, 즉 거의 100퍼센트에 가까웠지만 요 몇 년 동안 90퍼센트로 떨어졌다더군요. 게다가 이 90퍼센트 중에는 목격자와 증거가 충분해서 용의자가 곧 체포된 사건이나 범인이 마음을 고쳐먹고 출두한 케이스도 당연히 포함되어 있습니다. 지금 같은 상황이면 어떻게 될지 알 수 없죠."

"그렇군…. 그런데 어째서 그렇게 검거율이 낮은 걸까. 일본 경찰은 세계에서도 손꼽힐 만큼 과학적인 수사로 유명하다던데."

미나미는 물을 한 모금 마신 뒤 쿠사노의 의문에 대답했다.

"제일 큰 문제는 뺑소니 사건이 너무 증가해서 경찰이 그 사건들을 전부 감당하기엔 벅차다는 점이겠죠. '사고가 나면 도망치는 게 제일이다'라는 생각이 상당히 팽배해진 모양이에요. 그리고 차가 고성능화된 것도 하나의 원인일지 모른다더군요."

"그게 무슨 소리지?"

"예를 들면 ABS. 요즘 차에는 거의 설치되어 있는 기능인데 아세요?"

"물론이지. 내 차에도 설치되어 있는 걸."

"그게 차에 붙어 있으면 운전사가 급브레이크를 밟아도 컴퓨터가 브레이크 기구를 제어해서 타이어가 잠기는 걸 막아주잖아요? 그게 뺑소니 사고 수사에 방해가 되는 경우도 있다더군요."

"어째서?"

"타이어가 잠기지 않으니까 바닥과의 마찰이 발생하지 않아서 브레이크 흔적이 남지 않기 때문이죠."

료타가 몸을 앞으로 내밀며 물었다.

"아, 현장검증을 하던 경찰들도 그랬어요. '이거 골치 아프게 됐군' 하면서 혀를 차더라구요."

미나미는 아무 말 없이 고개를 끄덕인 뒤 쿠사노를 바라보며 설명을 계속했다.

"물론 ABS가 장비된 차도 도로가 건조하면 브레이크 흔적이 남긴 하지만 그 날은 분명히…."

"엄청나게 쏟아졌었지."

쿠사노는 속옷까지 스며드는 차가운 비의 감촉을 떠올리며 몸을 떨었다.

"참, 감기는 다 나으셨습니까?"

"일하다보니 나았어."

"그렇군요…. 어쨌든 경찰은 지면에 남아 있는 타이어 자국을 조사해서 차종을 판단하는 게 아니에요. 어느 위치에서 브레이크를 밟았는지, 어느 정도 속도로 달리고 있었는지, 차가 어떤 움직임을 취했는지, 그런 상세한 상황을 추측해서 수사를 하는 거죠. 그런데 브레이크 흔적이 없어서야 수사할 방도가 없잖습니까. 게다가 목격자도 없다면서요."

"나 한 사람 뿐이야. 비 내리는 한밤중에 그런 외진 곳을 돌아다니는 녀석은 세상에 한 명 밖에 없을 걸."

쿠사노가 그렇게 말하며 료타를 흘낏 쳐다보자 료타는 쑥스러운 듯이 미소를 지었다.

"아, 그런가?"

"칭찬이 아니거든?"

"사이가 좋아 보이는군요…."

미나미가 싸늘한 눈으로 두 사람을 바라보며 말했다.

"그런데."

료타가 미나미에게 물었다.

"자동차 회사들은 왜 차에 ABS 같은 골치 아픈 물건을 설치하는 거죠? 범죄를 간접적으로 조장하는 거잖아요."

아무 말 없이 고개를 갸웃거리는 미나미를 대신하여 쿠사노가 료타에게 설명했다.

"ABS 덕분에 목숨을 건진 사람도 많아. 장점과 단점을 전부 따져 봐도 ABS는 역시 뛰어난 기능이야. 옛날 유행했던 캥거루 범퍼 같은 백해무익한 물건과는 달라."

쿠사노의 설명으로 대화가 일단락 됐을 때 마침 주문한 라면이 나왔다. 쿠사노와 미나미는 아직 하고 싶은 말이 남은 듯한 료타를 흘낏 쳐다본 후 곧 라면 먹기에 열중했다.

하루 종일 앉지도 못하고 일한 두 사람은 무서운 식욕을 과

~시했다. 쿠사노는 김 때문에 부옇게 흐려진 안경을 쓰고 이마에 땀을 흘리며 라면을 먹었다. 미나미는 양손으로 커다란 사발을 들어 국물을 마시고 차슈를 먹고 숨 쉴 틈도 없이 면을 입안 가득 퍼 넣었다.

턱을 괴고 그 모습을 지켜보던 료타의 입에서 "맛있겠다."라는 말이 절로 흘러나왔다.

라면을 먹던 쿠사노가 고개를 들며 말했다.

"그러고 보니 너, 처음 만났을 때부터 지금까지 아무것도 안 먹지 않았냐?"

료타는 티셔츠 위로 홀쭉한 배를 문지르며 대답했다.

"응. 유령이 돼서 그런지 배가 안 고파요. 하지만 너무 맛있게 먹는 걸 보니 뭔가 먹고 싶네."

"먹어볼래?"

"그래도 돼요?"

료타의 얼굴이 환하게 빛났다.

"응. 조금밖에 안 남았지만."

"불가능해요."

미나미가 시큰둥하게 말했다.

"밥을 먹는 유령 따윈 본 적도 없어요."

"뭐 어때. 해 봐서 손해 볼 건 없잖아. 그런데 유령이 음식을 먹으면 어디로 가는 걸까?"

쿠사노는 료타 앞으로 그릇을 밀어주며 그의 옆얼굴을 물끄러미 바라보았다. 미나미도 젓가락질을 멈추고 료타에게 시선을 던졌다.

"너무 쳐다보지 말아요. 먹기 민망하잖아."

료타는 투덜거리면서도 젓가락으로 면을 집었다. 면은 후루룩 소리를 내며 입 안으로 사라졌다.

"오오, 먹는다."

현실세계의 음식을 먹는 유령의 모습에 쿠사노는 들뜬 목소리로 중얼거렸다. 미나미도 숨을 삼켰다.

"맛있다."

료타는 코를 훌쩍이며 면을 먹고 국물을 마셨다.

"설마 정말 먹을 수 있을 줄이야…."

미나미가 멍하니 중얼거렸다. 그가 어렸을 때부터 목격했던 유령 중에 식사를 하는 유령은 하나도 없었던 것이다.

료타가 쿠사노에게 머뭇거리며 물었다.

"차슈 먹어도 돼요?"

"먹어, 먹어. 전부 먹어도 돼."

"고마워요."

료타는 더욱 빠른 속도로 라면을 먹기 시작했다. 먼저 면을 전부 먹은 다음 그릇을 들고 국물까지 전부 마셔버렸다.

"역시…."

쿠사노는 테이블 위를 바라보며 작게 중얼거렸다. 체온계를 집거나 차 문을 열 때와 마찬가지로 이번에는 그릇이 두 개로 분열되어 있었다. 하나는 료타의 손에, 하나는 테이블에. 테이블에 남아 있는 라면은 면도 국물도 조금도 줄지 않은 상태였다.

국물 한 방울도 남김없이 라면을 전부 먹어치운 후 료타는 빈 그릇을 테이블에 내려놓았다.

"휴우. 잘 먹었습니다."

두 개의 그릇이 하나가 되었다. 안에는 쿠사노가 먹다 남긴 라면이 고스란히 남아 있었다.

"어?"

료타는 아직 김이 피어오르는 그릇을 바라보며 눈썹을 찡그렸다.

"어때, 신기하지?"

쿠사노가 신기해하며 동의를 구했다.

"어? 내가 전부 먹었는데."

료타는 귀신에 홀린 듯한 얼굴로 그릇을 내려다보았다.

미나미가 라면을 먹으며 혼잣말처럼 중얼거렸다.

"즉 이렇게 된 거야. 죽은 사람은 이 세상에 영향을 미칠 수 없어. 수첩에 메시지를 남겨봤자 글씨가 남지 않고 물건을 오른쪽에서 왼쪽으로 옮길 수도 없어. 본인은 했다고 생각해도 실제로 변하는 건 아무것도 없지. 그래서 라면을 전부 먹어치워도 실제로는 전혀 줄지 않은 거야."

료타는 멍하니 입을 벌리며 미나미의 설명을 들었다.

"잘은 모르겠지만 한 마디로 내게는 아무 힘도 없다는 뜻인가요?"

"글쎄."

미나미는 료타의 물음에 아무 대답도 없이 다시 차슈 라면을 먹기 시작했다. 쿠사노나 다른 직원들을 대할 때의 성실한 태도와는 달리 몹시 냉담한 태도였다.

"이상하네. 배는 부른데."

끊임없이 고개를 갸웃거리는 료타에게 쿠사노가 애써 밝은 목소리로 말했다.

"생각하기에 따라서는 먹어도 먹어도 줄지 않으니까 좋지 않냐? 회전초밥도 한 접시면 배불리 먹을 수 있으니까."

"그건 그렇지만."

료타가 납득할 수 없다는 듯이 말했다.

"라면까지 날 무시하는 것 같아서 열 받아요."

"열 받지 마. 난 죽어본 적이 없어서 유령의 기분은 잘 모르겠지만 적어도 우리는 널 무시하지 않아."

료타는 배시시 웃으며 쑥스러움을 감추기 위해 장난스럽게 말했다.

"쿠사노 씨는 정말 다정하네요. 왕자님 같아."

"시끄러워."

그렇게 말하며 쿠사노는 료타에게서 라면 그릇을 빼앗았다.

"앗, 뭐예요. 한 번 더 먹으려고 했는데."

"난 배고파. 열 시간 만에 먹는 밥이란 말이야. 불기 전에 먹게 이리 내놔."

"아까는 전부 먹으라고 해놓고."

"마음이 변했어. 남은 걸 보니 갑자기 아깝지 뭐냐."

쿠사노는 후루룩 소리를 내며 라면을 먹었다.

"너무해."

"다 큰 남자가 라면 3분의 2그릇 정도로 배가 찰 리 있냐? 집에 가서 빵이라도 줄 테니까 지금은 참아라. 그리고 이거 내 돈으로 산 거잖아."

라면을 먹으며 자신의 권리를 주장하는 쿠사노에게 미나미가 눈을 가늘게 뜨며 충고했다.

"쿠사노 씨, 목소리가 너무 커요."

쿠사노는 흠칫 놀라며 주위를 둘러보았다. 다행히 다른 손님들은 쿠사노의 기묘한 '일인극'을 보지 못한 모양이었다.

그러나 중국인 점원만은 벽에 기대어 묘한 표정으로 쿠사노를 관찰하고 있었다.

"아차…."

미나미가 낮은 목소리로 말했다.

"잊지 마세요. 다른 사람에게는 안 보인다는 걸."

"미안해."

쿠사노와 미나미는 재빨리 라면을 먹은 뒤 허둥지둥 계산을 마치고 도망치듯 가게에서 나왔다.

평소와 다른 시간대에 온 단골손님을 배웅한 후 점원은 주방의 주인에게 광동어로 말했다.
"역시 일본인들은 이상해요."

비 때문에 싸늘해진 공기가 라면 가게의 열기로 달아오른 몸에 기분 좋게 와 닿았다.
"난 뒤에 앉을래요."
료타가 느닷없이 자신의 얼굴을 가리키며 말했다.
"아, 그래?"
"응. 생각해보니 다른 사람에게는 쿠사노 씨랑 미나미 씨밖에 안 보이는데 두 사람이 앞뒤로 앉아 있으면 택시 같아서 이상하잖아."
"그건 그렇군."
차는 뒷좌석에 '제일 시끄러운 녀석'을 태우고 밤의 국도를 달리기 시작했다.
"어디로 가볼까."
쿠사노가 검은 바탕에 하얀 도로가 떠올라 있는 카 네비게이션 화면을 흘낏 바라보며 말했다.
조수석에 앉아 있는 미나미가 말했다.
"죄송하지만 전 10시 쯤에는 집으로 돌아가야 해요. 내일 수업이 있거든요."
"응."
쿠사노는 미나미의 냉랭한 태도에 당황하며 고개를 끄덕였다. 잠시 망설이던 쿠사노는 결국 사고현장과도 가깝고 길도 잘 아는 집 방향으로 진로를 정했다.

"협력해 주셔서 감사합니다."

료타가 앞좌석 사이로 얼굴을 내밀고 싱긋 웃으며 말했다. 그러나 미나미는 그런 료타를 무시했다.

"아, 음…."

쿠사노는 어색한 분위기를 어떻게든 해보기 위해 애매하게 입을 열었다. 그러나 무슨 말을 해야 할지 떠오르지 않았다.

한편 료타는 미나미의 태도를 별반 신경 쓰지 않는 눈치였다.

"쿠사노 씨, 음악 좀 틀어줘요."

"라디오 밖에 없어."

"왜요? CD 플레이어도 있잖아요."

료타가 CD 플레이어를 가리키며 말했다.

"플레이어는 있지만 CD가 없어. 전에는 차에 몇 장 갖다 놨었는데 잘 안 듣게 되더라고. 그래서 그냥 치워 버렸어."

"왜요?"

"바빠서 신곡을 체크하는 게 귀찮거든."

"흐음."

"학생 때는 취직해서 돈을 벌면 차를 사서 좋아하는 음악을 들으며 드라이브하는 게 꿈이었는데 막상 취직을 하고나니 그럴 여유가 없더군. 취직과 차를 사는 꿈은 이뤄졌지만 음악은 물 건너갔어. 하긴 이 차도 출퇴근할 때와 장보러 갈 때 외에는 거의 사용하지 않으니까 내가 꿈꿨던 것과는 좀 다르다고 봐야겠지."

쿠사노는 자조적으로 웃으며 말했다. 료타가 달콤하게 속삭였다.

"아니, 지금도 늦지 않아요. 이 차를 타고 멀리 달려가 봐요."
"어디로?"
"저 세상."
"거긴 너 혼자 가."

쿠사노와 료타는 어깨를 흔들며 웃음을 터뜨렸다. 미나미는 묵묵히 반대편 차선을 바라보고 있었다.

한참을 웃은 뒤에 료타가 미나미에게 물었다.

"아, 그렇지. 미나미 씨, 전부터 묻고 싶었는데 '저 세상'이라는 게 정말 있나요?"

미나미는 창밖을 바라보며 무뚝뚝하게 대답했다.

"글쎄… 있을지도 모르지. 잘 모르겠어."

"하지만 죽은 사람의 영혼이 나처럼 이 세상을 돌아다닌다면 이 세상에는 유령들이 득실거릴 거 아녜요?"

"거기까지는 나도 몰라. 내게도 모든 유령이 보이는 건 아니니까. 뭐랄까, 주파수가 맞는 유령만 보이는 것 같아."

"그래요?"

미나미는 뒤도 돌아보지 않고 고개를 끄덕였다.

"사람이 죽는 걸 딱 두 번 본 적이 있어. 첫 번째는 외할아버지, 두 번째는 할머니. 두 분 다 병원에서 돌아가셨는데 할머니는 돌아가실 때 아무것도 안 보이더군."

료타는 숨을 삼켰다.

"그럼 외할아버지 쪽은?"

"10초인가 15초 정도 보였어."

"우와, 무서워라."

쿠사노는 핸들을 쥔 채 목을 움츠렸다. 료타가 혀를 차며 쿠사노를 나무랐다.

"유령이랑 같이 사는 주제에 이 정도로 무서워하지 말아요. 그래서요, 미나미 씨?"

료타는 또다시 미나미를 바라보았다.

"유령이 보인 걸 보면 외할아버지는 미나미 씨와 주파수가 맞았나 보죠?"

"내 생각에는 그런 것 같아."

"그때는 어떤 느낌이었나요?"

미나미는 이를 악문 채 숨을 삼키며 당시의 상황을 떠올렸다.

"계속 누워 계시던 할아버지께서 갑자기 상반신을 일으키시더니 눈을 동그랗게 뜨고 침대를 에워싼 가족들을 둘러보시더군. 가족들은 모두 유체를 흔들며 말을 걸고 있었지만 나만은 침대에 앉아 있는 할아버지의 얼굴을 쳐다보고 있었어. 깜짝 놀란 표정으로 가족들과 의사를 바라보시던 할아버지는 마지막으로 나와 눈이 마주치자 '아아' 하고 중얼거리시더니 빛을 발하며 사라지셨어."

"빛을 발하며 사라졌다고요?"

"그래. 빛을 발하며 사라지셨어. 영혼이 사라질 때에는 항상 빛을 발하곤 하지."

"굉장해! 처음 듣는 얘기네요. 좀 더 자세히 설명해 주실래요?"

"설명하기 어려운데."

미나미는 낮게 신음하며 잠시 생각에 잠겼다. 이윽고 미나미가 천천히 입을 열었다.

"빛을 발한다기 보다는 빛이 모여든다는 표현이 더 정확할 거야. 앞, 뒤, 옆, 아래, 위… 여러 각도에서 무수하게 많은 작은 빛들이 모여 영혼을 감싼다고나 할까. 색은 흰색인가 금색인데 어쨌든 눈을 뜰 수 없을 만큼 눈부셔. 마치 태양처럼. 그런 상태가 몇 초 정도 계속되고 나서 어느 순간 빛과 함께 유령도 사라지더군."

"사라지고 나면 두 번 다시 나타나지 않나요?"

"아마도."

"성불한 걸까. 승천했다고 할 수도 있겠군요."

"글쎄. 사라지는 건 분명하지만 그 후 어디로 갔는지는…."

"틀림없이 저 세상에 간 걸 거예요."

료타는 멋대로 해석하며 시트에 깊게 몸을 묻었다.

"그렇구나. 역시 영원히 이 상태로 세상을 떠도는 건 아니구

나. 나도 언젠가 저 세상으로 가겠지."

"잠깐. 미나미의 외할아버지는 돌아가시자마자 사라지셨다면서?"

쿠사노는 뒷좌석을 가리키며 말했다.

"그런데 이 녀석은 왜 사라지지 않는 거지?"

"그건 저도 잘 모르겠습니다. 하지만 계속 사라지지 않는 유령도 있습니다. 이 녀석만 예외인 건 아닙니다."

료타는 또다시 몸을 앞으로 내밀었다.

"오오, 동지가 있단 말입니까? 만나보고 싶어라."

쿠사노가 또다시 물었다.

"심령 특집 프로그램을 보면 자신이 죽은 걸 깨닫지 못한 사람이나 죽었다는 걸 받아들이지 못하는 사람은 지박령이 된다고 하던데, 료타도 그런 경우인가?"

료타가 불만스러운 표정으로 참견을 하고 나섰다.

"난 내가 죽었다는 것 정도는 알고 있어요."

미나미는 료타의 말을 무시하고 조심스럽게 설명했다.

"아마 제 눈에 보이는 유령은 죽은 사람 중에서도 극히 일부에 불과할 겁니다. 그러니까 확실하진 않지만 사라지지 않는 유령은 크게 두 가지 타입으로 나뉘더군요."

"어떻게?"

"먼저 이 녀석처럼 저 세상에 갈 타이밍을 놓치거나 정신을 차리고 보니 이 세상에 남아 있는…, 말하자면 그냥 멍청한 유령."

"실례의 말씀을."

료타가 눈썹을 찡그리며 말했다.

"나머지는 뭐랄까… 별로 가까이 하고 싶지 않은 타입이에요. 그런 유령은 떠올리는 것조차 끔찍해…."

미나미의 목소리가 차츰 잦아들었다.

"가끔 그런 유령이 있으니까 유령에는 관련되고 싶지 않은 겁니다."

"그런 유령이라니…?"

쿠사노가 물었다. 미나미는 힘없이 고개를 저었다.

"무슨 짓을 하는 건 아닙니다. 그냥 그 자리에 있을 뿐 사람들에게 위해를 가하지는 않습니다. 하지만 보기만 해도 괴로워서…."

"흔히 말하는 악령 같은 건가?"

"아뇨…. 죽긴 했지만 분명 인간입니다. 하지만 그들은 무거워요. 너무 무거워서 보는 사람이 괴로울 만큼…."

"무슨 말인지 잘 모르겠군. 무겁다니 그게 무슨 뜻이지? 코나키지지* 같은 건가?"

"그건 유령이 아니라 요괴잖아."

료타가 재빨리 정정했다.

"난 유령이지만 요괴는 아니에요. 확실하게 구분해 줘요."

---

*코나키지지 : 子泣き爺. 어린아이의 울음소리를 내어 인간을 꾀어내는 요괴. 사람에게 한 번 붙으면 절대 떨어지지 않으며 점점 돌처럼 무거워진다고 한다

"네, 네."

쿠사노는 료타의 항의를 가볍게 넘겨버린 후 운전을 계속하며 미나미에게 물었다.

"그 무거운 유령은 왜 사라지지 않는 건데?"

"이유는 저도 모릅니다. 하지만 그들은 사라지지 않을 겁니다. 그들에게 그런 깨끗한 빛이 모여들 리 없어요. 그 유령들은 언제까지나 이 세상에 남아 있을지도…."

"뭔가 추상적이군."

불만스러운 듯한 쿠사노의 말투가 냉정한 미나미를 발끈하게 만들었다. 미나미는 조용한 눈빛으로 쿠사노를 바라보며 거구에 어울리지 않는 작은 목소리로 속삭였다.

"보러 가실래요?"

"응? 이 근처에 있어?"

쿠사노의 얼굴이 딱딱하게 굳었다. 핸들을 쥔 손에 무의식적으로 힘이 들어갔다.

"쿠사노 씨에게도 보일지는 모르겠지만 있습니다. 가게 쪽이니까 반대방향으로 가야 하지만."

료타가 두 사람 사이로 얼굴을 내밀며 외쳤다.

"가요, 가요! 뭔가 사연이 있는 유령 같은데 나도 만나보고 싶어."

"어떻게 할까요, 쿠사노 씨."

쿠사노는 잠시 망설인 끝에 미나미의 안색을 살피며 물었다.

"만나진 말고 멀리서 보기만 하면 안 될까…?"
미나미는 잠자코 고개를 끄덕였다.

세 사람은 가게 앞을 지나 5분 정도 떨어진 곳에 위치한 종합 쇼핑센터 주차장으로 들어갔다.
쿠사노는 사이드브레이크를 당기며 맥 빠진 목소리로 말했다.
"뭐야, 여기였어? 여긴 비품을 조달하러 몇 번이나 왔었는데. 전에 볼링을 하러 온 적도 있어. 우리 가게 직원들은 자주 드나드는 곳이잖아."
10년 전 대형 슈퍼마켓과 전철 계열 부동산 회사를 비롯한 몇몇 기업들이 공동으로 건설했다는 이 시설에는 대형 슈퍼마켓을 중심으로 가전제품 할인매장, 홈 센터 등 많은 상업시설이 모여 있으며 시내에서 가장 번화한 곳이기도 하다. 크고 작은 네 동의 건물과 1천 대 이상을 수용할 수 있는 주차장. 넓은 부지 안에는 세 개의 패밀리 레스토랑과 대형 비디오 대여점, 볼링장, 게임센터 등의 문화·오락시설도 갖춰져 있어서 새벽까지 사람들이 끊이지 않는 곳이다.
료타는 두 개로 분열된 자동차 문을 열고 수은등이 켜져 있는 주차장에 내려섰다.
"밝은 곳이네요. 유령이 나올만한 곳 같진 않은데요."
"네 입에서 그런 말이 나오냐?"
쿠사노도 차에서 내리며 밝은 대형 건물을 둘러보았다. 옥상에 설치된 대형 간판에 조명의 불빛이 반사되어 점포의 로고가 밤하늘에 휘황찬란하게 떠올라 있었다.

"주위에 논이나 밭 밖에 없어서 더 밝게 느껴지는 걸까? 여기만 미래도시 같군."

9시가 지난 시간이라 슈퍼마켓을 비롯한 몇몇 점포는 이미 문을 닫은 상태였고 주차장은 텅 비어 있었다. 그러나 네 건물 모두 아직 조명이 환하게 밝혀져 있어서 폐점 후의 적막한 분위기는 찾아볼 수 없었다.

볼링장 입구에서 고등학생인 듯한 남녀 몇 명이 웃으며 떠들고 있었다. 5미터 정도나 떨어져 있는데도 이야기의 내용이 전부 들릴 만큼 커다란 목소리였다. 그들에게 일요일 밤은 이제부터 시작인 것이다.

미나미가 조수석에서 내리며 작게 말했다.

"내년에는 극장도 생긴다더군요. 그럼 웬만한 볼일은 여기서 다 볼 수 있을 걸요. 저야 굳이 찾아오는 편은 아니지만."

수은등 때문인지 미나미의 얼굴이 창백해 보였다.

"그런데 무거운 유령은 어디에 있지?"

쿠사노의 물음에 미나미는 "저쪽입니다."라고 말하며 어느 한 방향을 가리켰다.

그가 가리킨 곳은 주차장 건물이었다. 7층 건물인 슈퍼마켓 옆에 서 있는 그 건물은 다른 건물들과는 달리 아직 건설 도중인가 싶을 만큼 조명 하나 없이 어둡게 가라앉아 있었다. 크림색 벽과 어두운 홀이 교대로 층을 이루고 있는 그 모습은 왠지 인간의 늑골을 연상시켰다.

쿠사노는 눈을 크게 뜨고 슈퍼마켓과 똑같은 높이의 주차장을 위에서 아래로 훑어보았다. 그러나 유령은 보이지 않았다.

"없는데?"

"있습니다. 안 보이십니까? 옥상보다 한 층 아래에 있는데. 왼쪽, 슈퍼마켓에서 제일 먼 곳이요. 여기서는 너무 멀어서 안 보이나?"

쿠사노는 미나미가 가르쳐준 곳을 올려다보았다. 그러나 유령은 보이지 않았다.

"아니…. 아무것도 안 보여."

"앗!"

료타가 깜짝 놀란 듯이 외쳤다.

"있다! 양손으로 벽을 짚고 아래를 내려다보고 있어요."

"거짓말 하지 마. 아무도 없는데?"

"있다니까! 아래를 물끄러미 내려다보고 있잖아요. 머리카락 때문에 얼굴이 안 보이네. 여자…?"

"그래."

미나미가 짧게 대답했다.

"보이는 모양이군."

쿠사노는 등줄기에 서늘한 한기를 느끼며 섬뜩한 기분을 떨쳐버리기 위해 어색하게 웃었다.

"난 안 보이는데. 둘 다 날 놀리는 거 아냐? 안 보이는데 보인다고 거짓말 하는 거지?"

료타가 입술을 삐죽 내밀며 말했다.

"거짓말이 아니에요. 저기 있다니까! 벽 때문에 어깨 위 밖에 안 보이긴 하지만 정말 있어요."

료타답지 않은 진지한 표정이었다. 미나미가 료타를 가리키며 말했다.

"예상은 했지만 쿠사노 씨에게는 이 녀석밖에 안 보이는 것 같군요."

쿠사노는 홀린 듯이 주차장을 올려다보고 있는 료타를 흘낏 바라보며 미나미에게 물었다.

"그거 기뻐해야할 일인가?"

"부럽군요."

미나미의 목소리에는 빈정거림이 담겨 있었다. 쿠사노는 허둥지둥 화제를 바꿨다.

"그런데 저 유령은 누구지?"

미나미가 조용히 대답했다.

"이곳이 막 생겼을 무렵 투신자살한 여고생입니다. 오픈 직후에 일어난 사건이라 그런지 신문에도 실렸었죠. 물론 이름은 실리지 않았지만 당시 열일곱이었다고 하더군요."

"그럼 쇼우랑 동갑이네."

료타가 그렇게 말하자 미나미가 혀를 차며 핀잔을 줬다.

"기분 나쁜 소리 하지 마."

"죄송합니다…."

"그럼 뭐야?"

쿠사노가 물었다.

"저 소녀는 10년이나 저 건물에서 아래를 내려다보고 있단 말이야?"

"네. 밤에 뛰어내려서 그런지 날마다 어두워지면…."

"으으, 섬뜩해."

료타가 가느다란 팔을 문지르며 말했다.

"저 애 진짜 무거워요. 뭐랄까… 섬뜩한 기운이 풍긴다고나 할까. 보고 있으면 온몸이 조여드는 것 같아요."

"정말이냐?"

쿠사노는 반신반의하며 안경 너머 작은 눈을 크게 뜨고 건물 꼭대기 층을 올려다보았다. 그러나 미나미와 료타가 말한 소녀의 모습은 보이지 않았다.

미나미가 조용히 설명을 시작했다.

"전 이곳에서 태어나고 자랐어요. 자살한 사람이 있다는 얘기는 학교에서도 기숙사에서도 굉장히 화제가 됐죠. 그 무렵 전 아직 초등학생이었지만 그녀의 이름은 물론 주소까지 자연스럽게 귀에 들어오더군요. '하타케야마 유우코'라는 이름은 초등학생 때 일종의 유행어였어요. 선생님과 보호자들 사이에서도 화제가 될 정도였죠."

"아이들이란 잔혹하군."

"어른들도 종종 이야깃거리로 삼았는걸요. 정말 안됐어요. 소문은 점점 눈덩이처럼 불어났거든요. 예를 들면 그녀는 이 건설계획 때문에 쫓겨난 집안의 딸인데 항의하는 의미에서 자살했다는 둥, 실은 변태가 그녀를 떠민 거라는 둥, 별별 헛소문이 다 있었죠. 하지만 제일 널리 퍼진 소문은 저 주차장에서 폭주족에게 집단 강간을 당한 다음 발작적으로 뛰어내렸다는 소문이었어요. 전 '강간'이라는 말을 그 사건 덕분에 처음으로 알게 됐죠. 저 주차장은 슈퍼마켓 북쪽에 있어서 낮에도 어두운데다 평일 밤이면 위층은 거의 텅 비죠. 위험한 일이 일어날 것 같은 분위기이긴 해요. 뭐, 전부 사실과는 전혀 다른 근거 없는 소문이긴 하지만."

"사실은 어떻게 된 건지 알아? 아는 사람이었어?"

"본인에게 들었습니다."

미나미가 아무렇지도 않게 대답했다. 쿠사노는 "아, 그렇구나"라고 말할 수밖에 없었다.

"사건이 일어나고 2년쯤 지났을 때였나. 아마 봄방학 때였을 거예요. 전 어리석게도 혼자 그녀가 있는 곳에 갔죠. 당시에는 아직 중학생이라 무서운 것을 몰랐거든요."

미나미는 그렇게 말하며 자조적인 미소를 지었다.

"가까이 가면 안 된다는 건 본능적으로 알고 있었지만 그녀는 미인이었거든요. 정말 바보 같죠?"

"그래서?"

다음 말을 재촉하는 쿠사노의 목소리는 가늘게 떨리고 있었다.

"저와 얘기할 수 있다는 사실에 처음에는 좀 놀라는 것 같더군요. 분하다고 했어요. 아, 자살의 원인은 단순한 실연이라더군요. 이렇게 말하기긴 좀 미안하지만 흔한 원인이었죠. 그녀가 분한 것은 실연당한 게 아니라 질 나쁜 소문과 담력시험 하듯 자살현장을 찾아오는 사람들 때문이라고 하더군요. 그녀는 강간을 당했다는 소문에 유린당해온 겁니다. 몇 년이고, 몇 년이고."

"잔인하군."

미나미가 내뱉듯이 말했다.

"그녀는 열일곱밖에 안 된 소녀예요. 얼마나 분했겠어요."

"그 심정, 왠지 알 것 같아."

"너 따위가 어떻게 알아?"

"뭐?"

"아, 그녀가 그렇게 말하더군요. '내가 얼마나 분한지 너 따위가 어떻게 알아?'라고. 듣고 보니 그렇더군요. 반론할 기회조차 없이 굴욕적인 소문이 눈덩이처럼 불어나는 것을 지켜봐야 했을 테니까요. '너도 그 소문 때문에 온 거지?'라고 하더군요. 그런 마음은 없었지만 왠지 속마음을 들킨 것 같은 기분이 들었어요…. 어느 정도 흥미 삼아 접근한 건 사실이었으니까요. 그때 전 중학생이었어요. 그 나이에는 그런 일에 흥미를 느끼기 마련이죠. 정말 바보였어요."

"하지만…."

쿠사노는 머뭇거리며 입을 열었다. 그러나 무슨 말을 해야 좋을지 알 수 없었다.

"더 바보 같은 건 그곳에서 도망친 거예요. 원망스럽게 노려보는 그녀를 본 순간 갑자기 유령과 단 둘이 있는 게 무서워져서 도망치고 말았죠. 눈물 콧물이 범벅된 얼굴로 북적거리는 슈퍼마켓 건물에서 단숨에 1층까지 뛰어내려왔어요. 그 후로 그곳에는 두 번 다시 가까이가지 않았죠. 가끔 이렇게 멀리서 올려다보곤 하지만 그녀의 억울함은 아직 사라지지 않은 것 같군요. 다가가서 얘기를 나눠볼 용기는 없지만."

미나미의 말이 끝난 후 쿠사노는 다시 한 번 주차장을 올려다보았다. 어두운 얘기를 들은 후라 그런지 늑골 같은 건물이 한층 섬뜩하게 느껴졌다.

"하지만 이상하군요."

미나미가 중얼거렸다.

"전보다 섬뜩한 기운이 좀 엷어진 것 같아요. 전에는 멀리서 보기만 해도 다리가 떨릴 정도였는데 지금은 조금 부드러워진 것 같군요."

"잘은 모르겠지만 그만 다른 곳으로 가지. 유령이 쫓아오기라도 하면 큰일이니까."

쿠사노는 겁에 질린 표정으로 재빨리 차문을 열었다.

그 후에도 잠시 '순찰'을 계속했지만 수확은 없었다. 검은 스포츠카를 세 대 정도 발견하긴 했지만 굵고 요란한 엔진소리에 보라색 번호판 커버를 씌운 차는 한 대도 없었다.

약속했던 대로 10시 정도에 자전거를 주차장에 놓고 왔다는 미나미를 가게 앞에 내려준 후 순찰을 마쳤다. '하타케야마 유우코'의 이야기가 마음을 무겁게 짓눌러서 쿠사노도 료타도 '순찰'을 계속할 의욕을 잃어버렸기 때문이다.

미나미가 헤어질 때 남긴 말도 차 안의 공기를 무겁게 만들었다.

"너도 뺑소니범을 원망하고 있겠지? 그렇다면 너도 언젠가는 그녀처럼 될지도 몰라. 나는 그게 무서워."

미나미가 차에서 내리며 그렇게 고백했던 것이다.

"신경 쓰이냐?"

쿠사노는 앞을 응시하며 넌지시 물었다.

차는 집으로 향하는 좁은 강변도로를 달리고 있었다.

"뭐가요?"

뒷좌석에 앉아 멍하니 양미역취 수풀을 바라보던 료타가 조용히 물었다.

"헤어질 때 미나미가 했던 말."

"별로요. 그건 미나미 씨의 착각인걸. 난 원한을 품는 성격도 아니고 이상한 소문도 없잖아요."

"그럼 다행이지만."

대화가 중단되자 덜컹거리는 소리만이 차 안에 가득 찼다.

오늘밤만은 아무리 천천히 달려도 뒤차가 신경 쓰이거나 부담이 되지 않았다. 쿠사노의 차 앞에 경승용차 한 대가 달리고 있기 때문이었다.

초보자 마크를 단 경승용차는 제한속도보다 훨씬 느린 속도로 좁은 밤길을 신중하게 달리고 있었다. 번호판을 보니 아마 다른 지방에서 온 모양이다.

"너무 조용하네."

료타가 침묵을 견디다 못해 입을 열었다.

"음악 틀어줘요."

"CD가 없다니까."

"아, 그랬지."

대화는 곧 중단되었다.

쿠사노의 차 뒤에는 두 대의 차가 따라오고 있었다. 도합 세 대의 차를 뒤에 달고 있으면서도 경승용차는 속도를 올릴 기색조차 없었다. 운전을 하는데 필사적이라 뒤쪽까지 의식이 미치지 않는 모양이었다. 게다가 굉장히 겁을 먹고 있는 눈치였다.

"괜찮아, 괜찮아. 천천히 가."

쿠사노가 작게 중얼거렸다.

"뭐가요?"

"아무것도 아니야."

경승용차 뒤에 늘어선 차들이 겨우 국도와의 교차점에 도착했다.

신호가 바뀌기를 기다리는 차들 선두에 서서 경승용차는 오른쪽 깜빡이를 깜빡거리고 있었다. 좌회전을 해야 하는 쿠사노는 이 사랑스러운 초보운전자와 여기서 작별을 고해야 했다.

신호등이 파란색으로 바뀌자 경승용차가 천천히 교차점 중앙으로 나아갔다. 쿠사노는 천천히 앞으로 나가며 왼쪽 횡단보도를 살펴보았다. 그리고 보행자가 없는 것을 확인한 뒤 핸들을 왼쪽으로 꺾으며 액셀을 밟았다. 순간 경승용차 뒤에서 검은 물체가 튀쳐나왔다.

"위험해!"

쿠사노는 재빨리 브레이크를 밟았다. 등에 식은땀이 흘러내렸다.

반대편 차선에서 우회전한 차가 속도도 줄이지 않고 쿠사노의 차 앞을 지나갔다.

"앗!"

뒷좌석의 료타가 엉거주춤 일어서며 외쳤다.

검은 스포츠카였다.

스포츠카는 심장을 두드리는 듯한 폭음을 울리며 넓은 국도를 빠른 속도로 달려갔다.

쿠사노는 앞 유리창을 두드릴 듯한 기세로 멀어져가는 검은 차를 가리켰다.

"보라색! 번호판! 보라색!"

"쫓아가요!"

료타도 조수석 시트를 잡으며 스포츠카를 가리켰다. 쿠사노는 주저 없이 액셀을 밟았다.

"우왓."

갑작스러운 출발에 균형을 잃은 료타가 뒷좌석에 엉덩방아를 찧었다.

쿠사노의 소형차는 주인조차 놀랄 만큼 엄청난 성능을 발휘하며 국도를 질주했다.

그러나 스포츠카와 소형차는 역시 상대가 되지 않았다. 검은 스포츠카는 눈 깜짝할 사이에 일직선으로 뻗은 도로를 질주하여 노란색에서 빨간색으로 변하기 직전의 신호등을 통과했다.

상대도 되지 않았다. 아마 저 스포츠카의 운전사는 자신이 추격을 당했다는 것조차 눈치 채지 못했을 것이다.

"젠장!"

스포츠카가 시야에서 완전히 사라지자, 쿠사노는 차의 속도를 줄이며 욕설을 내뱉었다.

"대체 몇 킬로미터로 달리는 거야!"

료타가 다시 시트에 앉으며 작은 목소리로 물었다.

"나를 죽인 녀석일까…?"

"모르겠어. 하지만 번호판에 커버가 씌워져 있었어. 그것도 보라색 커버가."

쿠사노는 흥분을 가라앉히지 못하며 빠른 어조로 대답했다.

"차번호는?"

"거기까지는 못 봤어."

"이럴 수가! 그럼 추격한 의미가 없잖아요."

"몇 센티미터 앞을 아슬아슬하게 스쳐지나갔는데 무슨 수로 번호판을 보냐? 게다가 눈 깜짝할 사이에 멀어져 버렸잖아. 볼 여유가 없었어. 료타 넌 봤냐?"

"못 봤어요. 난 뒷좌석에 앉아 있었잖아."

쿠사노는 한숨을 쉬며 스포츠카가 지나간 신호등 앞에서 차를 세웠다.

"뭐야, 나보다 시력도 좋으면서."

"마침 잘 안 보이는 각도였는걸. 안 보이는데 어쩌란 말이에요."

료타가 입을 삐죽거리며 반론했다. 그리고 곧 목소리를 낮추며 말했다.

"하긴 안 보이는 각도가 아니었어도 번호를 확인할 여유는 없었을지 몰라요."

"아깝다. 범인이 확실하면 들이받아서라도 세웠을 텐데."

"그럴 용기나 있어요? 질 나쁜 녀석들이 타고 있는 것 같은데."

"봤어?"

"못 봤어요?"

"선팅이 워낙 진했는걸."

"하지만 앞 유리창은 투명했잖아요. 한순간이긴 하지만 안이 보였어요. 운전사는 밝은 색 머리에 이마가 넓은 남자, 그 옆에 누군가가 타고 있었어요. 남자인지 여자인지는 모르겠지만 분명히 누군가가 있었어."

"자세히도 봤군."

"웃고 있었어요. 마치 비웃는 것처럼."

"그래? 웃고 있었단 말이지? 열 받는군. 그렇다면 정말 범인일지도 몰라. 아, 열 받아."

그렇게 중얼거리며 쿠사노는 핸들을 힘껏 움켜잡았다.

"신호등, 파란색으로 바뀌었어요."

료타가 턱으로 신호등을 가리키며 말했다. 쿠사노는 브레이크에서 액셀로 발을 옮기며 확인하듯 말했다.

"공통점이 많긴 해. 진한 선팅, 검은 스포츠카, 보라색 번호판 커버, 폭음, 난폭운전."

"하지만 아까 그 차는 음악을 틀지 않았잖아요?"

"그렇지만 늘 음악을 틀어놓고 다니진 않을 거 아냐."

"다른 특징은 없었나요?"

"음, 난 차에 대해 별로 아는 게 없어서 차종까지는 모르겠지만 투 도어였던 건 확실해. 그리고 미등이 꼭 도깨비 뿔 같았어."

"네?"

"아, 이렇게 위로 뾰족한 모양이란 뜻이야."

쿠사노는 핸들에서 양손을 떼고 머리 옆에 뿔처럼 손가락을 세웠다.

"위험하니까 핸들에서 손 떼지 말아요!"

쿠사노는 다시 핸들을 잡으며 속사포처럼 말을 이었다.

"이건 큰 진전이야. 그나마 '검은 색 계열의 스포츠카'에서 '검은색 투 도어 스포츠카'로 좁혀졌잖아. 운전사는 젊고 이마가 넓은 남자. 좋았어, 경찰에 연락해 볼까? 핸드폰에 경찰서 전화번호를 입력해 뒀거든. 지난번에 받은 명함에 인쇄되어 있더라고. 무슨 일이 있으면 언제든지 전화하라고 했어."

"증거는?"

"증거?"

"응. 지금 그 차가 범인의 차라는 증거."

"아…."

"증거가 없잖아. 앞이 찌그러져 있기라도 하면 몰라도 '폭음을 울리며 위험하게 달리는 차를 발견했습니다. 아마 그 녀석이 범인일 겁니다'라고 경찰에 보고해봤자 상대도 안 해줄 걸요. 사실 범인이 아닐 가능성도 높고."

자신과는 정반대로 지극히 침착한 료타의 태도에 쿠사노는 분개하며 말했다.

"너 말이야, 지금 너를 죽인 범인을 찾고 있거든? 그런데 왜 이렇게 냉정한 거냐?"

"미안해요. 하지만 내 일이니까 오히려 냉정한 거예요. 범인을 놓치고 싶지 않으니까. 어쨌든 증거가 필요해요. 번호도 그렇지만 중요한 건 증거예요. 아니면 운전사에게 자백을 받던가. 하긴 '댁이 범인이야?'라는 물음에 '네'라고 솔직하게 대답할 녀석이라면 뺑소니를 치지도 않았겠지만."

"……."

"역시 세상은 순찰 첫날부터 확고한 증거를 잡을 수 있을 만큼 호락호락하지 않은가 봐요."

료타는 애써 밝은 목소리로 그렇게 말하며 혀를 날름 내밀었다.

한동안 아무 말 없이 운전을 계속하던 쿠사노가 문득 격양된 목소리로 입을 열었다.

"역시 경찰에 연락해 볼래. 안 그러면 직성이 안 풀릴 것 같아."

그렇게 말하며 쿠사노는 도로 옆 편의점 주차장에 차를 세웠다.

"고마워요. 열심히 범인을 찾아줘서."

쿠사노는 차를 세우자마자 재킷 주머니에서 핸드폰을 꺼냈다.

"너를 위해서가 아니야. 내 기분 문제야."

료타의 예상은 적중했다. 경찰은 쿠사노가 제공한 정보에 흥미를 나타내지 않았다. 전화를 받은 경찰관은 입으로는 아무 말도 안 했지만 끝까지 '어쨌든 들어주기는 하죠'라는 태도를 고수했다. 그러나 형식적이나마 정보를 제공함으로서 쿠사노의 '기분'은 어느 정도 해소된 모양이었다.

쿠사노와 료타가 집으로 돌아온 것은 밤 11시에 가까운 시간이었다.

집으로 돌아오자마자 료타가 배고프다며 난리를 치기 시작했다.

"뭐냐. 차 안에서는 계속 얌전했던 주제에."

쿠사노가 전자렌지에 냉동 도리아를 넣으며 말했다.

"그야 사건을 떠올릴 만한 일이 생기면 나도 조금은 심각해지기 마련이죠. 하지만 집에 돌아오니까 마음이 놓여서 그런지 갑자기 배가 고프네."

쿠사노는 애써 '집'이란 말을 무시했다.

따뜻하게 데운 도리아와 숟가락을 접이식 테이블에 올려놓은 후, 쿠사노는 "난 목욕하고 올 테니까 너 먼저 먹어라."라는 말을 남기고 제복을 여기저기에 벗어던지며 욕실로 직행했다.

15분 후 샤워를 마치고 욕실에서 나오자 테이블 위에 미지근하게 식은 도리아가 전혀 손대지 않은 상태로 놓여 있었고, 료타는 그 옆에서 만족스러운 표정으로 배를 쓰다듬고 있었다. 아무래도 전부 먹어치운 모양이다.

"정말 편리하군."

쿠사노는 도리아에 랩을 씌워서 싱크대 옆으로 옮겼다. 나중에 냉장고에 넣어서 내일 아침에 먹을 생각이었다.

"그건 그렇고."

료타가 작은 테이블에 팔꿈치를 괴며 말했다.

"아까 그 검은 스포츠카 말인데요, 증거는 제쳐두고 직감적으로는 어떻게 생각해요? 역시 나를 죽인 녀석의 차일까?"

쿠사노는 머리에 쓰고 있던 수건을 세탁기에 던져 넣고 나서 천장을 올려다보며 생각에 잠겼다.

"아무리 생각해봐도 비슷하긴 해. 범인의 차와 아까 그 차를 나란히 놓고 비교해보면 범인인지 아닌지 알 수 있을 것 같은데, 비슷한 차 열 대를 세워놓고 그 중에서 아까 그 차를 골라보라고 하면 과연 그럴 수 있을까? 그런 차는 의외로 흔한 타입이잖아."

"그건 그래요."

"미안하다, 또 번호를 못 봐서."

"할 수 없죠 뭐. 로켓처럼 빠른 데다 일부러 번호를 못 알아보게 커버까지 씌웠는걸."

"두고 보자. 다음에 발견하면 가만 두지 않을 테다."

"오, 그럼요? 들이받기라도 하려고?"

"아니, 번호를 확인한 다음 경찰에 연락할 거야."

"아, 그러셔요…. 그건 그렇고 내일 근무 예정은?"

"10시 출근, 7시 퇴근이야. 그리고 모레는 휴일."

낡고 무늬 없는 셔츠에 사각팬티로 갈아입은 쿠사노가 기쁜 듯이 말했다.

"그렇게 좋아요?"

"당연하지. 넌 학생이라 모르겠지만 사회인에게 휴일은 보석처럼 귀중한 거야. 게다가 휴일 다음날은 오후 근무거든. 내가 짜놓고 이런 말 하긴 뭐하지만 참으로 자애가 넘치는 스케줄이지. 심할 때는 폐점·휴일·새벽근무거든."

"새벽근무라면 새벽 4시에 일어나는 날?"

"응. 그럴 때는 집에 와서 자고 일어나면 다시 출근이야. 그나마 자기나 하면 괜찮지. 지난번처럼 스케줄을 짜느라 휴일에 출근해야 할 경우도 있거든. 그러니까."

쿠사노가 베갯맡의 자명종을 맞추며 말했다.

"난 내일을 위해 이만 자야겠다. 7시에 일어나야 되거든. 늦잠자면 깨워줘. 그러기로 약속했잖아."

"잠깐, 난 아직 잠이 안 온단 말이에요. 집에 온 지도 얼마 안 됐고 방금 전에 도리아까지 먹었잖아요."

"깨어 있으면 되잖아. 불은 켜놔도 돼. 난 밝아도 잘 수 있으니까. 그리고 옷장에 셔츠가 있으니까 갈아입고 싶으면 갈아입어. 샤워해도 되고. 그럴 필요가 있는지는 잘 모르겠지만."

쿠사노는 에어컨 타이머를 맞추고 재빨리 이불을 덮었다. 그러나 10분도 되지 않아 이불을 걷어내며 벌떡 일어났다.

"왜 그래요?"

바닥에서 만화 잡지를 읽고 있던 료타가 쿠사노를 바라보며 고개를 갸웃거렸다.

"안 되겠다. 잠이 안 와."

"불 끌까요?"

"아니, 그런 게 아니라 자꾸 그 얘기가 생각나서…."

"아, 하타케야마 유우코?"

쿠사노가 재빨리 귀를 막으며 말했다.

"그 이름 말하지 마. 자꾸 생각나잖아. 아무리 애를 써도 눈이 말똥말똥한 게 잠이 안 와. 저절로 잠들 때까지 깨어있는 게 낫겠어."

쿠사노는 침대에서 내려와 브라운관에 먼지가 묻어 있는 TV를 켰다.

"게임이라도 하자."

"오, 해요, 해요."

료타가 바닥을 굴러서 TV 앞으로 이동했다.

쿠사노는 TV 받침대에 아무렇게나 놓여 있는 컨트롤러를 끄집어내서 게임기 본체와 연결했다.

"대전게임은 정말 오랜만이군. 게다가 이건 그냥 게임이 아니야. 유령도 게임을 할 수 있는지를 알아보는 장대한 실험이기도 하지."

"쓸데없는 소리 집어치우고 빨리 게임이나 해요."

"기다려 봐."

쿠사노는 본체의 전원을 켜고 선반에 꽂혀 있는 케이스 중에서 소프트 하나를 꺼냈다.

"프로레슬링 어때?"

"앗, 야구나 축구가 좋은데."

"시끄러워. 여기선 내가 왕이야."

쿠사노는 그렇게 말하며 게임기에 디스크를 넣었다. 곧 실사 영상이 섞인 화려한 오프닝이 시작되었다.

"왜 하필 프로레슬링이람."

료타가 불만스러운 표정으로 말했다.

"이 게임은 사놓고 거의 플레이한 적이 없거든. 많이 해 본 게임을 하는 건 시간낭비 아니냐."

"직원들을 대할 때와는 태도가 전혀 다르네. 완전 폭군이잖아."

"시끄러워. 아, 시작한다."

쿠사노의 재촉에 료타는 마지못해 컨트롤러를 집어 들었다. 연결장치부터 두 개로 분열된 컨트롤러 케이블을 보고도 쿠사노는 더 이상 놀라지 않았다. 그러나 게임기가 료타의 입력에 반응한 것은 조금 충격적이었다.

"놀랍군."

쿠사노는 료타의 손과 화면을 몇 번이나 번갈아 바라보았다.

"뭐야, 자꾸 쳐다보지 말아요."

료타가 짜증스럽게 말하며 눈썹을 찡그렸다.

"쿠사노 씨는 누구로 할 거예요? 미자와? 촌스럽긴."

"미자와가 왜 촌스럽냐? 너야말로 누구로 할 건데? 응? 하시모토? 우와, 촌스러워."

"파괴왕을 우습게보지 말아요. 중폭 킥으로 박살을 내 줘야지."

"시끄러워, 이 뚱보야. 장외기술도 못하는 주제에."

"그런데 이 게임 어떻게 조작하는 거죠?"

"나도 잊어버렸어. 뭐 어때? 하면서 익히면 되지."

처음에는 기술을 걸기는커녕 화면 속의 레슬러를 서로 마주 보게 하는 데에도 악전고투를 해야 했지만, 한 시간쯤 갖고 놀다 보니 상당히 치열한 시합을 펼칠 수 있게 되었다. 레슬러를 바꿔가며 여러 가지 기술을 시험해보는 동안 두 사람은 어떤 선수로도 관객들을 열광시킬 수 있게 되었다.

"이 게임 꽤 재미있는데?"

쿠사노가 새로운 발견이라도 한 것처럼 중얼거렸다.

"자기가 산 게임이면서 처음 플레이해본 것처럼 말하지 말아요."

"거의 처음이야. 산 지 반년도 넘었는데 다섯 시간도 안 해봤거든."

"샐러리맨 노릇도 참 고달프구나."

료타가 프랑켄슈타이너를 구사하며 쿠사노에게 동정을 표했다.

"앗, 위험해."

쿠사노는 카운트가 시작되기 직전에 료타를 밀쳐내며 중얼거렸다.

"정말이지 왜 이렇게 바쁜 걸까?"

"그야 그렇게 열심히 일하니까 그렇죠."

료타는 재빨리 목을 움츠리고 일어서서 쿠사노의 얼굴에 펀치를 연타했다.

"네가 웬일로 칭찬을 다 하냐?"

쿠사노는 네 번째 펀치를 양팔로 막으며 토우 킥과 스터너의 연속기로 료타를 매트에 눕혔다.

"오오, 움직임이 진짜랑 똑같네. 음, 칭찬이 아니라 좀 편하게 일하라는 뜻으로 한 말이에요."

쿠사노는 다 죽어가는 료타에게 인정사정없이 스톰핑을 날렸다. 공격을 할 때마다 경기장을 가득 메운 관중들이 환호성을 질렀다.

"그럴 수만 있다면 나도 얼마나 좋겠냐. 하지만 너도 봤잖아? 얼마나 바쁜지."

쿠사노는 반쯤 기절해 있는 료타를 내려다보며 관객들에게 피니시를 어필했다. 환호성이 한층 높아졌다. 관중석의 열기는 최고조에 달했다.

"아르바이트생들도 할 수 있는 일은 아르바이트생한테 맡겨요. 주차장 쓰레기를 줍는 건 사원이 아니라 아르바이트생이 할 일 아닌가?"

쿠사노가 관중들의 환호에 답하고 있을 때 간신히 일어선 료타가 등 뒤에서 쿠사노의 급소를 걷어찼다. 그리고 재빨리 뒤돌아서서 기절한 쿠사노의 얼굴에 초록색 독 안개를 뿜었다.

"켁."

불의의 공격을 당한 쿠사노는 큰 대자로 뻗어서 매트 위를 굴렀다. 료타가 고통에 몸부림치는 쿠사노의 다리를 잡고 무릎 십자 꺾기를 하자 곧 심판이 시합을 중지시켜 버렸다.

"이게 뭐야. 끝이 너무 시시하잖아."

승리를 거둔 료타가 공 소리를 들으며 얼굴을 찡그렸다.

"정말 끝이 시시하군."

"일으켜 세워서 엄청난 기술을 한 방 먹이려고 했는데 너무 서두르다 다른 버튼을 누르고 말았네."

"됐어. 피곤하니까 잠시 쉬었다 하자."

쿠사노는 대전모드를 종료시키고 컨트롤러를 내려놓았다.

"무슨 얘기를 했었지?"

"음, 쿠사노 씨는 일을 너무 많이 한다는 얘기."

"무슨 소리야? 내가 점장한테 얼마나 핀잔을 들었는데. '자네는 자네 일만 처리하기에도 벅찬 모양이군'이라고. 그러니까 더 열심히 일해야지."

"점장의 의도를 제대로 파악하지 못했나보군요. 점장이 하고 싶은 말은 뭐든 자기가 떠맡으려 하지 말아라, 뭐 이런 거 아닐까?"

"그런가?"

"사원이 한 명 더 있다면서요? 이름이 뭐였더라?"

"야나이 씨?"

"맞다, 야나이 씨. 그 사람은 자기가 하지 않아도 될 일이 뭔지 잘 알고 있을 걸요. 쿠사노 씨처럼 주차장을 기어 다니며 껌을 떼거나 하진 않잖아."

"그야 그런 일은 아르바이트생한테 떠넘기니까 그렇지."

쿠사노는 야나이의 냉랭한 태도를 떠올리며 조금 반감이 담긴 어조로 반박했다. 료타가 웃으며 대답했다.

"그건 떠넘기는 게 아니라 일을 분담하는 거예요. 떠넘긴다는 표현은 전부 남한테 맡기고 자기는 휴게실에서 코나 후비고 있을 때 쓰는 말이죠. 그 사람은 남에게 맡겨도 되는 일은 남에게 맡기고 그 동안 자기밖에 못하는 일을 해치우는 느낌이랄까? 그에 비하면 쿠사노 씨는 아르바이트생이 해야 할 잡다한 일들을 하느라 매니저가 해야 할 일을 뒤로 미루고 있잖아요. 예를 들면 스케줄 작성 같은 거. 그럼 아르바이트생들한테는 오히려 부담이 된다구요."

그렇게 설명하며 료타는 '우둑녀' 노지리 아스카가 휴게실에서 했던 말을 떠올렸다.

"……."

쿠사노는 아무 말도 하지 않았다. 짚이는 곳이 몇 군데 있었기 때문이다.

"물론 아르바이트생들에게 인기가 많은 사람은 최전선에서 싸우다 제일 먼저 죽는 쿠사노 상병이지만 신뢰받는 사람은 야나이 하사랄까. 그 사람은 말투가 냉정해서 인기는 없을 지도 모르지만."

"뭐냐. 너 꼭 평론가 같다?"

"난 당사자가 아니라 그냥 방관자잖아. 그러니까 오히려 객관적으로 볼 수 있는 거예요. 나도 비슷한 경험이 있거든."

"뭐야, 너 회사원이었냐?"

"아니, 아르바이트. 대학생이었다고 몇 번이나 말했잖아요. 그거 알아요? 아르바이트생들도 일을 맡기면 의외로 기뻐해요. 아무리 별 것 아니라도 말이죠. 신뢰받는 것 같은 기분이 들거든."

"그런가."

"아무 지시도 없이 정해진 일만 하는 건 편하긴 해도 보람이 없거든. 뭐랄까, 정말 그냥 부속품이 된 것 같은 기분이랄까? 난 슈퍼마켓 할인매장에서 아르바이트를 했었는데 내가 맡은 일은 상품을 오른쪽에서 왼쪽으로 옮기는 거였어요. 창의성은 눈곱만큼도 없는 지루한 일이었죠. 게다가 일하는 방법이야 다들 잘 알고 있으니까 누구한테 질문할 필요도 없잖아요? 덕분에 대화도 없고 휴게실도 무지 썰렁하고…. 거기서 일하는 사람들은 자신의 시간을 지불하고 그 대가로 돈을 받는, 그야말로 파트타임 직원이었어요. 자기가 할 일만 하면 된다는 식이었죠. 그에 비하면 쿠사노 씨가 일하는 가게는 남자도 여자도 다들 의욕이 넘치던 걸요. 휴게실은 항상 떠들썩하고 의욕이 없어 보이는 사람도 못 봤어요. 시급은 짜고 일은 힘든데도 다들 항상 웃고 있던걸. 돈보다는 보람을 원하는 타입이랄까? 그러니까 이렇게 표현하긴 좀 그렇지만 그 의욕을 이용하지 그래요? 그게 서로에게 좋지 않을까?"

"하지만 난 남에게 명령하는 게 너무 힘들어."

료타는 기가 막힌 표정으로 머리를 짚었다.

"그러니까 명령이 아니라 지시를 하란 말이에요. '해'가 아니라 '해줘'. 일하러 와놓고 일을 맡긴다고 원한을 품을 바보는 아무도 없을걸? 그리고 마감업무도 바쁘지 않은 날은 미나미 씨 혼자 해도 아무 문제 없잖아요? 큰 맘 먹고 그냥 맡겨버려요. 그럼 본인도 보람 있고 쿠사노 씨도 편하잖아요. 부려먹을 수 있는 사람은 전부 부려먹으란 말이에요!"

"그렇군. 너라면 좋은 매니저가 될 수 있을지도 몰라."

그렇게 말하고 나서야 쿠사노는 당황하며 입을 다물었다. 죽은 사람에게는 무엇보다도 잔인한 말이었다. 하지만 료타는 쿠사노의 말을 못 들었는지 자신만만하게 말을 이었다.

"솔선수범도 좋지만 좀 더 다른 사람을 믿어 봐요. 야구는 혼자서 할 수 없잖아요."

"알았어. 일 얘기를 했더니 갑자기 졸음이 쏟아지는군. 이제 시간도 늦었으니 그만 자자."

하품을 삼키는 쿠사노 옆에서 료타가 컨트롤러를 집어 들며 말했다.

"나 이 게임 조금만 더 해도 돼요? 소리는 끄고 할게요. 아, 불도 꺼도 돼요. 내가 꺼봤자 실제로는 꺼지지 않을 테니까."

"그래. 하지만 너무 오래 하진 말아라. 어두운 방에서 게임을 하면 시력이 나빠지는 건 순식간이니까. 이건 경험자의 조언이야."

"눈이 나빠지면 안경을 빌리죠, 뭐. 그럼 잘 자요."

"그래."

쿠사노는 형광등을 끄고 이불을 덮었다. 조용해진 것도 잠시뿐, 료타가 게임을 계속하며 말을 걸었다.

"쿠사노 씨는 내 모습은 보여도 하타케야마 유우코는 안 보이나 봐요?"

"응. 너도 그 자리에 있었으니까 알 거 아니냐."

"응, 그렇긴 하지만."

"그게 왜."

"아니, 그런 점에서 미나미 씨는 힘들겠구나 싶어서. 보고 싶지도 않은데 유령이 보이니까요."

"난 상상도 안 가. 나 같은 보통 사람과는 뭔가 살아가는 세상이 다르지 않을까?"

"그렇겠죠. '이제 유령을 보는 건 지긋지긋해'라던 그 사람의 말, 그건 영혼의 절규였을 거야."

"역시 무서운 일도 많이 겪었겠지? 말은 안 하지만."

"난 안 무섭다고 했죠?"

"응. 하다못해 너만은 아무 해도 끼치지 않는 밝고 명랑한 유령으로 남아다오."

"네."

료타는 고개를 끄덕이며 또다시 입을 열었다.

"쿠사노 씨."

"왜?"

"미나미 씨는 유령이 보이는 상태를 '주파수가 맞는다'고 표현했잖아요?"

"그랬지."

"그럼 내 주파수밖에 수신할 수 없는 쿠사노 씨는 북한 라디오 같은 거네요?"

쿠사노는 큰소리로 웃음을 터뜨렸다.

"됐으니까 조용히 게임이나 하시지."

"장군님이라고 불러요."

"시끄러워. 잘 자라, 장군님."

그 후 쿠사노는 한동안 천장에 비치는 TV 모니터의 빛을 멍하니 바라보며 달각거리는 컨트롤러 소리를 듣고 있었다. 그러는 동안 차츰 눈이 감겨왔다. 쿠사노는 어느새 깊은 잠에 빠졌다.

9

축축한 도로 위로 부는 아침 바람은 제법 서늘했다. 하지만 앞 유리창으로 새어 들어오는 강렬한 햇빛은 여름의 기운을 듬뿍 머금고 있었다.

"왜 10시에 출근인데 9시 전에 가게에 도착해야 되는 거지?"

활짝 열린 창으로 들어오는 바람 때문에 료타의 앞머리는 거꾸로 곤두서 있었다. 날이 밝을 때까지 게임을 하던 료타는 끊임없이 하품을 하고 있었다. 컨트롤러를 쥔 채 지쳐 잠든 료타를 깨우고 밤새 켜져 있던 게임기를 끈 것은 다름 아닌 쿠사노였다.

쿠사노는 졸음도 쫓고 담배냄새도 없앨 겸 껌을 씹으며 료타의 질문에 대답했다.

"가끔 9시에 드라이브 인 손님들이 몰려올 때가 있거든. 그래봤자 매상은 별 것 아니지만 일손이 적어서 꽤 정신없어. 그러니까 일단 얼굴은 내밀어야 돼. 게다가 어제가 직원들의 희망 스케줄 제출일이었거든. 빨리 훑어보고 대충 스케줄을 짜봐야지."

"대단하네요."

료타가 시큰둥한 목소리로 대답했다.

눈부신 태양 아래에서 쿠사노의 차는 예정대로 오전 9시 전에 가게에 도착했다. 다행히 아직 드라이브 인 손님들이 그렇게 많지는 않았다.

쿠사노가 재킷을 벗고 주방으로 들어가자 S스태프 야부모토가 퉁명스러운 표정으로 쿠사노를 맞이했다. 야간대학에 다니는 야부모토는 일손이 적은 아침 시간대를 맡길 수 있는 듬직한 존재였다.

야부모토는 원래 밝고 싹싹한 성격으로, 이 가게의 '밤의 얼굴'이 미나미라면 '아침의 얼굴'은 야부모토라고 할 수 있었다. 그런 야부모토가 오늘은 벌레를 씹은 듯한 표정으로 주방에 서 있었다.

야부모토는 인사도 대충 넘기고 쿠사노에게 불평을 늘어놓았다.

"쿠사노 씨, 기간 한정 셰이크 준비가 아직 안 끝났어요. 그거 오늘부터 판매해야 하지 않습니까? 그런데 메뉴판도 현수막도 창고에 처박혀 있어요. 어쩌죠?"

"정말이야? 큰일 났군."

쿠사노는 당황하며 금고 위의 매니저용 노트를 펼쳤다. 기간 한정 메뉴와 신상품 준비는 판매 개시 전날 마감업무를 맡은 매니저가 담당하는 것이 원칙이다.

"어제 마감업무를 한 사람이 누구지?"

"점장님입니다."

"그 영감이 기어이 일을 쳤군."

노트에는 자신만만한 글씨로 〈6/13 셰이크 준비 완료. 이번 달 전략상품이므로 각 매니저는 적극적으로 상품을 PR 할 것. 점장〉이라고 적혀 있었다.

옆에서 노트를 들여다보던 야부모토가 친근함과 분노가 뒤

섞인 표정으로 말했다.

"준비 완료 좋아하네. 미나미가 없으면 꼭 이렇다니까."

"그래서 준비는 어디까지 됐지?"

"시럽 교환과 금전출납기 입력만 간신히 끝난 상태입니다. 그러니까 팔 수는 있지만 손님들에게 이런 메뉴가 있다는 걸 알릴 방법이 없어요. 나 참, 이게 무슨 단골 전용 비밀 메뉴도 아니고…."

"그럼 아직 하나도 안 팔렸나?"

야부모토가 그 말을 기다렸다는 듯이 싱긋 웃으며 말했다.

"점장님의 지시에 따라 적극적인 PR로 팔았습니다. '기간 한정 복숭아 셰이크 어떠세요?'라고 마구 권했죠. 네 개인가 다섯 개 정도 팔렸습니다. 닥치는 대로 권했더니 아침부터 셰이크를 사는 손님도 있더군요. 그리고 컵은 레귤러에서 스페셜로 바뀌었습니다."

"오오, 잘했어."

야부모토는 자랑스럽게 말을 이었다.

"금전출납기 입력 외에는 저도 준비할 수 있거든요. 아까까지는 앞에 두 명 안에 두 명 밖에 없어서 준비할 정신이 없었지만요."

앞에 두 명 안에 두 명이란 카운터와 주방의 인원수를 말한다. 평일 아침 9시까지는 충분하고도 남는 인원이다.

"좋아, 그럼 현수막을 바꿔야겠군."

"저기요."

료타가 창고로 걸어가는 쿠사노를 불러 세웠다.

"쿠사노 씨는 스케줄을 작성해야 하잖아요. 셰이크 문제는 이 사람한테 맡겨요."

"아, 하지만…."

"어젯밤에 말했잖아. 아르바이트생에게 맡길 수 있는 일은 맡기라고."

"하지만 이건…."

"쿠사노 씨, 누구와 얘기하시는 겁니까?"

쿠사노는 야부모토의 말에 깜짝 놀라서 주위를 둘러보았다. 아르바이트생들이 의아한 듯이 이쪽을 쳐다보고 있었다.

"아, 그냥 잠시 요정과 아침 인사를…."

쿠사노는 어설픈 농담으로 얼버무리며 스케줄 표를 집어 들었다.

"9시부터는 내가 빠져도 앞에 네 명 안에 세 명이군. 재료 보충은?"

"그쪽도 완벽합니다. 셰이크 외에는 전부 오케이입니다."

야부모토가 주문을 받으며 엄지손가락을 세웠다.

"역시 훌륭해."

쿠사노는 야부모토를 칭찬하며 판매보고서를 훑어보았다. 거의 예측했던 대로의 매상이었다.

"사카이 씨를 안으로 들여보내면 야부모토는 잠시 다른 일을 해도 되겠군. 야부모토, 나머지 준비는 네가 맡아서 해 볼래?"

"제가요?"

"응. 나는 10시까지 스케줄을 작성해야 하거든. 너한테 맡겨도 될까?"

"네."

야부모토가 즉각 대답했다.

"좋아, 바로 그거예요."

료타가 사무실 의자에 털썩 앉으며 말했다.

오후 2시의 재료반입이 끝난 후 쿠사노는 컴퓨터에 전표를 입력하며 늦은 점심식사를 하고 있었다. 30도 가까운 날씨에 재료를 반입하는 것은 힘든 작업이었다. 쿠사노의 와이셔츠는 땀으로 뒤범벅되어 있었다.

"남에게 맡기는 것도 꽤 긴장되는 일이더군."

쿠사노는 마지막 감자튀김을 입 안에 던져 넣은 후 빨대로 차가운 콜라를 마시며 작은 목소리로 대답했다. 옆 휴게실에 아르바이트생이 있어서 너무 큰 소리로 얘기할 수가 없었다.

"익숙해지면 괜찮아요. 나중에 체크만 확실하게 하면 돼요."

"너 말하는 게 점장님이랑 똑같구나."

"슈퍼마켓보다 이쪽이 내 적성에 맞나봐."

료타가 가슴을 펴며 말했다. 쿠사노의 말이 듣기 싫은 모양이었다.

"셰이크 준비 말이에요, 아무 실수도 없었죠?"

"응. 내 입으로 이런 말 하긴 좀 그렇지만 사원들보다 훨씬 꼼꼼하게 잘 처리했더군. 그 덕분인지 셰이크도 잘 팔리나 보더라."

"그렇죠? 거 봐요, 아르바이트생의 저력을 우습게보면 안 된다니까."

쿠사노는 자신의 일처럼 기뻐하는 료타를 바라보며 말했다.

"이제 곧 점장님이 출근할 시간이니까 그 자리 비워둬."

"알았어요. 난 그 아저씨처럼 뚱뚱해지고 싶지 않으니까."

"그건 그래."

문득 료타가 몸을 앞으로 내밀며 그럴 필요도 없건만 쿠사노에게 귓속말을 했다.

"점장한테 따끔하게 한마디 해요. 일처리가 너무 엉성하다고."

쿠사노는 전표를 파일에 넣으며 고개를 저었다.

"난 그런 말 못해."

"말해요. 상대가 점장이라도 할 말은 해야죠."

"날 죽일 거야."

"바보 같은 소리 하지 말아요. 잠자코 있으면 점장의 실수를 뒤처리한… 아, 이름이 뭐였더라? 야부다였나?"

"야부모토. 그리고 바보가 뭐냐, 바보가."

"아무튼 야부모토의 공적이 물거품이 되잖아요. 점장도 실수를 지적한다고 화를 내지는 않을 거예요. 그 사람은 그렇게 속 좁은 사람이 아니에요."

"네가 그걸 어떻게 아냐?"

"그냥 느낌이 그렇다는 거지. 아, 왔다. 호랑이도 제 말하면 온다더니. 그럼 난 이만 실례."

료타가 늘 그랬듯이 두 개로 분열된 문을 열고 밖으로 나간 직후에 점장이 사무실 안으로 들어왔다.

"안녕하세요."

쿠사노는 의자에서 일어서서 깊숙이 머리를 숙였다.

"오, 왔나?"

점장이 평소와 다름없는 굵고 탁한 목소리로 말했다. 그러고 보면 꿈속에서까지 저 목소리에 시달린 적이 얼마나 많았던가.

평소에는 인사를 하자마자 "뭐 문제는 없나?"라는 말이 튀어나오곤 했지만 오늘 점장은 보통 때와 조금 달랐다.

"셰이크는 잘 팔리고 있나?"

점장이 묘하게 안절부절못하면서도 시치미를 떼는 얼굴로 물었다.

"아, 네. 날씨가 더워져서 그런지 잘 팔리고 있습니다."

"얼마나 팔렸나?"

"아… 죄송합니다. 가게에 나가보지 않아서 자세히는 모르겠습니다."

쿠사노는 불호령이 떨어질 것을 각오하며 몸을 움츠렸다. 하지만 점장의 목소리는 온화했다.

"됐네. 그보다 내 준비에 뭔가 문제는 없었나?"

"아, 네. 그게 좀…."

쓴웃음을 짓는 쿠사노를 바라보며 점장은 한층 커다란 목소리로 말했다.

"음, 역시 그랬군. 현금출납기 설정과 복숭아 맛 테스트까지는 끝냈다네. 보기보다 제법 산뜻하고 맛있더군. 아아, 내가 이런 실수를 하다니. 12시 넘어서 122호 하토가야 점에서 전화가 왔지 뭔가. 고기가 부족하니까 두 상자만 보내달라는 거야. 그쪽에 정신이 팔려서 셰이크 문제를 잊어버리고 말았지 뭔가. 집에 가서 자리에 누운 순간 퍼뜩 생각이 났지만 자네가 있을 테니 괜찮을 거라고 생각했네. 차에서 현수막이 걸려있는 걸 봤을 때에는 정말 안심이 되더군."

점장은 속사포처럼 변명을 늘어놓은 후 문득 목소리를 낮췄다.

"저…, 설마 총 매니저는 안 왔겠지?"

"네."

"그렇군. 어쨌든 잘 됐어. 자네도 제법 눈치가 빨라졌군 그래."

점장의 보기 드문 칭찬에 쿠사노는 가슴을 두근거리며 머리를 숙였다.

"저, 실제로 준비한 건 제가 아니라 야부모토입니다."

"야부모토가? 그 녀석이 그런 일도 할 수 있단 말인가."

"저도 깜짝 놀랐습니다. 본인은 별 것 아니라고 하지만…."

"그렇단 말이지. 음, 완벽하더군."

점장은 만족스럽게 고개를 끄덕였다.

"지금이에요!"

료타가 문 밖에서 작은 창문에 얼굴을 들이대며 외쳤다.

"미나미 씨한테 마감업무를 맡기라고 해요! 지금이 기회야!"

쿠사노가 깜짝 놀라며 뒤를 돌아보자 점장도 그의 시선을 쫓아 작은 창문을 바라보았다. 물론 그의 눈에는 아무것도 보이지 않았다.

"왜 그러나?"

"아무것도 아닙니다. 저어, 점장님?"

"왜 그러나?"

점장이 쿠사노를 노려보며 물었다. 그 눈빛에 한순간 주눅이 들긴 했지만 쿠사노는 애써 마음을 다잡았다. 절대 이 기회를 놓칠 수는 없었다.

"저, 한 가지 부탁이 있습니다만…."

"뭔가? 쓸데없는 부탁이면 걷어찰 테니 각오하게."

"아, 저… 미나미의 마감업무를 다시 체크해주시면 안 될까요?"

"좋아."

점장은 순순히 고개를 끄덕였다.

"저, 정말이십니까?"

쿠사노는 얼빠진 표정으로 물었다.

"응. 그 녀석도 이제 혼자 해 봐야지. 오늘밤도 출근하지?"

"네, 여섯 시에 출근할 겁니다."

"그럼 오늘 체크해 보도록 하지. 아마 문제없을 거야. 그건 그렇고 자네는 7시에 퇴근인가?"

"네. 일단 그렇게 되어 있습니다."

"그럼 자네도 끝까지 남아서 검사를 지켜보게."

"네?"

"농담이야, 농담. 할 일 없으면 빨리 돌아가게."

"네. 아, 아뇨…."

"가겠다는 건가, 남겠다는 건가?"

동요하는 쿠사노를 바라보며 점장은 싱글싱글 웃었다.

"죄송합니다."

"어쨌든 그 문제는 알았으니까 할 말 없으면 거기서 비키게. 나도 컴퓨터를 써야 되니까."

"아, 네."

쿠사노가 쟁반을 들고 문을 연 순간 등 뒤에서 점장의 목소리가 들려왔다.

"내가 실수한 틈을 노려 말을 꺼내다니 자네도 제법이군."

"죄송합니다."

"칭찬이야. 기뻐하게."

"네, 죄송합니다."

쿠사노는 힘없이, 그러나 만면에 미소를 띠며 사무실에서 나왔다.

"잘 됐네요."

작은 창문을 통해 상황을 지켜보던 료타가 다른 사람이 있는 곳에서는 말을 걸지 않겠다는 약속도 잊고 말했다. 쿠사노는 다른 직원들에게 들키지 않도록 조심하며 쟁반 아래에서 엄지손가락을 세웠다.

"쿠사노 씨."

뒷문이 벌컥 열리고 거구의 미나미가 성큼성큼 다가왔다. 쿠사노는 얼떨결에 몸을 움츠렸다.

"아, 안녕."

"제 마감업무를 체크해 달라고 점장님께 부탁드렸다면서요? 감사합니다."

미나미가 바위 같은 얼굴에 홍조를 띠며 말했다. 당장이라도 자신을 끌어안을 듯한 미나미의 기세에 압도당한 쿠사노는 주춤주춤 뒤로 물러서며 말했다.

"아니, 내가 제안했다기보다는…. 굳이 따지자면 나는 시키는 대로 한 것뿐이고…."

"시키는 대로?"

테이블에 앉아서 창밖을 바라보고 있는 료타를 본 순간 미나미는 단숨에 모든 사정을 이해했다.

"아, 저 녀석이…?"

"응."

결국 저녁 7시에 '탈출'하려던 계획은 실패로 돌아갔다. 쿠사노가 가게에서 나온 것은 9시 30분경이었다. 검은 스포츠카를 찾기 위한 '순찰'은 이 날도 헛수고로 끝났고 쿠사노와 료타는 아무런 수확 없이 집으로 돌아와야 했다.

도중에 편의점에서 산 갈비 도시락을 둘이서 나눠먹은 후 잽싸게 프로레슬링 게임을 시작했다.

"쿠사노 씨가 자는 동안 숨겨진 캐릭터를 잔뜩 꺼냈어요. 한센이랑 디스트로이어도 쓸 수 있고 간류지마하고 세이카 시장에서도 싸울 수 있게 됐어요."

료타가 자랑스럽게 말하며 레슬러 선택화면을 표시했다. 하룻밤 사이에 엄청나게 복잡해진 화면을 바라보며 쿠사노는 신음하듯 중얼거렸다.

"이렇게 숨겨진 요소가 많았단 말인가. 오오, 킬러 칸이다."

"그리고 스토리 모드도 꽤 재밌던데요? 경영 시뮬레이션 요소가 있거든요? 나중엔 시합은 제쳐두고 단체 운영 쪽에 푹 빠졌지 뭐예요."

"그래? 몰랐어."

"이 게임, 쿠사노 씨가 산거면서."

"시합 모드밖에 안 해봤어."

"어허, 게임은 철저하게 즐겨야죠."

"시끄러워. 됐으니까 시작하자."

다음날이 휴일인지라 두 사람은 마음 푹 놓고 열전을 되풀이했다.

새벽 1시 넘어 쿠사노가 료타의 DDT를 맞고 매트에 머리가 처박힌 순간 접이식 테이블 위에 놓아뒀던 핸드폰이 짧게 울렸다.

"오, 문자 메시지다."

쿠사노는 시합을 팽개치고 핸드폰의 문자 메시지를 확인했다.

"미나미다."

"뭐래요?"

"체크 합격했다는군."

"오오, 잘 됐네."

료타가 움직임을 멈춰버린 쿠사노의 레슬러에게 온갖 기술을 걸며 대답했다.

"합격할 줄 알았어. 그리고 내일은 자기도 휴일이니까 순찰을 할 거면 같이 가겠다는데?"

"오오, 기뻐라. 꼭 오라고 해요."

"순찰할 거야?"

쿠사노가 눈썹을 찡그리며 물었다.

"해야죠. 모처럼 미나미 씨가 따라와 주겠다고 나섰는데. 집에 있어봤자 할 일도 없잖아요."

아무런 저항도 못하는 상대를 실컷 괴롭힌 후 료타는 백 드롭으로 쿠사노를 KO시켰다.

"빨래가 쌓였는데."

"아침에 얼른 빨아서 베란다에 널었다가 순찰을 다녀와서 걷으면 되잖아요. 라디오로 일기예보를 들었는데 내일은 하루 종일 비 올 확률이 0퍼센트래요. 그러니까 빨래를 널고 나가도 별 문제 없을 거예요. 아니면 빨래가 마를 때까지 계속 집에 처박혀 있으려고요?"

"뭐 듣고 보니 그렇다만."

"그럼 가요."

"알았어. 그럼 가는 방향으로 답장을 보내도록 하지."

"'가는 방향'이 아니라 당연히 가야죠. 점심시간 전에 집에서 나갈까요?"

"대장은 난데 네가 지시를 내리는 것 같군."

쿠사노는 투덜거리며 미나미의 핸드폰으로 답장을 보냈다.

"쿠사노 씨, 평소에는 휴일에 어떻게 지내요?"

"응? 글쎄. 마감업무를 한 다음날은 점심때쯤 일어나서 빨래를 하며 밥을 먹고 저녁때까지 다시 잤다가 한 10시쯤 일어나서 집에 있는 음식을 대충 챙겨먹곤 해. 12시간 이상 자서 다시 자고 싶어도 좀처럼 눈이 안 감기고 옆집에서 시끄러울까봐 청소도 못하거든. 그래서 멍하니 TV를 보다가 3시쯤에 잠깐 눈을 붙이고 다시 출근하지. 대충 그 정도야."

"허무해라…."

료타는 연민의 눈빛으로 눈앞의 샐러리맨을 바라보았다.

"뭐야, 기분 나쁘게."

"휴일은 보석 같이 귀중하다고 해놓고 그게 뭐예요? 완전히 시간낭비잖아요. 자고 먹고 자고 먹고 다시 일하러 가고. 반올림하면 30대이긴 하지만 그게 휴일을 보내는 젊은이의 올바른 자세입니까? 아아, 허무해. 정말 허무해."

"그럼 어쩌란 말이냐?"

"저녁까지 자니까 그렇죠."

"하지만 집에 있어봤자 딱히 할 일도 없고 졸린단 말이야."

"그럼 나가면 되죠. 저녁에 자는 바람에 자유시간이 나뉘어 버리잖아요. 쿠사노 씨는 휴일에 세 번이나 자는 셈이에요. 장, 중, 단. 그걸 길게 두 번으로 나누면 그 사이의 시간은 자유잖아. 낮에 일어났으면 하다못해 8시나 9시까지 깨어 있어요. 그래야 피로도 풀리지 않아요?"

"뭐냐? 비즈니스 컨설턴트 다음은 생활 어드바이저냐? 네가 우리 엄마라도 돼?"

"시간을 낭비하는 것 같으니까 그렇죠. 모처럼 살아 있으면서."

"……."

순간 쿠사노는 장난스러운 표정을 거두고 입을 다물었다. 그런 쿠사노를 바라보며 료타는 허둥지둥 사과했다.

"아, 미안해요. 못 들은 걸로 해요. 비꼬려던 건 아니었어요. 아, 좀더 일반적인 의미로 충실한 생활을 보내라고 말하고 싶었던 거지 심사가 꼬여서 그런 말을 한 건 아니에요. 우와, 내가 생각해도 재수 없다, 아까 그 말. 뭐가 '모처럼 살아 있으면서'냐? 꼭 불치의 병으로 죽은 청년의 수기 같네. 재수 없어. 왜 있잖아요, '이 책을 읽은 사람들, 내 몫까지 열심히 살아줘요' 같은 거. 그런 걸 볼 때마다 이런 생각이 들더라. 시끄러워, 비극의 주인공인 척하지 마."

쿠사노는 웃으며 료타의 말을 막았다.

"됐어. 그렇게 허둥지둥 변명할 필요 없어. 난 네가 죽은 걸 별로 불쌍하게 생각하지 않으니까."

"조금은 동정해줘요."

"조금은 하고 있어. 하지만 가엾은 유령에게 선의를 베풀고 있다는 생각은 별로 없어. 뭐랄까, 골치 아픈 녀석이 굴러들어 왔다는 느낌이랄까? 그러니까 도와주긴 하겠지만 절대 함께 울어주지는 않을 거야."

"나도 쿠사노 씨가 우는 건 싫어요."

"시끄러워. 꼭 쓸데없는 소릴 해요."

"미안해요. 하지만 진심으로 말하는 건데 울 시간이 있으면 순찰이나 해요. 빨리 범인을 잡고 나서 남쪽 섬으로 휴가를 떠나야지."

"그래, 휴가."

"쿠사노 씨는 안 데려갈 거예요. 회사나 가요."

"알아. 부질없는 꿈에 찬물 끼얹지 마."

쿠사노는 지친 몸을 이끌고 천천히 일어섰다.

"자, 이제 그만 목욕하고 일찍 잘까? 빨래를 널려면 늦어도 10시에는 일어나야겠지."

"응. 일찍 자는 게 좋겠어요. 난 게임 좀 더 하다 잘래."

그렇게 말하며 료타는 다시 컨트롤러를 집어 들었다.

"뭐야, 생활 사이클이 어쩌고저쩌고 설교해놓고 넌 밤새 게임을 하겠단 말이냐?"

"어차피 나는 인간의 한계를 초월한 기적과도 같은 존재. 수면 따윈 5분만 취하면 충분하답니다."

"무슨 소리야? 내가 오늘 아침에 널 깨우느라 얼마나 고생했는지 모르지? 발로 걷어차서 깨우려고 했는데 발이 몸을 통과하지 뭐냐?"

"됐으니까 빨리 목욕이나 하시지."

"명령하지 마, 이 멍청아."

쿠사노는 미나미의 집 앞에 차를 세우고 핸드폰으로 미나미를 불렀다.

1분도 안 되는 짧은 통화를 마친 후 쿠사노는 뒷좌석의 료타를 돌아보며 말했다.

"미나미가 늦잠을 잔 모양이야. 잠깐 기다려 달라는군."

"그건 상관없지만 쿠사노 씨는 어떻게 미나미 씨의 집을 아는 거죠?"

료타가 조수석 시트를 잡고 얼굴을 내밀며 물었다.

"마감업무를 마치고 돌아오는 길에 몇 번인가 차로 집까지 데려다준 적이 있어. 그리고 작년 말에 동생을 데려다준 적도 있고."

"쇼우를? 부럽다."

"부럽긴. 달리자마자 '토할 것 같다'고 해서 얼마나 놀랐는데. 다행히도 무사히 도착하긴 했지만."

"내가 없을 때 그런 유쾌한 추억을 만들다니, 치사해."

료타는 진지한 얼굴로 불평을 늘어놓았다.

"유쾌하긴 뭐가 유쾌하냐?"

"부럽다. 내가 쿠사노 씨였다면 얼렁뚱땅 집에 들어가서 밤새 간호해 줬을 텐데."

"너 의외로 음흉하구나?"

"농담이에요."

그렇게 말하며 료타는 목을 움츠리고 창문 너머 미나미의 집을 올려다보았다.

아담하고 낡은 집은 모처럼 얼굴을 내민 햇빛을 받아 벽의

자잘한 금이나 베란다 난간의 녹슨 부분까지 숨김없이 드러내고 있었다.

"저기가 쇼우의 방일까?"

료타가 길 쪽으로 난 2층 창문을 가리키며 말했다. 창에는 엷은 베이지색 커튼이 드리워져 있어서 안은 보이지 않았다.

"그것까지는 나도 몰라."

쿠사노는 흥미 없다는 듯이 짧게 대답한 후 밝은 색 티셔츠 아래로 손을 넣어 옆구리를 긁적였다.

에어컨 풍량을 줄이자 엔진 소리가 크게 들려왔다.

료타가 말했다.

"예정을 변경해서 미나미 씨네 집에 놀러가지 않을래요?"

"뭐?"

"기왕 여기까지 왔으니까 그렇게 해요. 기회를 봐서 쇼우의 물건 하나만 슬쩍하고 싶어요. 저승길 선물로."

"닥쳐, 이 속옷 도둑아."

"앗, 내가 언제 속옷을 훔치겠다고 했나? 난 사진 한 장만 슬쩍할 생각이었는데 너무하네. 본인에게 그런 음흉한 마음이 있으니까 속옷 도둑이라는 말이 나오는 것 아닌가? 우와, 최악이다. 아저씨, 영계 밝힘증이었군요?"

"너 정말 닥치지 못해?"

한참 말다툼을 벌이고 있을 때 현관문이 열리고 밝은 햇살과 어울리지 않는 회색 반팔 셔츠를 입은 미나미가 나왔다. 목이 너무 굵어서 두 번째 버튼이 튕겨나갈 것 같았다.

"죄송합니다. 늦잠을 잤어요."

미나미는 정수리 근처의 살짝 뻗친 머리를 매만지며 조수석에 올라탔다. 차체가 덜컹 흔들렸다.

"안녕. 휴일인데 미안하다."

쿠사노는 미안해하는 미나미에게 가볍게 인사한 후 차를 출발시켰다.

"안녕하세요."

료타가 손을 들며 인사하자 미나미도 가볍게 손을 들었다.

"응, 안녕."

미나미는 한 마디 덧붙이고 싶은 표정으로 잠시 망설이다가 결국 아무 말 없이 앞을 바라보았다.

차는 주택가의 좁은 길을 요령 있게 빠져나가 쿠사노와 미나미가 일하는 가게 앞을 지나서 우회도로로 나갔다.

"이 근처를 적당히 돌아다녀볼까."

쿠사노가 천천히 액셀을 밟으며 혼잣말처럼 중얼거렸다.

료타가 태평한 목소리로 제안했다.

"음악 틀어줘요."

"몇 번이나 말했지만 플레이어는 있어도 CD가 없다니까."

"아, 그랬지. 쳇."

"그건 그렇고."

미나미가 차분한 목소리로 입을 열었다.

"다시 한 번 확인해두고 싶은데 그 검은 스포츠카의 차종은 전혀 모르시겠습니까?"

쿠사노는 얼굴을 찡그렸다.

"음, 모르겠어. 어두운 곳이었고 눈 깜짝할 사이에 사라져버렸으니까…. 하긴 밝은 곳에서 봤어도 몰랐겠지만. 난 자동차 종류에 대해서 아는 게 없어. FF와 FR의 차이도 모를 정도야. 이 차도 가게에서 제일 잘 팔리는 차라기에 그럼 괜찮겠지 싶어서 산 것 뿐이야."

료타가 말했다.

"난 FF와 FR 정도는 구분할 수 있어요. 하지만 엔진소리나 미등의 형태로 차종을 맞출 수 있을 만큼 마니아도 아니고 내가 본 건 눈 깜짝할 사이에 멀어져버린 차의 뒷모습뿐이었어요. 차체가 낮고 검은 스포츠카에 엔진이나 머플러를 개조했다는 것밖에는…. '두두두두' 하는 폭주족 오토바이 같은 커다란 소리가 났던 건 기억나는데."

쿠사노가 어깨를 으쓱하며 말했다.

"게다가 눈에 확 띄게 개조한 것도 아니었거든. 커다란 날개를 달거나 지면에 스칠 만큼 차체를 낮게 만든 것도 아니고, 이 근방에서 드물지 않게 볼 수 있는 차였어. 나도 드라이브인 고객들을 상대할 때 주의 깊게 살펴보곤 했지만 비슷한 차가 많이 오더군. 하지만 그렇게 요란한 배기음을 울리는 차는 한 대도 없었어."

"그럼 특징다운 특징은 그 소리뿐이란 말이군요."

미나미는 커다랗게 한숨을 쉬었다.

"응. 그래서 일단 어젯밤에는 순찰범위를 넓혀서 그런 차가 모이는 곳을 가볍게 돌아봤거든. 노래방이나 패밀리 레스토랑 같은 곳 말이야. 하지만 쉽게 찾을 수는 없더라."

"검은색 계열의 개조 스포츠카라면 현 내에만도 몇 백 대는 될 걸요. 하다못해 차종이라도 알면 수사하기 쉬울 텐데."

료타가 미나미에게 물었다.

"경찰 측에 그런 '멍청이들이 모는 차 리스트'같은 건 없을까요?"

"글쎄. 폭주족들이 몰고 다니는 차라면 있을지도 모르지만."

쿠사노는 어둠 속으로 사라져간 미등의 붉은 빛을 떠올리며 말했다.

"폭주족이라기보다는 스피드를 즐기는 타입이었어."

"아아."

료타가 뒤통수에 깍지를 끼고 시트에 기대며 말했다.

"경찰에서 '멍청이들이 모는 차 리스트' 같은 걸 만들면 좋을 텐데. 그 스포츠카처럼 무식하게 큰 소리로 '무슨 무슨 하이퍼 리믹스' 같은 곡을 쿵쿵 울리는 차는 도로교통법을 준수하든 말든 전부 리스트에 올려야 돼."

"하이퍼 리믹스?"

미나미가 뒤를 돌아보며 물었다.

"아, 그러고 보니 미나미 씨한테는 말 안했었지. 그 차가 무슨 트랜스인지 유로비트 같은 음악을 쾅쾅 틀어놨었거든요. 굉장히 바보 같은 음악이었어요."

쿠사노가 "그래, 맞아"라며 맞장구를 쳤다.

"원곡은 1, 2년 전에 유행했던 곡인데 원형을 알 수 없을 만큼 리믹스를 했더군요. 목소리도 가공하긴 했지만 보컬은 여자였어요. 가사가 뭐였더라?"

"어차피 시답잖은 가사일걸?"

료타가 마이크를 잡는 동작을 흉내 내며 말했다.

"'진정한 자신을~', '꿈을 믿어요~', 대충 그런 가사였어요."

"웃기네. 진정한 자신이 누군데?"

료타가 짓궂은 미소를 지었다.

"죽기 전의 일이지만 나 UHF에서 굉장한 노래를 들은 적이 있어요. 반나절 만에 찍은 것 같은 싸구려 뮤직비디오였는데 '포기하지 말아요. 자신을 믿고 걸어가면 언젠가 반드시 진정한 당신을 만날 수 있을 테니까'라나? 멋진 말이지만 뭔가 모순되지 않아요? 진정한 자신을 만나려면 지금의 거짓된 자신을 믿으라는 말이잖아."

쿠사노는 가볍게 웃음을 터뜨렸다.

"그 노래를 듣고 조금이라도 용기를 얻거나 격려를 받은 사람이 있을까?"

"있다고 생각하니까 만든 것 아닐까요? 거짓된 자신조차 없는 녀석들은 좋아하겠죠."

"너무하네."

"그 얘기는 그쯤에서 끝내고."

홀로 냉정을 지키고 있던 미나미가 샛길로 빠지는 대화를 다시 원래 궤도로 돌려놓았다.

"그 차에서 음악이 들려왔다는 얘기는 경찰에게 했습니까?"

"응. 댄스뮤직이라고 설명했더니 형사가 '그러니까 디스코풍 음악 말입니까?'라고 묻더군. 기가 막혀서."

"하지만 그건 범인을 잡을 수 있는 유력한 정보 아닙니까?"

"아, 라디오에서 우연히 흘러나온 걸지도 모르고 몇 십 만장이나 팔리는 CD라면 주인을 특정하는 건 불가능하니까 별 도움이 안 된다더군."

"그런가요."

미나미가 어깨를 늘어뜨리며 말했다.

"경찰과는 그 후로 한 번도 연락하지 않았나요?"

"안 했어. 저쪽에서 연락해온 적도 없고 나도 딱 한 번 밖에 연락하지 않았어."

"아, 연락하셨습니까? 무슨 일로?"

쿠사노는 토요일 밤에 검은 투 도어 스포츠카와 접촉한 것, 그리고 그 후 경찰에 연락한 것을 미나미에게 설명했다.

"범인의 차와 비슷하다고 무조건 체포할 수는 없다더군. 그리고 도망쳤다면 몰라도 속도위반만이라면 현행범으로 잡히거나 감시카메라에 걸리지 않는 한 경찰이 움직이기는 어렵다나? 돌려서 말하긴 했지만 대충 그런 뜻이었어."

"그렇군요."

미나미는 가볍게 고개를 끄덕였다.

"달리 제공할만한 정보는 하나도 없어. 경찰에 피해자의 유령이 우리 집에 얹혀산다고 통보할 수는 없잖아."

"경찰도 막막할 거예요. 신문에도 딱 한 번 작게 기사가 실렸을 뿐 속보도 없고요."

료타가 튕기듯이 몸을 일으켰다.

"세상에. 나 신문에 실렸어요?"

"실리긴 했지만 사이타마 판 신문에 작게 실린 것뿐이야. 그렇게 소란을 떨었던 우리 가게 사람들도 기사가 실렸다는 걸 아무도 몰랐을 만큼."

"뭐라고 실렸어요?"

"사건에 대한 간단한 설명. '뺑소니범의 행방을 수사 중'이라고만 적혀 있더군."

쿠사노가 기대에 찬 눈으로 미나미를 바라보며 물었다.

"내 얘기는? 혹시 내 이름 안 나왔어?"

"안 나왔어요. '차를 타고 지나가던 남성이 발견했다'라고만 적혀 있더군요."

"뭐야. 그래?"

"잠깐."

료타가 쿠사노를 비난하듯 말했다.

"실망할 포인트가 다르잖아? 범인이 잡히지 않은 걸 실망해야죠."

"시끄러워."

쿠사노는 료타를 무시하고 미나미에게 말했다.

"그러고 보니 미나미, 아직 식사 안 했지? 뭐라도 먹을까? 물론 각자부담으로."

"아, 네."

"뭐가 좋을까?"

료타가 재빨리 말했다.

"햄버거."

"넌 가만 있어."

결국 세 사람이 들어간 곳은 무난한 패밀리 레스토랑이었다.

"어서 오세요. 두 분이십니까?"

젊어 보이려고 떡칠한 화장과 귀여운 제복이 역효과를 발휘하여 굉장히 안 좋은 인상을 풍기는 점원의 인사에 쿠사노는 고개를 끄덕이며 말했다.

"네. 하지만 나중에 한 명 더 올지도 모르니까 세 사람이 앉을 수 있는 자리로 안내해 주십시오."

"알겠습니다. 흡연석으로 안내해 드릴까요?"

쿠사노는 '네'라고 대답하려다 미나미와 함께라는 사실을 떠올리고 허둥지둥 정정했다.

"아, 아뇨."

"그럼 이쪽으로 오세요."

블라인드가 쳐 있는 창가 자리로 안내받은 쿠사노와 미나미는 어디까지나 두 사람 밖에 없는 척하며 자연스럽게 자리에 앉았다.

평일 낮이라 그런지 손님도 종업원도 대부분 중년 여성뿐인 레스토랑에서 쿠사노와 미나미는 묘하게 이질적인 존재였다.

쿠사노와 료타는 로스 돈까스 정식과 페스카토레 세트를 놓고 뭘 주문할지 한동안 다퉜으나 쿠사노의 "돈을 내는 건 나야."라는 한마디에 로스 돈까스 정식으로 결정하였다.

식사를 마치고 음료수 바에서 커피와 콜라를 마시고 있을 때 미나미가 머뭇거리며 말했다.

"쿠사노 씨, 좀 상담하고 싶은 게 있는데요…."

"응? 나한테?"

미나미는 고개를 끄덕였다.

"나야 상관없지만 연애문제라면 나도 아는 게 없단다."

"아, 그런 게 아닙니다. 동생 문제입니다."

"설마 아르바이트를 그만두기라도 하겠대?"

"쇼우가 아르바이트를 그만두겠대요?"

료타가 울 것 같은 목소리로 물었다.

"아니, 그런 게 아니라."

"아, 다행이다."

그렇게 말하며 후루룩 소리를 내며 아이스커피를 마셨다. 그 유리잔은 쿠사노와 미나미 이외의 사람에게는 보이지 않았다.

"왜 그런 생각을 하신 겁니까?"

"아, 직원들이 내게 상담을 부탁할 때는 대부분 '시급을 올려 달라' 아니면 '그만두고 싶다' 둘 중 하나니까."

"아아, 그렇군요."

"그건 그렇고 동생이 왜?"

미나미는 한 마디 한 마디 신중하게 말을 고르며 대답했다.

"휴우. 뭐랄까, 그 녀석 요즘 좀 이상하지 않습니까?"

"이상해?"

"네."

"구체적으로 어디가 어떻게?"

"일주일에 3일이나 4일 정도 집에 늦게 돌아온다더군요. 전 종종 마감업무를 하느라 늦게 오는 걸 직접 본 적은 없지만."

미나미가 고개를 숙이며 말했다.

"아르바이트가 없는 날에도 9시에 들어온다더군요. 아르바이트가 있는 날은 12시가 다 되어도 돌아오지 않는다나요? 그 녀석 10시에 끝나는데, 가게에서 집까지는 걸어서 15분밖에 안 걸리거든요. 그러니까 그 동안 무슨 일을 하는 건지 궁금해서요."

"몰랐어. 언제부터 그런 건데?"

"연휴 전부터인 것 같던데…."

쿠사노는 팔짱을 끼고 매니저로서 아이코의 근무태도를 떠올렸다.

"그럼 2달쯤 전이군. 그러고 보니 가끔 하품을 참는 모습을 본 것 같아. 근무태도도 나쁘지 않고 결근한 적도 한 번도 없어서 별로 신경 쓰진 않았지만."

"그렇습니까."

미나미는 고개를 끄덕이며 료타를 힐끔 쳐다보았다.

'넌 뭐 아는 것 없냐'라고 묻는 듯한 눈빛이었다.

"동생은 뭐라는데?"

쿠사노의 물음에 미나미는 겸연쩍은 표정을 지었다.

"아르바이트가 겹치는 날 외에는 거의 얼굴도 마주치기 힘들어서 제대로 물어본 적은 없지만 전에 한 번 물어봤더니 나쁜 짓 하는 건 아니니까 걱정 말라고 하더군요. 하지만 역시 걱정이 돼서요. 어머니 말씀으로는 그동안에는 핸드폰 전원을 꺼놓는 모양이에요. 게다가 어디서 뭘 하는지 절대 말을 안 해요."

"돈 씀씀이가 헤퍼지진 않았고?"

"딱히 그렇지는…. 핸드폰 요금도 눈에 띄게 늘지는 않은 것 같아요."

"그럼 별로 걱정할 필요 없지 않나?"

쿠사노가 태연하게 말했다.

"그렇게 생각하세요?"

"응. 아무리 늦어도 12시 전에는 돌아온다면서? 그럼 위험한 애들과 어울리는 건 아닌 것 같은데."

"하지만 1학년 때는 8시를 넘어서 들어온 적도 거의 없는걸요. 아르바이트가 없는 날은 해가 지기 전에 돌아오는 경우도 종종 있었고. 그런데 갑자기 11시나 12시에 들어오니까 걱정이 되어서요. 고등학생이 밤에 놀러 다니는 건 당연하다고 생각하는 사람이 많지만 갑자기 이렇게 변하는 건 역시 조금 이상하지 않을까요?"

쥐어짜는 듯한 미나미의 목소리에 쿠사노는 당황하고 말았다. 떠들썩했던 테이블이 갑자기 조용해졌다.

료타가 머뭇거리며 손을 들었다.

"저, 별로 참고가 되진 않을지도 모르지만 그 일이라면 쇼우에게 직접 들은 적이 있어요."

"네가?"

쿠사노가 눈을 동그랗게 뜨며 물었다.

"어떻게?"

"아, 정확하게 말하자면 쇼우가 다른 사람에게 얘기하는 걸 우연히 들은 것뿐이지만. 미나미 씨가 날 발견한 날 말이에요."

"아, 그러고 보니 그때 쇼우는 낮잠을 자고 있었지."

"뭐라고 했는데?"

미나미가 몸을 앞으로 내밀며 물었다.

"음, 지금 얘기랑 별로 다르지 않은 얘기였어요. 아르바이트생 중에 여대생 있죠? 그 사람이랑 얘기하는 걸 들었는데. 이름이 뭐였더라."

"키지마? 오카모토? 이시카와?"

미나미가 생각나는 이름을 차례차례 말했다.

"이름은 들어도 잘 모르겠고 그 스페인 역사 세미나에 들어갔다는…."

"모리타다."

"모리타 말이군."

미나미와 쿠사노가 동시에 고개를 끄덕였다.

"아, 그 사람 이름이 모리타였구나. 어쨌든 그 모리타란 사람이랑 얘기하는 걸 들었는데 놀러 다니는 게 아니라던데요. 역 같은 위험한 곳에는 가까이 가지도 않는다고 했어요."

"그럼 어디서 뭘 하는 걸까?"

료타는 당장이라도 덤벼들 듯한 미나미의 기세에 몸을 움츠리며 애매한 미소를 지었다.

"그야 저도 모르죠. 진정하세요. 저, 그때는 결국 어디서 뭘 하는지는 말 안했어요. 하지만 항상 우둑녀와 함께라고 했어요."

"우둑녀?"

"아, 그건 제가 멋대로 붙인 별명인데요, 쇼우랑 늘 붙어다니는 애 있잖아요. 일할 때는 항상 머리를 하나로 묶고 쇼우와 같은 학교에 다니는…."

"노지리 말이군."

"노지리 말이냐?"

미나미와 쿠사노는 또다시 동시에 고개를 끄덕였다.

"맞아요, 그런 이름이었어요."

"그런데 노지리가 왜 우두둑녀지?"

쿠사노가 의아한 듯이 고개를 갸웃거렸다.

"그야 항상 목에서 우두둑 소리를 내니까 그렇죠. 목뼈가 어긋나지 않을까 걱정될 정도로."

"그런가? 별로 그래 보이지 않던데."

"남자들 앞에서는 조심하는 것 아닐까요?"

"그 얘긴 이제 그만하고…."

미나미가 초조한 목소리로 두 사람 사이에 끼어들었다.

"노지리와 내 동생이 대체 어디서 뭘 하는 건데?"

"그건 못 들었어요. 데이트가 아니라고 했으니까 일단 남자친구는 없을 거예요. 그 얘길 듣고 저도 얼마나 안심했다구요."

"왜 네가 안심하는 건데?"

싱긋 웃는 쿠사노와는 대조적으로 미나미는 여전히 딱딱한 표정이었다.

"남자문제는 아닌가 보군."

"음, 뭐랄까. 얘기를 듣고 추측해보자면 그런 것 같아요. 아, 그리고 우두둑—노지리가 어디서 뭘 하는지는 아무한테도 말하지 말라고 했다던데요."

"그럼 노지리가 내 동생을 꼬드겨서 데리고 다니는 건가?"

"아, 그런 건 아닌 것 같던데요? 쇼우가 자진해서 함께 다니는 것 같았어요."

료타는 처음으로 아이코를 봤던 날 밤 휴게실에서 두 사람이 나눴던 대화를 떠올렸다. 두 사람의 얘기로는 달리 만나는 사람이 있는 것 같았지만 그 얘기를 미나미에게 해도 될지는 조금 망설여졌다.

"다른 말은 없었냐?"

"어, 없었어요…."

료타는 애매하게 웃으며 고개를 저었다. 제3자가 관련되어 있는 것 같다는 얘기를 해봤자 확실한 사실을 모르는 이상 미나미를 괜히 불안하게 만들 뿐이라고 판단했기 때문이었다.

"그래? 고맙다."

미나미의 말에 료타는 당황하며 어색한 미소를 지었다.

"오빠 노릇도 참 힘들구나."

쿠사노는 그렇게 말하며 미지근해진 커피를 마셨다.

"전 어쩌면 좋을까요?"

쿠사노가 잠시 생각에 잠겼다가 말했다.

"당분간 지켜보는 게 어떨까? 외박을 한 적은 한 번도 없고 갑자기 시작된 일은 갑자기 끝나는 경우도 많으니까. 노지리도 상식적인 판단을 할 수 있는 애야. 걱정되면 순찰을 하는 김에 미행이라도 해 볼래?"

"아뇨, 그건 좀…."

애매한 대답과 함께 입을 다물어버린 미나미를 바라보며 료타는 그에게 동질감을 느꼈다. 그도 쇼우가 나쁜 녀석들과 함께 있는 모습을 볼까봐 두려운 것이다.

료타의 상상 속에서 문득 아이코의 웃는 얼굴과 멀어져가는 스포츠카의 붉은 미등이 겹쳐졌다.

순찰차에 둘러싸여 경광등 불빛을 검붉게 반사하며 정지하는 스포츠카. 운전석에서 끌려나오는 남자. 미친 듯이 날뛰며 도망치려는 남자를 보닛에 찍어 누르는 두 경찰과 그 모습을 말없이 지켜보는 자신. 그 옆에는 쿠사노와 미나미, 그리고 어째서인지 노지리 아스카가 서 있었다. 조수석으로 걸어가서 문을 노크하는 경찰관. 퉁명스러운 표정을 지으며 내리는 세일러복 차림의 미나미 아이코—

"말도 안 돼!"

료타의 느닷없는 외침에 쿠사노와 미나미는 소스라치게 놀라고 말았다.

10

냉방 중인 패밀리 레스토랑에서 주차장으로 나오자 미나미 씨의 셔츠는 곧 땀으로 축축해졌다.

"한 대만 피울게."

쿠사노 씨가 눈부신 햇빛에 눈을 가늘게 뜨며 담배에 불을 붙였다. 덥다고 투덜대던 주제에 코끝에서 불을 태우다니, 담배를 피우는 사람의 정신세계는 이해할 수가 없다.

"아, 레코드 가게다. 들렀다 가요."

나는 도로 맞은편에서 레코드 가게를 발견하고 쿠사노 씨에게 말했다.

"길을 건너가야 되잖아. 됐어. 덥단 말이야."

예상했던 대로 쿠사노 씨는 탐탁찮은 듯이 말했다. 나는 쿠사노 씨를 설득했다.

"지금 쿠사노 씨에게 부족한 건 바로 문화생활이에요. 아름다운 음악과 함께 드라이브를 하며 여유롭고 멋진 시간을 보내지 않으시렵니까? 자, 가요."

"난 치유음악 같은 건 흥미 없어. 들으면 오히려 짜증만 나더라."

쿠사노 씨가 코에서 연기를 뿜으며 짜증스러운 표정으로 말했다. 속이 꼬인 사람이다. 뭐 그 말에는 나도 찬성이지만.

"그건 나도 마찬가지에요. 하지만 사람에 따라서는 레드 핫 칠리 페퍼의 초기 음악에도 마음이 치유된다구요."

"가 봐요, 쿠사노 씨."

미나미 씨가 의외로 밝은 목소리로 말했다. 우린 아무 힘도 되어주지 못했지만 혼자 끌어안고 있던 고민을 털어놓은 것만으로도 조금은 기분이 나아진 모양이었다.

의외라는 표정을 짓는 쿠사노 씨에게 미나미 씨가 쑥스러운 듯이 말했다.

"요즘 나온 CD 중에 살까 말까 망설이는 게 있거든요. 저도 잠깐 들러보고 싶어요."

"그럼 그렇게 하지."

우리는 우회도로의 긴 횡단보도를 건너 비디오 가게와 붙어 있는 레코드 가게로 들어갔다.

가게 안의 BGM은 아마 유선방송 같았다. 이런 가게치고는 드물게 J-POP 최신 히트곡이 아니었다. 존 레논과 폴 메카트니가 '당신의 손을 잡고 싶어'라는, 듣기에 따라서는 치한 같은 가사를 허스키한 목소리로 부르고 있었다. 나쁘지 않은 가사였다. 공감도 갔다. 나도 그럴 수만 있으면 쇼우의 손을 잡고 싶으니까. 하지만 실제로 손을 잡는 것은 불가능하고 너무 깊게 생각하면 쓸쓸하니까 이쯤에서 그만두도록 하겠다.

나와 쿠사노 씨는 미리 의논이라도 한 것처럼 서양 록 코너로 직행했다. 아무래도 나와 쿠사노 씨는 이런 방면으로 취향이 비슷한 것 같다.

평일 낮이지만 가게 안에는 손님이 열 명 이상이나 있어서 도저히 이야기를 나눌 상황이 아니었다. 그냥 각자 가게 안을 탐색해야겠다고 생각한 순간 쿠사노 씨가 주머니에서 핸드폰을 꺼내 통화를 하는 척하면서 작은 목소리로 내게 말을 걸었다. 좋은 방법이다.

"나 말이야, 최근 3년 동안의 음악업계 상황을 전혀 모르거든. 뭐 좋은 음악 없나?"

"사려고요?"

"가게에 들어오니까 갑자기 피가 끓어서."

"어떤 음악이 좋아요?"

"뭐든지 좋지만 기왕이면 기타연주가 화려하면서도 단순하고 시끄러운 음악. 괜히 범인을 쫓고 싶어지는 음악 말이야."

"그럼 좋은 게 있어요."

나는 쿠사노 씨에게 앨범 한 장을 권했다. 재킷에서는 검은 장발에 험상궂게 생긴 백인 남자가 양쪽 콧구멍에서 코피를 쏟고 있었다.

쿠사노 씨는 코피를 흘리는 남자를 뚫어지게 바라보며 잠시 신음했다. 하지만 다시 진열대에 돌려놓지 않는 걸 보니 살 생각은 있는 모양이었다.

"그건 그렇고 미나미는?"

그러고 보니 미나미 씨는 어디로 간 걸까. 나는 발돋움을 하며 가게 안을 둘러보았다. 문득 입구 앞의 특설 코너에 서 있는 덩치 큰 남자가 보였다.

미나미 씨는 감상용 헤드폰의 헤드밴드를 최대한 늘려서 머리에 쓰고 손에 든 CD를 바라보며 뭔가 심각한 표정으로 음악을 듣고 있었다.

정말 놀라웠다.

내가 싫어하는 '응원가'만 부르는 가수—구체적인 이름을 밝히는 것은 피하겠다만 연예정보 프로그램 식으로 말하자면 '젊은이들에게 압도적인 지지를 얻고 있는 카리스마적인 여가수'—가 또 앨범을 낸 모양인지, 펄 핑크로 장식된 특설 코너에는 그 CD가 50장쯤 쌓여 있었다. 그런 코너에 덩치 크고 험상궂게 생긴 미나미 씨가 있는 것을 보니 놀랍게도 그 곡을 듣고 있는 모양이다. 놀라는 것도 당연하다.

옆을 돌아보자 쿠사노 씨가 혐오감을 노골적으로 드러내며 그 가수의 등신대 포스터를 노려보고 있었다. 아아, 난 이 아저씨의 이런 점이 좋더라.

"미나미."

쿠사노 씨가 음악에 빠져 있는 미나미 씨의 어깨를 두드렸다.

"무슨 곡을 듣는 거냐?"

"아, 이 노래 좀 들어보세요. 세 번째 곡."

미나미 씨가 헤드폰을 벗어서 쿠사노 씨에게 내밀었다.

"응? 미안하지만 취향이 아니라서."

"그런 게 아니에요."

쿠사노 씨는 미나미 씨가 내민 헤드폰을 받아들고 귀에 댔다. 곡을 듣기 시작한지 얼마 되지 않아 찡그린 얼굴이 점점 진지해졌다. 그렇게 감동적인 곡인가?

쿠사노 씨는 헤드폰을 제자리에 건 다음 입을 열자마자 "이

거다."라고 말했다.

"뭐가? 뭐가요?"

사정을 모르는 나는 어린애처럼 물으며 헤드폰을 머리에 썼다. 그리고 10초 후 역시 "이거다."라고 중얼거렸다.

그날 밤 뺑소니범의 차에서 들려오던 바보 같은 댄스뮤직이었다.

미나미 씨가 설명했다.

"두 사람의 얘기를 듣고 혹시 이 곡이 아닐까 해서요. 1, 2년 전에 유행했던 여자 가수의 곡인데 '진정한 자신을'이라는 가사와 리믹스라는 말에 이 곡밖에 떠오르지 않았거든요."

"굉장해, 미나미. 용케 알았군."

쿠사노 씨가 미나미 씨의 넓은 등을 두드리며 말했다.

"아, 감사합니다."

"아아, 이 곡이었군."

그렇게 말하며 쿠사노 씨는 펄 핑크색 리믹스 앨범을 이리저리 살펴보았다.

"쿠사노 씨, 수사 자료로 이것도 사요."

내 제안에 쿠사노 씨는 노골적으로 싫다는 표정을 지었다.

"싫어. 이런걸 뭐 하러 사냐?"

"공부하는 셈 치고 사요. 수준 낮은 음악을 듣는 것도 좋은 경험이야."

"이거 3천 59엔이나 하잖아. 수업료치고는 너무 비싼 것 아니냐?"

"아, 제가 사겠습니다."

쿠사노 씨가 원래 자리로 돌려놓은 CD를 미나미 씨가 대신 집어 들었다.

"아니야, 억지로 살 필요는 없어, 미나미."

성급한 짓 하지 말라는 듯이 말리는 쿠사노 씨에게 미나미 씨가 살짝 얼굴을 붉히며 고백했다.

"아뇨, 사겠습니다…. 팬이거든요."

나와 쿠사노 씨는 그대로 얼어붙었다. 그랬구나. 미나미 씨가 살까 말까 망설이던 CD란 바로 이거였구나. 하지만 우리 둘이 실컷 욕을 하고 난 다음에 밝힐 건 없잖아.

쿠사노 씨는 트렁크를 열고 지금 막 구입한 두 장의 CD를 힘겹게 CD체인저에 넣었다. 이 차의 CD/MD 플레이어를 사용하는 게 엄청나게 오랜만인지 겨우 CD 하나를 넣기 위해 취급 설명서까지 꺼내오는 등 난리도 아니었다.

차는 패밀리 레스토랑의 주차장에서 나와 도쿄 방면으로 향했다. 쿠사노 씨가 별 성과 없는 수사에 초조해졌는지 지금까지 가보지 않았던 곳을 돌아보자고 말을 꺼냈기 때문이다. 뭐, 실은 같은 길을 왕복하는 데 질린 것뿐이겠지만.

오후 2시. 도로는 별로 막히지 않았다. 차는 이글이글 불타는 태양을 향해 달렸다.

스피커에서는 방금 전에 산 '진정한 나를 찾아서'라는 노래가 흘러나오고 있었다. 돌아버릴 것 같았다. 쿠사노 씨 왈, "그 차의 운전사가 계속 틀고 다닐 가능성도 있으니까 귀에 익을 때까지 들어야 해."라고 한다. 이건 고문이야.

"사실 이쪽은 별로 지나다니고 싶지 않아요."

15분쯤 달려서 옆 시로 들어섰을 무렵 미나미 씨가 불길한 말을 꺼냈다.

"혹시 무거운 유령이라도 있나요?"

내 질문에 미나미 씨는 작게 고개를 끄덕였다. 아아, 정말 싫다.

"어떤 유령인데? 이번에도 자살한 사람이냐?"

어차피 자신에게는 보이지 않을 거라는 생각에 대수롭게 여겨지지 않는지 쿠사노 씨가 태연하게 물었다.

"아뇨, 자살은 아닙니다."

"그만 해요, 쿠사노 씨."

그렇게 말하며 막으려 했지만 밝은 햇살 속이라 그런지 쿠사노 씨는 거의 공포를 느끼지 않는 것 같았다.

"하타케야마 유우코 같은 유령은 두 번 다시 보고 싶지 않지만 유령이 있는 곳을 알아둬도 손해 볼 건 없잖아."

"보고 싶으세요?"

미나미 씨가 말했다. 정말로 내키지 않는 듯한 어조였다.

"나한테 보일지 어떨지는 모르겠지만 있는 곳을 파악해두면 나중에 아무것도 모르고 딱 마주치지는 않을 것 아냐? 그리고 지난번처럼 멀리서 보기만 하는 거라면 아무렇지도 않아."

왠지 일리 있는 의견이었다. 하지만 보고 싶지 않았다. 같은 유령 처지에 너무 냉정할지도 모르지만 하타케야마 유우코는 내겐 너무 무겁다.

미나미 씨가 말했다.

"이 길은 꼭 필요할 때 외에는 지나다니지 않으려고 노력중이에요. 그러니까 벌써 1년 가까이 그 애를 보지 못했어요. 지나가도 꼭 볼 수 있는 건 아니에요. 있을 때도 있고 없을 때도 있으니까요."

"매일 보이는 건 아니란 말이지? 그런데 그 애도 여자?"

"네."

"무서워?"

"무섭다기보다는 보는 게 괴로워요."

"피투성이에 머리가 반쯤 없다든가?"

그런 끔찍한 상상을 하다니. 미나미 씨는 조금 화가 난 표정으로 아니라고 대답했다.

"설마 쫓아오지는 않겠지?"

"쫓아오지는 않을 겁니다. 아니, 쫓아오고 싶어도 그럴 수 없을 겁니다."

"왜?"

"상황을 보면 아실 겁니다."

"그럼 일단 봐둘까? 백문이 불여일견이라는 말도 있고. 오늘은 휴일이니까 그것도 괜찮겠지."

쿠사노 씨는 경박하기 짝이 없는 말을 하며 간단히 결정을 내렸다.

믿음직한 미나미 씨는 왠지 내 얼굴을 물끄러미 바라본 후 '가죠' 하며 귀신같은 판결을 내렸다.

나는 온갖 말로 반대했지만 슬프게도 핸들은 쿠사노 씨의 손에 쥐어져 있었다. 미나미 씨의 길 안내로 차는 어느 파친코 가게 주차장 안으로 들어갔다.

"파친코를 하는 유령인가? 특이하군."

그렇게 말하며 쿠사노 씨는 가게 입구 근처에 차를 세웠다.

400대 가까운 자동차를 수용할 수 있는 넓은 주차장은 평일이라 그런지 텅 비어 있었다. 그래도 주차되어 있는 차를 세어 보니 대충 7, 80대는 되어 보였다. 얼핏 평평해 보이는 주차장은 걷다보니 울퉁불퉁한 부분이 꽤 많았고 갈라진 아스팔트 사이로 잡초가 얼굴을 내밀고 있었다.

한여름 같은 오후의 햇살에 잠겨 있는 아스팔트는 아지랑이 때문에 일그러져 있는 것처럼 보였다.

"아, 있다."

미나미 씨가 갑자기 걸음을 멈추고 20미터 정도 앞을 가리켰다. 하지만 그곳에는 간격을 두고 차 몇 대가 서 있을 뿐이었다. 이상한 점은 아무것도 없는 광경이었다.

"어디, 어디?"

쿠사노 씨가 안경 너머 눈을 가늘게 뜨고 주위를 두리번거렸다.

"저 초록색 RV, 차체가 높은 차가 한 대 있죠? 저 차 안에 있습니다."

작은 손바닥으로 조수석 창을 안에서 몇 번이고 두드리고 있는 여자아이가 보였다. 뭔가를 외치고 있었다.

"큰일 났다!"

정신을 차리고 보니 나는 달리고 있었다.

나는 곧 차 옆에 도착했다. 세 살이나 네 살 정도 되어 보이는 여자아이가 차 안에 갇혀 울면서 외치고 있었다.

"내보내줘! 내보내줘!"

믿을 수 없을 만큼 엄청난 땀 때문에 앞머리가 죄다 동그란 이마에 달라붙어 있었다.

등 뒤에서 쿠사노 씨와 미나미 씨가 달려오는 소리가 들려왔다.

"열어줘! 아빠, 열어줘!"

아이는 눈물과 땀에 젖은 얼굴을 일그러뜨리며 계속해서 외쳤다.

나는 무아지경으로 조수석 문을 열었다. 차 안에 가득 차 있던 뜨거운 열기와 함께 아이가 내 품 안으로 쓰러졌다. 아이를 안는 방법 같은 건 모르지만, 나는 아이를 단단히 안고 뭔가를 외치며 자동차 그늘에 그 아이를 눕혔다. 무슨 소리를 외쳤는지는 기억나지 않는다.

"열었다! 열렸다!"

미나미 씨가 흥분하며 외쳤다. 이 사람도 이렇게 이성을 잃고 외칠 때가 있구나 싶어서 깜짝 놀랐지만 지금은 그런 걸 신경 쓸 상황이 아니었다. 쿠사노 씨는 그 옆에서 어쩔 줄 몰라 하며 "뭐야? 나한테는 아무도 안 보이는데."라고 중얼거리고 있었다. 보이든 보이지 않든 그런 건 아무래도 상관없다. 이 아이를 구해야 한다.

"쿠사노 씨, 물! 물을 사 와요! 없으면 주스라도! 빨리!"

나는 그렇게 외치며 아이의 머리카락을 쓸어 넘기고 이마를 짚었다. 몹시 뜨거웠다.

"쿠사노 씨, 저도 같이 가요!"

미나미 씨가 그렇게 말하며 쿠사노 씨의 뒤를 쫓아갔다. 그리고 달려가며 내게 외쳤다.

"그 애의 몸을 식혀줘! 부채질을 해!"

아이는 힘없는 목소리로 "더워, 더워."라고 중얼거렸다. 초점이 맞지 않는 눈은 공허하게 텅 비어 있었다.

해바라기 무늬의 원피스는 땀에 젖어 몸에 착 달라붙어 있었다. 작은 가슴이 괴로운 듯이 아래위로 움직였다.

나는 재빨리 티셔츠를 벗어 양손으로 펼쳐서 필사적으로 부채질을 했다. 아이의 몸에 바람이 닿았다. 조금이라도 열을 식히기 위해 필사적으로 바람을 보냈다.

"물 사왔어!"

그 목소리에 뒤를 돌아보자 쿠사노 씨가 500밀리리터 물병을 양손에 몇 개나 들고 뛰어오고 있었다. 몇 걸음 남지 않은 거리에 도착했을 때 쿠사노 씨가 아스팔트의 갈라진 틈에 발이 걸려 물병을 요란하게 떨어뜨리며 넘어졌다.

나는 내 쪽으로 굴러온 물병 중 하나를 들고 뚜껑을 열었다.

"먹이기 전에 몸에 뿌려줘!"

미나미 씨가 스포츠 드링크 캔 두 개를 들고 달려왔다.

"몸에 뿌려서 열을 식혀줘!"

나는 미나미 씨가 시키는 대로 손바닥에 조금씩 물을 따라서 아이의 몸에 뿌려주었다. 미나미 씨는 아이의 머리 옆에 무릎을 꿇고 앉아서 티셔츠로 부채질을 계속했다.

첫 번째 병은 눈 깜짝할 사이에 텅 비었다. 엉망으로 까진 쿠사노 씨의 손에서 두 번째 물병을 낚아채서 다시 아이의 온몸에 뿌려주었다.

네 번째 물병이 텅 빈 후 나는 아이의 얼굴을 위에서 내려다보았다. 아이는 가쁜 숨을 몰아쉬며 푸른 하늘을 멍하니 바라보고 있었다. 몸 주위에는 물웅덩이가 생겨나 있었다.

"목마르니?"

아이는 내 얼굴을 올려다보며 고개를 끄덕였다.

나는 아이의 상반신을 안아 일으켜서 스포츠 드링크 뚜껑을 열고 천천히 입가로 가져갔다.

"한꺼번에 너무 많이 먹이지 마. 천천히 마시게 해, 천천히."

미나미 씨의 조언에 따라 나는 아이의 입에 스포츠 드링크를 조금씩 흘려 넣었다. 한쪽 팔로 목 뒤를 지탱하고 한손으로 캔을 기울였다. 아이의 어깨와 목에서 땀 냄새와 함께 엄청난 열이 발산되어 내 팔에도 전해져왔다.

도중부터 아이가 양손으로 캔을 잡고 직접 물을 마시기 시작했다. 나와 미나미 씨는 서로 마주보며 고개를 끄덕였다. 다행이다, 이젠 한시름 놓은 것 같다.

아이는 주스를 반쯤 마신 후 입에서 캔을 뗐다. 그리고 커다랗게 숨을 내쉬며 동그란 눈으로 나를 물끄러미 바라보았다.

"아빠—"

아이는 그렇게 말했다.

"응?"

나는 얼빠진 목소리로 대답했다.

"너무 더웠어."

아이는 어린아이다운 귀여운 목소리로 호소했다.

"너무 더워서 막 울었어."

"그래."

어떻게 대답하면 좋을까. 나는 무심코 고개를 끄덕였다.

"아빠."

아이가 또다시 나를 불렀다. 아직 의식이 분명하지 않은 것일까. 나를 아빠라고 생각하는 모양이다.

"응?"

"미안해."

"뭐가 미안한데?"

아이는 가쁜 숨을 고르며 말했다.

"얌전히 기다리라고 했는데 막 울어서."

"괜찮아."

나는 입술이 떨리는 것을 느꼈다. 틀림없이 이 아이는 아빠가 파친코를 하는 동안 이 차안에서 기다리고 있었을 것이다. 아빠를 믿고 아빠가 시키는 대로 얌전히 기다리고 있었던 것이다.

"아빠."

아이가 가느다란 팔을 뻗었다. 나는 아이를 힘껏 끌어안았다. 아이도 나를 꼬옥 끌어안았다.

뜨거운 귀가 뺨에 와 닿았다. 축축하게 젖은 머리카락이 내 얼굴에 달라붙었지만 귀찮다는 생각은 들지 않았다. 나는 눈을 감고 이 세상에서 가장 보드라운 존재를 빈약한 몸으로 감싸 안았다.

아이의 어깨는 인형처럼 가냘팠다. 아이를 안고 있자니 지금까지 경험했던 여러 가지 감정들이 마음속에 솟구쳐 올랐다. 몸이 부풀어 올라서 터질 것 같은 느낌이었다. 이런 게 바로 부성애일까.

눈을 감고 있는데도 빛이 느껴졌다. 태양이 아니었다. 빛은 좀 더 가까운 곳에서 느껴졌다.

살며시 눈을 떴다. 나는 빛을 안고 있었다.

무수한 하얀 빛이 내 품안에 모여들었다. 그 빛의 중심에 아이가 있었다. 아이는 하얀 빛 속에서 빛보다 더욱 눈부신 웃음을 짓고 있었다.

이윽고 작은 어깨의 감촉이 내 품안에서 홀연히 사라졌다.

빛이 사라지자 아이의 어깨를 안고 있던 내 팔이 보였다. 나는 고개를 들고 주위를 둘러보았다. 쿠사노 씨와 미나미 씨가 숨을 삼키며 나를 바라보고 있었다.

11

쿠사노는 허리를 굽히고 아까 분명 소녀의 몸에 쏟아 부었는데도 지금은 뚜껑조차 열려있지 않은 물병들을 주워 모았다.

"뭐가 뭔지 잘 모르겠지만, 끝났나?"

쿠사노의 물음에 미나미는 조용히 고개를 끄덕였다.

"쿠사노 씨에게는 안 보였겠지만 그 아이는 빛과 함께 사라졌습니다. 정말 다행이야…."

미나미는 한숨을 쉬며 몸에서 긴장을 풀었다.

료타는 눈물을 흘리며 멍한 표정으로 쿠사노와 미나미의 얼굴을 번갈아 바라보았다.

쿠사노는 난처한 듯이 웃으며 미나미에게 물었다.

"무슨 일이 일어난 건지 전혀 모르겠는데 설명해 줄래?"

"7, 8년쯤 전이었나…. 세상의 눈이 엄격해졌는지 요즘은 별로 그런 일이 없지만, 그 무렵 여름이 되면 차 안에 두고 내린 아이가 열사병에 걸려서 숨지는 사건이 반드시 일어나곤 했죠."

"아, 부모가 슈퍼마켓에서 장을 보거나 파친코를 하는 동안 말이지."

"네. 지금 그 애도 그런 희생자 중 한 명입니다."

"지금 그 애라면…."

쿠사노는 RV차의 조수석을 가리켰다.

"역시 있었던 거야?"

미나미는 고개를 끄덕이고 낮은 목소리로 더듬거리며 이야기를 시작했다.

"네. 죽었을 때 네 살이었다더군요. 신문에도 크게 보도되었었죠. '네 살 짜리 어린이 차 안에서 열사병으로 사망. 아버지는 파친코 중'이라고. 체포된 아버지의 말에 의하면 아내가 볼일로 나가는 바람에 하루 종일 아이를 보게 된 젊은 아버지―스물 둘인가 셋이었다는데, 그 인간이 아이를 보다 지겨워져서 파친코를 하러 왔다더군요. 가게 안으로 데려갔으면 그나마 다행이었을 텐데 귀찮아서 차 안에 두고 갔나 봐요. 신문에도 '귀찮아서'라고 적혀 있었죠. 본인은 정말로 그 정도밖에 생각하지 않았을 겁니다. 귀찮아서―"

미나미는 거기서 일단 말을 끊고 이를 악물었다.

"귀찮다고 RV 안에 두고 간 겁니다. 밖에서 문을 잠그고. 이 햇볕을 막아줄 것이 아무것도 없는 한여름 주차장에 말입니다. 한 시간 만에 파친코를 마치고 돌아왔더니 딸이 축 늘어져 있어서 서둘러 119에 통보했다더군요. 이런 뙤약볕 아래에 차를 한 시간이나 방치해 두면 차 안이 어떻게 될지는 초등학생도 아는 것 아닙니까?"

"그런 일이 있었단 말이야…?"

쿠사노는 그렇게 말하는 것이 고작이었다.

"그 후로 여름뿐 아니라 가을이든 겨울이든 봄이든 이 시간대에 RV가 이 주차장에 서 있으면 그 아이는 안에서 아빠에게 도움을 청하곤 했죠. 제가 그 아이의 존재를 알게 된 것은 갓 대학생이 됐을 무렵이었습니다. 친구들과 이곳에 몇 번인가 파친코를 하러 왔다가 발견했죠. 도서관에서 신문을 조사해 보니 그 기사가 실려 있더군요."

"그렇군."

쿠사노는 고개를 끄덕였다.

"아버지가 타고 있던 RV와 똑같은 타입의 차가 주차할 때마다 말인가. 괴로웠겠군."

미나미는 고개를 저으며 쥐어짜는 듯한 목소리로 말했다.

"아뇨, 아버지의 RV가 주차할 때마다―입니다."

"뭐?"

"그 아버지는 지금도 이 파친코에 다니고 있습니다. 딸이 죽은 장소인데도 그 녀석은 아무렇지도 않은가 봅니다."

쿠사노의 얼굴이 창백해졌다.

"그럼 이 RV는…?"

"네."

"그럴 수가…."

할 말을 잃어버린 쿠사노에게 미나미는 중얼거리듯이 밝혔다.

"가끔 유령보다 인간이 더 무섭다는 생각이 들 때가 있습니다. 유령 주위에는 그런 얘기가 많으니까 가능하면 가까이 가지 않으려고 노력했습니다. 기분이 더러워지는 얘기는 질색이니까요."

"그렇군. 그건 그렇고 정말 지독한 녀석이군."

쿠사노는 물때가 낀 RV에 다가가서 창문을 통해 안을 들여다보았다.

"더럽군. 쓰레기통 같아."

쿠사노는 다시 운전석 쪽으로 돌아가서 이마에 손을 대고 물건이 흩어져 있는 차안을 들여다보았다.

미나미가 료타 옆에 무릎을 꿇고 조용히 말을 건넸다.

"미안하다. 널 이용했다. 계속 그 애를 구해주고 싶었어. 의미가 있는지 없는지는 모르겠지만 언제든지 구할 수 있도록 열사병 응급처치법을 배웠어. 하지만 나는 잠겨 있는 차 문을 열 수 없었고, 그 애를 보는 게 너무 괴로워서 줄곧 피하고 있었지. 하지만 료타 너라면 저 문을 열 수 있지 않을까 해서…. 물리적으로 열 필요는 없었거든. 그 애가 자신이 갇혀 있는 차 문이 열렸다고 생각하기만 하면 되는 거였으니까. 그러면 그 애도 차에서 나와 고통에서 해방되지 않을까 했어. 아무 근거 없는 생각이었지만 그 애가 고통에서 해방되어서 정말 다행이야. 고맙다."

료타는 고개를 숙인 채 미나미의 말을 듣고 있었다. 이윽고 료타가 고개를 들고 평소와 다름없는 미소를 지으며 말했다.

"그 애는 성불했을까요?"

미나미는 힘차게 고개를 끄덕였다.

"분명히 그럴 거야."

"뭘 보고 있는 거야!"

건물 쪽에서 고함 소리가 들려왔다. 세 사람은 일제히 목소리가 들려온 방향을 돌아보았다.

머리를 탈색한 남자가 바지 주머니에 손을 넣고 이쪽으로 걸어오고 있었다. 남자는 쿠사노를 노려보며 빠른 걸음으로 다가왔다.

"야, 왜 남의 차를 힐끔거리고 있는 거야!"

남자는 주차장 전체에 울릴 만큼 커다란 목소리로 위협하며 싸늘한 눈빛으로 쿠사노를 훑어보았다.

바싹 얼어 있는 쿠사노를 보고 이겼다고 판단한 남자는 그의 멱살을 잡고 무지막지하게 바닥에 쓰러뜨렸다.

"이 멍청아. 콱 죽어라!"

남자가 그렇게 말하며 열쇠구멍에 키를 꽂은 순간 미나미가 그의 어깨를 두드렸다.

"자식을 죽여 놓고도 남에게 잘도 죽으라는 말이 나오는가 보군."

"이 자식이—"

남자가 뒤를 돌아보며 입을 연 순간 미나미는 재빨리 남자의 소매와 멱살을 잡고 단숨에 집어던졌다.

남자는 허공에서 한 바퀴 돌아 등부터 아스팔트에 세차게 내동댕이쳐졌다. 그 일격에 전의를 상실했는지 남자는 일어서기는커녕 상반신을 일으키려고도 하지 않았다.

주먹을 쥐고 싸울 자세를 취하던 미나미는 상대에게 반격할 의사가 없음을 깨닫고 바닥에 주저앉아 있는 쿠사노를 일으켜 세웠다.

"가요. 이곳에는 더 이상 볼일이 없으니까요."

"아…, 응."

세 사람은 터벅터벅 걸어서 소형차로 돌아왔다. 손바닥을 다친 쿠사노 대신 미나미가 운전을 맡았다.

파란 소형차는 쓰러져 있는 남자 옆을 지나 오후의 햇볕이 내리쬐는 주차장을 빠져나왔다.

핸들을 쥐고 있는 미나미를 바라보며 쿠사노가 흥분한 표정으로 물었다.

"굉장하던데. 어깨메치기?"

"업어치기입니다."

미나미는 자랑하는 듯한 기색도 없이 담담하게 대답했다.

"혹시 유도부였어?"

"중학교 때까지요. 고등학교에 들어온 뒤부터 계속 햄버거부 부원이랍니다."

그렇게 말하며 미나미는 쓴웃음을 지었다.

"아까워라! 왜 계속하지 않은 거야? 다쳤어?"

"아뇨, 그런 건…."

애매하게 말꼬리를 흐리는 미나미의 사정을 직감적으로 눈치 챈 료타가 몸을 앞으로 내밀며 말했다.

"혹시 그것도 유령 때문인가요?"

깜짝 놀란 표정으로 백미러를 쳐다보던 미나미는 곧 생각을 바꾼 듯 조용한 목소리로 말했다.

"글쎄. 기왕 얘기가 나온 김에 다 말해버릴까?"

"말해주세요."

"응."

미나미는 잠시 입을 다물고 이야기의 순서를 머릿속에서 정리했다.

"난 어렸을 때부터 덩치가 컸거든. 그래서 중학교에 입학하자마자 고문 선생님께 끌려가서 유도부에 가입했어. 자랑은 아니지만 꽤 소질이 있었는지 입부한지 3개월 만에 상급생들보다 강해졌지."

"오오, 굉장해요."

"2학년 때에는 현 대회 베스트4였고 3학년 여름에는 준우승도 했어."

"정말 굉장해요. 하지만 준우승이라면 미나미 씨보다 강한 괴물이 있었단 말인가요?"

"아니, 솔직히 이기지 못할 상대는 아니었지만 준결승 때 발목을 삐어서…."

5년 이상이나 전의 사고를 떠올리며 미나미는 핸들을 쥔 손에 힘을 주었다.

"하지만 고문 선생님은 크게 기뻐했지. 우리 학교에서 겨우 쓸만한 인재가 나왔다면서. 그 선생님은 유도인지 검도인지로 전국에 이름을 떨치던 사립 고등학교 출신이었는데 나를 그 학교에 추천해 줬어. 가을마다 선발시합이 열리곤 하는데 거기서 뽑히면 공립학교보다 싼 학비로 그 학교에 입학할 수 있지. 물론 일반 수험생들처럼 필기시험도 있지만 그건 형식적인 거고 말이야. 선발시험 날 나는 자신만만하게 시합장으로 들어갔어. 다쳤던 발도 완전히 나은 상태였지."

묵묵히 듣고 있던 쿠사노가 입을 열었다.

"그 선발시합날 무슨 일이 있었나 보구나."

"네. 더러운 유도복을 입은 사람이 유도장 구석에 누워 있었어요. 바닥에 누워서 눈물을 흘리며 이쪽을 바라보더군요."

"그것도 유령이었어?"

"네. 처음 가 본 곳에서 갑자기 주파수가 맞은 건 그때가 처음이자 마지막이었습니다. 아마 그 유령은 어지간히 분했던 모양이에요."

"분해?"

"아마 그 유령은 상급생에게 기합을 받다가 죽은 학생일 겁니다. 옛날부터 강호였던 고등학교에는 가끔 있는 일이죠. 기합을 주다가 자칫해서 사람을 죽여 버린 케이스랄까. 아마 대외적으로는 '연습 중 사고로 죽었다'는 말로 무마했겠지만요. 어쨌든 그 유령은 더 이상 일어서기는커녕 말할 기력도 없어 보였습니다."

"그렇구나."

"전 중학교 1학년 때 그 주차장에서 하타케야마 유우코와 얘기를 한 뒤로 유령을 굉장히 무서워하게 됐기 때문에 그 학교에 입학하고 싶은 마음이 깨끗하게 날아가고 말았죠. 선발 시합에서 세 명과 시합했는데 세 번 다 깨끗하게 졌습니다. 고문 선생님은 '배신자'라며 저를 마구 욕하더군요. 그래서 결국 일반입시로 현립縣立 고등학교에 다니게 됐는데 고문 선생님의 체면에 먹칠한 죄 때문에 유도부에는 들어갈 수가 없어서…. 그래서 시간도 때우고 용돈도 벌 겸 아르바이트를 시작했다가 홀딱 빠지게 된 거죠."

쿠사노는 양손바닥부터 팔꿈치까지 난 상처를 바라보며 말했다.

"하지만 결과적으로는 오히려 잘 된 건지도 몰라. 그런 고등학교에 억지로 다녔더라면 정신적으로 굉장히 힘들었을 거야."

미나미가 자조적으로 말했다.

"한심하죠. 전 계속 도망치기만 했어요. 하타케야마 유우코에게서도, 유도장의 그 사람에게서도, RV의 그 애에게서도 도망치기만 했어요. 료타에게서도 도망치려고 했고…."

"널 비난할 사람은 아무도 없어."

그렇게 위로하면서도 쿠사노는 그 정도로 미나미의 마음이 밝아질리 없다는 것을 자각하고 있었다.

"미나미 씨는 도망친 게 아니에요!"

료타가 그렇게 외치며 몸을 앞으로 내밀었다. 그 바람에 미나미는 자칫하면 핸들을 놓칠 뻔했다.

"뭐야. 깜짝 놀랐잖아."

쿠사노가 뒤를 돌아보며 말했지만 료타는 그를 무시하고 또다시 외쳤다.

"미나미 씨는 도망친 게 아니에요! 무거운 유령들을 어떻게든 해주고 싶어서 우리를 그 현장으로 안내한 거잖아요. 응급처치법도 그래서 배운 거잖아요. 그러니까 도망친 게 아니에요. 기회를 기다리고 있었던 것뿐이에요. 그 애는 굉장히 행복한 얼굴로 사라졌어요. 지금까지의 더위와 괴로움도 전부 잊어버리고 '이제부터 전 세계의 놀이공원을 돌아다니며 놀 거예요!'라는 듯한 얼굴로 활짝 웃었어요. 만약 내가 죽지 않고 100살 까지 산다 해도 그렇게 멋지게 웃는 얼굴은 아마 다시는 볼 수 없을 거예요. 그 애가 그렇게 웃을 수 있었던 건 미나미 씨 덕분이에요. 그건 굉장한 일 아니에요? 마구 자랑해도 좋을 만큼. 적어도 나와 쿠사노 씨는 미나미 씨가 도망쳤다는 생각은 요만큼도 안 해요. 그렇죠, 쿠사노 씨!"

료타는 속사포처럼 외친 후 시트에 털썩 주저앉았다.

열변을 토하는 료타를 멍하니 바라보던 쿠사노는 미나미를 돌아보며 "맞는 말이야."라고 작게 중얼거렸다.

해가 서쪽으로 기울어질 때까지 순찰을 계속한 후 쿠사노와 료타는 해가 지기 전에 집으로 돌아왔다. 베란다에 널어둔 빨래는 바싹 말라 있었다. 쿠사노가 유연제 덕분에 부드러워진 수건에 뺨을 비비자 료타가 어이없다는 듯이 말했다.

"CF 흉내 내지 말고 빨리 걷기나 해요."

"네, 네."

두 사람은 집으로 돌아오는 길에 편의점이 아닌 슈퍼마켓에 들렀다. "가끔은 직접 만들어먹겠다."고 말하며 돼지고기와 야채, 그리고 팩에 든 흰 쌀을 사 온 것이다.

"뭘 만들 건데요?"

료타가 의자에 앉아 좁은 부엌에 서 있는 쿠사노에게 물었다.

"야채볶음."

"진부한 메뉴로군요."

"그럼 먹지 마. 만들자마자 나 혼자 다 먹을 테니까."

"앗, 농담이에요. 야채볶음은 훌륭한 요리지요."

"그렇지? 맛있으면 다음에는 석쇠를 사서 생선을 구워봐야지."

쿠사노는 야채를 썰면서 벌써부터 다음 메뉴를 구상하기 시작했다.

"생선 지방은 시간이 지나면 끈적끈적하게 달라붙는데. 렌지를 깨끗하게 청소할 자신 있어요?"

"남의 의욕에 찬물 끼얹지 마."

쿠사노는 상처가 쓰리다고 투덜거리면서도 제법 그럴 듯하게 야채볶음을 만들었다.

"꽤 맛있잖아."

료타가 야채볶음을 입 안 가득히 넣으며 칭찬했다.

"좀 짜지만 맛있어요."

"맛이 진한 건 좀 참아라. 난 육체노동에 시달리는 몸이거든."

야채볶음을 먹는 료타를 바라보며 쿠사노는 만족스러운 듯이 고개를 끄덕였다.

"우와, 깜짝 놀랐어. 얼마나 형편없는 음식을 만들려나 했는데. 거 봐요, 하면 되잖아."

"햄버거 가게 점원을 우습게보지 마라."
"쌀과 된장국이 인스턴트인 건 좀 그렇지만."
"그건 참아주라. 밥은 한 그릇만 지으면 맛이 없거든."
"그건 그래."
료타가 밥과 모시조개를 넣은 된장국을 먹으며 말했다.
"생선구이에 도전해보지 그래요? 잘 할 것 같은데."
"그래? 너 아부를 참 잘하는구나."
쿠사노는 헤벌쭉 웃으며 말했다.
"이렇게 조금씩 실력을 쌓아서 나중에 본격적인 인도 카레에 도전해보고 싶어. 향신료부터 볶아서 만드는 카레. 한때는 그런 걸 동경했었지."
"휴일 오후에 요리를 만드는 것도 꽤 합리적인 생각 같은데요."
"그렇지? 나도 그렇게 생각해. 요리를 만들다보면 낮잠도 안 잘 테고 직접 요리를 만들면 영양 밸런스도 조절할 수 있잖아. 내가 이상하게 피곤한 건 일이 바쁘기도 하지만 식사가 부실해서 그렇기도 할 거야."
"날마다 편의점 도시락 아니면 햄버거만 먹으니까 그렇죠.."
콩나물 하나 남기지 않고 깨끗하게 먹어치운 료타가 쿠사노에게 빈 그릇을 내밀며 말했다.
"그렇게 말하면 내 직업을 근본적으로 부정하는 셈이지만, 맞는 말이야."

쿠사노는 깔끔하게 담은 야채볶음을 젓가락으로 집어서 밥과 함께 입안에 넣었다.

"맛있죠?"

"맛있군."

호쾌하게 그릇을 비워가는 쿠사노를 바라보며 료타는 작게 트림을 했다.

"요리 열심히 해 봐요. 음악도 듣고 게임도 해요. 요리를 만들면 내가 맛을 봐줄게요."

"왠지 너만 이득인 것 같다?"

쿠사노가 된장국을 마시며 말했다.

"뭐, 그래도 상관없지만."

식사 후 설거지와 샤워를 한 다음, 쿠사노는 오늘도 료타와 프로레슬링 게임을 시작했다. 플레이할 수 있는 레슬러의 수가 또 늘어 있었다.

쿠사노가 료타의 목을 조르며 물었다.

"그런데 료타, 너 왜 미나미에게는 존댓말을 쓰면서 나한테는 반쯤 반말을 하는 거냐?"

"그야 관록의 차이죠."

"열 받는 녀석."

료타는 코웃음을 치며 목조르기에서 탈출했다.

"뭐 어때. 사람에 따라 다른 법이지."

창문 너머 저녁 바람이 불어와 반쯤 젖어 있는 쿠사노의 머리카락을 흔들었다.

"상쾌한 바람이군. 오늘은 왠지 기분이 좋은데."

"나도. 그 애의 웃는 얼굴을 본 것만으로도 나까지 괜히 행복한 거 있죠."

"닭살 돋는 소리 하지 마."

"시끄러워요. 이얍, 받아라! 스피어!"

료타는 강렬한 태클로 쿠사노를 쓰러뜨린 후 그의 몸에 올라타고 주먹으로 얼굴을 내리쳤다.

"그 애는 4년간 어떻게 살았을까? 행복했을까요?"

마운트 상태에서 몸을 뒤틀어 일어선 쿠사노는 일어나자마자 무릎으로 료타의 얼굴을 찍었다. 시합은 차츰 치열해지기 시작했다.

"글쎄. 형편없는 아버지였지만, 듣자하니 잘 따랐던 것 같더군. 적어도 학대를 당하진 않았을 거야."

쿠사노는 조심스럽게 로우 킥으로 공격하며 끝까지 자신의 눈에 보이지 않았던 소녀의 인생을 떠올렸다.

"그나마 다행이려나."

"네가 마지막에 그 애를 구해줬잖아. 드디어 아빠가 나타나서 뜨거운 차안에서 구해준 거야. 웃는 얼굴로 사라졌다면서? 그럼 잘 된 거 아냐?"

"그럴지도 모르죠."

료타는 쿠사노의 미들 킥을 방어한 후 재빨리 드래건 스크

류로 공격했다. 쿠사노는 한 바퀴 구른 후 무릎을 감싸 쥐며 비명을 질렀다.

"인생에서 중요한 건 길이가 아니야. …내가 너무 폼을 잡았나?"

료타는 쓰러진 쿠사노의 뺨을 때린 후 억지로 일으켜 세우며 말했다.

"4년 까지는 아니지만 내 인생도 꽤 짧아요. 20년밖에 안 되는 걸. 덕분에 영원히 소년으로 남게 됐지 뭐야."

료타가 고통스럽게 신음하는 쿠사노에게 인정사정없이 랠리엇을 날리며 말했다.

"그래서, 종합해보면 어떠냐? 괜찮은 인생이었냐?"

"내 인생? 글쎄요. 한마디로 말하자면 '펑크 밴드 데뷔 앨범'이랄까?"

"그게 무슨 뜻이냐?"

"눈 깜짝할 사이에 끝난다는 뜻."

"그렇군."

쿠사노는 간신히 굴욕적으로 짓밟힌 상태에서 벗어나며 쓴웃음을 지었다.

"하지만 그 눈 깜짝할 사이에 끝나는 앨범에는 보통 보너스 트랙이 딱 한 곡 들어 있곤 하죠."

료타는 쿠사노의 머리를 잡아서 일으켜 세운 후 필살 아르헨티나 백 브리커를 날렸다.

"그 보너스 트랙이란 지금을 말하는 거냐?"

"응. 앨범 본편보다 그쪽이 더 좋을 때도 있죠."

료타는 항복 직전의 쿠사노를 어깨에서 내려놓은 후 그의 얼굴에 독 안개를 뿜었다.

"또 그거냐! 또 독 안개야! 왜 나카니시가 독 안개를 뿜는 거야!"

"에디트 모드에서 장비했어요."

료타는 천연덕스럽게 대답하며 괴로워하는 쿠사노를 매트에 눕혔다.

"못 해먹겠군."

쿠사노와 료타는 그 후 두 시간 가까이 대전을 계속했다. 먼저 항복한 것은 쿠사노였다. 쿠사노는 졸려서 잔다는 말을 남기고 침대로 기어들어갔다.

쿠사노의 요란한 코골음 소리를 들으며 료타는 밤새 혼자서 게임을 계속했다.

12

내 추천은 쿠사노 씨의 취향에 맞았던 모양이다. 쿠사노 씨는 코피를 흘리는 남자의 앨범을 들으며 기분좋게 출근길을 달렸다. 이제부터는 아마 마음이 무거운 날에도 가벼운 기분으로 출근할 수 있을 것이다. 질리면 다른 CD를 사거나 빌리면 된다. 쿠사노 씨의 취향은 대충 파악했으니까 내게 부탁하면 추천해줄 수도 있다.

가게는 평소와 다름없이 분주했다. 직원들 모두가 힘을 합쳐 낮의 제일 바쁜 시간을 무사히 넘기고 땀을 뻘뻘 흘리며 냉장보존차로 운반되어 온 재료를 반입했다. 그 일이 끝나자 육체노동이 끝나기를 기다렸던 것처럼 점장이 나타났다.

저녁에는 우둑녀와 함께 출근한 쇼우가 가게의 분위기를 밝게 해 주었다. 그 다음에는 미나미 씨가 나타났다. 사복 센스는 빵점이지만 유니폼을 입고 넥타이에 모자를 쓴 모습은 뭔가 관록을 물씬 풍겼다.

미나미 씨는 지정석에 앉아 있는 내게 가볍게 눈인사를 한 다음 매상과 스케줄 표를 체크하며 아르바이트생들에게 이것저것 지시를 내렸다.

나는 여느 때처럼 드라이브 인 고객용 헤드셋을 쓰고 분주하게 뛰어다니는 쇼우를 눈으로 쫓았다. 문득 미나미 씨가 나를 무섭게 노려봤다. 그 모습을 본 쿠사노 씨가 히죽 미소를 지었다. 우둑녀는 테이블을 닦으며 내 앞에서 목을 우두둑 울렸다. 평소와 다름없는 광경이다. 벌써 몇 년이나 이 광경을 본 것 같은 기분이 들었다.

다만 평소와 좀 다른 것은 갑자기 나가버린 남자 화장실의 형광등을 간 사람이 쿠사노 씨가 아닌 그걸 발견한 남자 아르바이트생이라는 사실이다. 그 아르바이트생은 비틀거리며 사다리에 올라가서 무사히 형광등 갈기에 성공했다. 하지만 원래는 흰색을 끼워야 하는데 그 녀석이 창고에서 형광색 형광등을 가져오는 바람에 화장실 안은 블루 필터로 촬영한 근 미래 SF영화 같은 분위기를 풍겼다.

그것도 나름대로 분위기가 괜찮았지만 가게 측에서는 그대로 내버려둘 수 없었던 모양이다. 화장실을 체크한 쿠사노 씨가 그의 실수를 지적하며 다시 형광등을 갈라고 지시했다. 아르바이트생은 쑥스러운 듯이 웃으며 창고로 달려갔다.

오늘 안에 화요일까지 만이라도 다음 주 스케줄을 제출하겠다던 쿠사노 씨는 결국 10시쯤에 스케줄 작성을 마치고는 자신만만하게 파일함에 넣었다.

10시에 퇴근하는 쇼우와 우둑녀가 휴게실에 왔다가 다음 주 스케줄이 일부나마 완성되어 있는 것을 발견하고는 쿠사노 씨를 아낌없이 칭찬했다. 하지만 월요일과 화요일 스케줄만 작성된 상태라 그 날이 원래 휴일인 두 사람에게는 별다른 의미가 없었다.

두 사람은 교복으로 갈아입은 다음 또다시 쿠사노 씨를 칭찬하며 휴게실에서 나갔다. 그리고 자전거를 타고 뭔가 즐겁게 이야기를 나누며 종합 쇼핑센터 방면으로 달려갔다.

이 사실을 빨리 쿠사노 씨에게 보고해야겠다는 생각에 휴게실로 돌아가자 사무실에서 점장이 쿠사노 씨에게 뭔가 명령을 내리고 있었다.

"그러니까 다음 주 이후의 매니저 스케줄을 전부 변경하도록. 미나미가 출근하는 날에는 그 녀석에게 마감업무를 맡기고 자네와 야나이는 오전 근무를 중심으로 스케줄을 짜도록 하게. 물론 토요일 마감업무는 더블 매니저 체제라는 걸 잊지 말고. 그럼 잘 부탁하네."

점장은 쿠사노의 어깨를 툭툭 두드린 후 콧노래를 부르며 가게로 나갔다.

"쿠오오!"

쿠사노 씨는 신종 초식동물 같은 소리로 괴성을 지르며 바인더에서 완성된 스케줄 표를 빼냈다.

나는 가엾은 쿠사노 씨를 동정하며 물었다.

"사정은 대충 들었지만 일단 물어봐 드리죠. 어떻게 된 거예요?"

"다시 작성하래, 나 참. 아아, 미나미가 마감업무에 합격한 시점부터 이렇게 될 거라는 걸 짐작했어야 하는데. 난 바보야."

다른 사람이 아무도 없는 덕분에, 쿠사노 씨는 남의 이목을 신경 쓰지 않고 대답했다.

"지금 작성한 스케줄 표도 처음부터 다시 만들어야 해요?"

"아니, 매니저와 일부 S스태프의 스케줄만 변경하면 되니까 조금만 손보면 이것도 나름대로 쓸 만해. 하지만 다시 작성해야 한다는 사실에는 변함이 없잖아. 뭐야, 저 영감. 좀 일찍 말할 것이지."

쿠사노 씨는 한탄하면서도 컴퓨터 앞에 털썩 앉아서 닫은 지 얼마 안 되는 스케줄 작성 파일을 열었다.

"수고가 많네요."

내가 그렇게 말하자 쿠사노 씨는 모니터를 노려보며 물었다.

"좀 늦게 퇴근해야 할 것 같은데 괜찮아?"

"괜찮아요. 차라리 밤늦게 돌아다니는 편이 범인과 마주칠 확률이 높을지도 몰라."

"미안하다."

쿠사노 씨는 의지와 기합과 근성으로 매니저 스케줄을 월말 분량까지 작성하고 전체 스케줄마저 수요일 분량까지 완성해 버렸다. 스케줄이 완성된 것은 마침 자정이 지날 무렵이었다.

"오오, 굉장해."

나는 눈이 새빨개진 쿠사노 씨를 칭찬하며 재빨리 수요일 스케줄을 체크했다.

5시부터 10시까지 쇼우와 우둑녀의 이름이 사이좋게 적혀 있었다. 좋아. 덕분에 한 가지 즐거움이 생겼군.

쿠사노 씨가 휴게실에서 캔 커피를 마시며 충실감과 허탈감이 뒤섞인 한숨을 쉬고 있을 때 폐점을 끝낸 직원들이 휴게실로 우르르 몰려왔다.

나는 마지못해 자리를 양보했다. 땀과 기름으로 범벅된 남자들과 합체하는 사태만은 피하고 싶었다. 제일 나중에 들어온 점장이 미나미 씨의 어깨를 기분 좋게 두드리며 쿠사노 씨에게 큰 소리로 말했다.

"쿠사노. 이 녀석 자네보다 훨씬 쓸 만하던데? 오늘부터 미나미가 아니라 '미나미 씨'라고 부르도록."

휴게실에 와르르 웃음이 일었다.

"네에, 그러겠습니다."

쿠사노 씨의 대답에 웃음소리가 더욱 커졌다.

"그래, 꼭 그러게나."

점장은 사무실에 있던 자신의 가방을 들고 "그럼 먼저 실례."라는 말을 남긴 후 휴게실에서 나갔다.

"수고하셨습니다."

남자들의 낮은 합창이 점장의 뒤를 좇았다.

미나미 씨가 사무실에서 마지막 입력을 마친 후 업무는 종료되었다.

사무실에서 나가자마자 타카하시라는 이름의 아르바이트생이 느닷없이 "앗!" 하고 작게 외쳤다.

"왜 그래? 뭐 두고 나왔어?"

오늘 밤의 관리책임자인 미나미 씨가 자물쇠를 확인하며 물었다.

"아니, 그게 아니라 파르페."

"아…"

쿠사노 씨가 신음하듯 중얼거렸다.

"지난 주 쿠사노 씨가 쓰러졌을 때 파르페를 사겠다고 했잖아요. 오늘 마침 그때 멤버들만 모여 있는 것 같은데. 어때요? 오늘 먹으러 가요."

"아, 하지만 난 지금부터 순찰을…."

"순찰?"

아르바이트생들이 일제히 물었다.

"아, 저기… 어쨌든 오늘은 무리야. 미안하다."

"난 괜찮아요."

나는 쿠사노 씨를 바라보며 말했다. 이 사람들과 어울리는 것도 나쁘지 않을 것 같다는 생각이 들었다.

그때 문득 미나미 씨의 핸드폰이 울렸다. 벨소리는 놀랍게도 그 '진정한 자신을 찾아서'였다. 그렇게까지 좋아했단 말인가. 욕해서 미안해요, 미나미 씨.

미나미 씨가 조금 떨어진 곳에서 전화를 받는 동안 쿠사노 씨 vs 아르바이트생들의 공방전이 시작되었다.

"파르페 사주세요. 매니저가 약속을 어기다니 너무해. 일할 맛이 안나요."

"누가 안 사주겠대? 오늘은 시간이 없다니까. 다음에 사줄게."

"다음이 언젠데요?"

"으음."

"고민하는 것 좀 봐."

"파르페 사줘요~"

"파르페~"

"파르페~"

누군가의 한마디를 계기로 주차장에는 때 아닌 '파르페 합창'이 울려 퍼졌다.

"참, 쿠사노 씨. 이번 달 보너스 나오는 달이죠?"

야나이라는 아르바이트생의 쓸데없는 한마디에 다른 아르바이트생들이 '오오' 하고 환성을 질렀다.

"갈비~"

"갈비~"

"고기~"

'파르페 합창'은 '갈비 합창'으로 변하여 쿠사노 씨를 점점 궁지로 몰고 갔다. 재미있는 녀석들이다.

"다들 해산! 해산!"

통화를 마친 미나미 씨가 거구를 흔들며 아르바이트생들 사이를 비집고 들어왔다.

"이런 곳에서 한밤중에 떠들다가 지난번처럼 신고라도 당하면 어쩌려고 그래? 오늘은 일단 해산하자. 갈비는 나중에 쿠사노 씨와 교섭하면 되잖아."

미나미 씨, 쿠사노 씨를 도와주는 척하면서 은근슬쩍 부담을 주는군요. 역시 대단해.

"쳇."

아르바이트생들은 만화에 나오는 꼬맹이들처럼 투덜거리며 마지못해 자신의 자전거와 차로 돌아갔다.

우리 세 사람은 쿠사노 씨의 차에 올라탔다. 순간 미나미 씨가 갑자기 울 것 같은 목소리로 말했다.

"지금 어머니께 전화가 왔는데 동생이 아직 집에 안 들어왔대요."

"말도 안 돼!"

내 머릿속에서 스포츠카의 미등과 쇼우의 얼굴이 또다시 겹쳤다. 게다가 이번에는 그 상상에 이상하게 설득력이 있었다.

"저도 지금 그 녀석 핸드폰으로 전화를 걸어봤는데 전원이 꺼져 있어요. 벌써 1시가 넘었는데 어딜 돌아다니는 거지?"

"나 어디로 갔는지 대충 알아요!"

확신은 없지만 나는 일단 내가 아는 사실을 털어놓았다.

"아까 쇼우랑 우둑녀가 우회도로 북쪽으로 가는 걸 봤어요!"

"북쪽이라면…?"

미나미 씨와 쿠사노 씨가 서로 얼굴을 마주보았다.

"거기다!"

미나미 씨의 외침과 동시에 쿠사노 씨가 재빨리 차를 출발시켰다.

쿠사노 씨의 소형차는 보통 5분이 걸리는 길을 2분 만에 달려 종합 쇼핑센터 주차장에 도착했다. 아직 영업 중인 오락시

설과 패밀리 레스토랑을 제외하고는 대부분의 시설들은 조명이 꺼진 채 늑골 같은 주차장과 마찬가지로 밤하늘에 어둡게 녹아들어 있었다.

우리는 구를 듯이 차에서 내려 일단 주차장을 살펴보았다. 스무 대도 안 되는 자전거 가운데 쇼우와 우둑녀의 자전거를 찾는 것은 아주 간단한 일이었다.

"있다! 있다!"

쿠사노 씨가 외쳤다. 미나미 씨가 재빨리 집에 전화를 걸었다.

"자전거를 찾았어요. 아, 네. 네? 아뇨, 아이코는 아직 못 찾았어요. 하지만 아마 여기 어딘가에 있을 거예요. 찾으면 다시 걸게요. 그럼."

미나미 씨는 전화를 끊고 셔츠 주머니에 넣었다.

주차장에 모인 질 나빠 보이는 패거리들이 여긴 뭐 하러 왔냐는 듯이 우리—라기보다는 쿠사노 씨와 미나미 씨—를 힐끔힐끔 쳐다보았다. 하지만 그들에게 신경 쓸 여유 따윈 없었다.

"일단 헤어져서 찾기로 하지."

쿠사노 씨가 긴장한 듯한 목소리로 말했다.

"나는 게임센터와 볼링장을 보고 올 테니까 미나미 넌 비디오 가게에 가 봐. 료타 넌 패밀리 레스토랑을 찾아 봐라. 못 찾으면 다시 내 차로 와. 찾으면 즉시 핸드폰으로 전화하고. 료타 넌… 큰소리로 외쳐."

"네."

우리는 세 방향으로 흩어져서 쇼우와 우둑녀를 찾았다.

찾자마자 '있다'라고 큰소리로 외칠 수 있도록 마음의 준비를 마친 후 나는 패밀리 레스토랑 세 군데를 순서대로 돌았다.

하지만 세 군데 다 허탕이었다. 혹시나 해서 여자 화장실 안까지 살펴봤지만 쇼우와 우둑녀는 보이지 않았다.

나는 아무런 수확 없이 쿠사노 씨의 차로 돌아왔다. 미나미 씨도 곧 돌아왔다. 얼굴을 보니 결과는 물을 것도 없었다.

쿠사노 씨가 바보 같은 여학생 두 명을 끌고 올 것을 기대했지만 잠시 후 나타난 쿠사노 씨는 역시 혼자였다.

"뭐야, 여기에 없는 건가?"

미나미 씨는 반쯤 울먹이고 있었다.

"자전거는 있는데 왜 사람은 없는 거지?"

미등의 상상이 내 안에서 점점 커다랗게 부풀어 올랐다. '사건'이라는 단어가 머릿속에서 점점 굳어갔다.

모리타 씨의 경고가 현실이 되고 말았다. 둘 다 누군가에게 납치당한 것이다. 쇼우가 갖고 다니는 호신용 벨은 울리지 않은 것일까?

쿠사노 씨도 같은 생각을 한 모양이었다.

"어쩌지? 경찰에 연락할까?"

미나미 씨가 퍼뜩 고개를 들며 매달리듯 말했다.

"한 번만, 한 번만 더 찾아보죠. 이렇게 사람이 많은 곳에서 무슨 일이 생겼다면 큰 소동이 벌어졌을 거예요. 하지만 사람들은 별 일 없었다는 표정으로 돌아다니고 있잖아요?"

그 말에 나는 수은등이 켜져 있는 주차장을 다시 한 번 둘러보았다. 쇼우와 우둑녀가 겸연쩍은 표정으로 걸어오길 바랐지만 그건 그저 달콤한 꿈에 불과했다.

그때 멀리서 뭔가가 어렴풋이 빛났다.

"아, 관내방송이 있지."

쿠사노 씨가 말했다. 그러나 나는 쿠사노 씨를 돌아보지 않았다.

"관내방송으로 불러보자. 그래, 그 방법이 있었지."

쿠사노 씨가 자신의 아이디어를 자화자찬하는 동안에도 나는 머리 위로 날아가는 작은 빛들을 보고 있었다.

빛은 사방에서 나타나 여름하늘을 천천히 가로지르며 일정한 방향으로 날아갔다. 별은 아니었다. 빛은 별보다 훨씬 가까운 거리에서 날아가고 있었다.

"왜 그러냐?"

멍하니 입을 벌린 채 밤하늘을 올려다보고 있는 내 모습에 미나미 씨도 곧 이변을 눈치 채고 멍하니 입을 벌리며 하늘을 올려다보았다.

처음에는 서너 개 정도 드문드문 보이던 하얀 빛은 눈 깜짝할 사이에 무수히 많아져서 빠른 속도로 날아가기 시작했다.

"이봐, 둘 다 뭐하는 거야?"

쿠사노 씨에게는 보이지 않는 모양이다. 아까워라, 저렇게 아름다운데.

밤하늘을 하얗게 메울 만큼 늘어난 빛은 어느 한 곳을 향해 맹렬한 기세로 모여들기 시작했다. 바로 주차장 최상층을 향해.

"가자!"

나와 미나미 씨는 서로 마주보며 고개를 끄덕인 후 거대한 횃불처럼 빛나는 주차장을 향해 달리기 시작했다. 쿠사노 씨도 영문을 모르겠다는 표정으로 우리를 뒤쫓아 왔다.

자동차 슬로프로 달려가려던 내게 미나미 씨가 "이쪽으로 와!"라고 말하며 슈퍼마켓과의 연결부분에 설치된 엘리베이터를 가리켰다.

미나미 씨가 버튼을 누르자 곧바로 엘리베이터 문이 열렸다. 다행히 1층에서 대기하고 있었던 모양이다. 뒤늦게 쫓아오는 쿠사노 씨를 기다리는 것조차 답답할 지경이었다. 세 사람 다 엘리베이터에 올라탄 후 미나미 씨가 재빨리 '닫힘' 버튼을 눌렀다.

엘리베이터는 천천히 최상층으로 올라갔다. 엘리베이터에는 창문이 없어서 밖의 풍경이 보이지 않았다. 하지만 밖은 틀림없이 눈부신 빛으로 가득 차 있을 것이다. 하타케야마 유우코를 감싸며.

엘리베이터가 최상층에 도착했다. 나와 미나미 씨는 문이 열리자마자 눈이 아플 만큼 강렬한 빛을 예상하며 재빨리 고개를 숙였다. 하지만 우리 눈앞에 펼쳐진 것은 아무도 없는 어두운 주차장뿐이었다.

"어?"

평소와 다름없는 그 광경에 나는 조금 맥이 빠지고 말았다. 그때 미나미 씨가 재빨리 앞으로 달려 나갔다. 나와 쿠사노 씨도 허둥지둥 그 뒤를 쫓았다.

구두소리가 낮은 천장에 반사되어 주차장에 울려 퍼졌다. 우리는 정신없이 달리고 또 달렸다.

건물 제일 구석―하타케야마 유우코가 서 있던 곳에 어디서 많이 본 듯한 교복이 보였다. 밝은 회색과 푸른색이 섞인 세일러복. 가까이 다가갈수록 교복을 입은 소녀의 얼굴이 점점 또렷하게 보였다. 주저앉아 있는 소녀는 다름 아닌 쇼우였다. 우뚝녀는 허리를 굽힌 채 쇼우의 어깨에 손을 얹고 있었다. 그 모습을 본 순간 나는 그야말로 오줌을 쌀 만큼 안심했다.

누군가가 맹렬하게 달려오는 소리에 쇼우가 깜짝 놀라 고개를 들었다. 그녀의 눈에서 눈물이 방울방울 흘러내렸다. 아까부터 울고 있었던 모양이다.

"누구한테 당한 거냐!"

상황을 파악하지 못한 쿠사노 씨가 큰 소리로 외쳤다. 쇼우와 우뚝녀가 동시에 고개를 갸웃거렸다.

미나미 씨는 두 사람 곁으로 달려가서 양손으로 무릎을 짚고 거친 숨을 내쉬며 낮은 목소리로 물었다.

"어느 쪽이지?"

"어느 쪽이라니?"

나는 질문의 뜻을 파악하지 못하고 미나미 씨에게 물었다. 하지만 미나미 씨는 나를 돌아보지 않았다. 쇼우와 우둑녀를 번갈아 바라보며 다시 한 번 이렇게 물었을 뿐이다.

"어느 쪽이지?"

"저예요."

우둑녀가 앞으로 나서며 말했다. 본명은 노지리 아스카라고 했던가.

"제가… 아니, 저와 쇼우 둘이서 유우코를 배웅했어요."

발을 가지런히 모으고 주저앉아 있던 쇼우가 노지리의 말에 거의 반사적으로 안도의 한숨을 내쉬었다.

나 이상으로 상황을 파악하지 못한 쿠사노 씨가 어리둥절한 표정으로 물었다.

"뭐야? 뭐야, 뭐야? 응? 뭐야? 대체 뭐가 어떻게 된 거야?"

"저, 쿠사노 씨는…?"

노지리가 도움을 청하듯 미나미 씨의 얼굴을 올려다보았다.

"아, 어느 한 유령만 빼면 전혀 안 보여. 하지만 이제 숨기지 않아도 돼."

"그렇군요. 그럼 얘기할게요. 그런데 어디부터 얘기하면 좋을지…."

그렇게 말하며 노지리는 모든 것을 털어놓았다. 길고 장황한 것 치고는 요점도 없고 몹시 서툰 설명이었다. 역시 고등학생은 고등학생인가 보다. 요약하자면 이렇다.

노지리에게도 죽은 사람의 영혼이 보인다고 한다. 미나미 씨처럼 철이 들 무렵부터 보였던 모양이다. 사람들이 기분 나쁘게 생각할까봐 그 능력은 아무에게도 말하지 않았다고 한다. 그러나 중학교 때부터 친구인 쇼우에게는 예전에 그 비밀을 털어놨던 모양이다. 참고로 쇼우는 미나미 씨의 여동생이면서도 영혼을 보는 능력은 전혀 없는 듯했다. 하지만 쇼우의 대단한 점은 노지리의 얘기를 조금 미심쩍게 생각하면서도 친구를 믿고 그 얘기를 아무에게도 하지 않았다는 점이다.

노지리도 어릴 적부터 영혼이 빛에 감싸여 사라진다는 것을 알고 있었다. 사라지고 나서 어디로 가는지는 그녀도 모르지만 노지리 왈, "나쁜 곳으로 가는 건 아닌 것 같아요."라고 한다.

그녀가 미나미 씨와 다른 점은 영혼과 직접 얘기를 하고 몇 번이나 '배웅했다'는 점이다. 슬퍼 보이는 영혼을 보면 그만 가만히 두지 못하고 말을 걸게 된다는 것이다. 그래서 몇 번인가 무서운 일을 겪기도 했지만 도저히 그만둘 수가 없었던 모양이다. 노지리가 지금까지 대화를 통해 '배웅한' 영혼은 자신과 비슷한 또래나 그보다 어린 아이들뿐이라고 한다. 설령 상대방이 영혼이라 해도 자기보다 나이 많은 사람에게 말을 걸기는 왠지 어려웠던 모양이다.

이곳에 있던 하타케야마 유우코도 말을 걸지 않을 수 없는 타입이었다. 하지만 상대가 '언니'였기 때문에 자신이 그녀와 같은 학년, 즉 고등학교 2학년이 될 때까지 말을 걸지 못했던 것이다.

 난처한 것은 '유우코'가 늦은 밤에만 나타난다는 점이었다. 한밤중에 혼자서 이 주차장에 오기가 무서웠던 노지리는 쇼우에게 함께 가 달라고 억지를 부렸다. 그래서 4월부터 쇼우의 귀가시간이 갑자기 늦어졌던 것이다. 전에 본인이 말했던 대로 놀러 다닌 게 아니라 한밤중의 데이트였던 셈이다.

 유우코의 이야기가 같은 또래인 노지리와 쇼우에게 특히 무겁게 느껴졌으리란 건 쉽게 상상이 갔다. 실제로 노지리도 몇 번이나 도망치고 싶었다고 한다. 그런데도 도망치지 않은 것은 정의감 때문이 아니었다. 쇼우의 설득 때문이었다. 노지리를 통해 유우코의 이야기를 들은 쇼우는 "아스카, 네가 지금 도망치면 유우코는 앞으로 영원히 누명을 벗을 수 없어."라고 말하며 도망치려는 노지리를 막았다고 한다. 정말 착한 소녀다.

 노지리와 쇼우는 유우코의 이야기에 귀를 기울이고 그녀를 설득하고 함께 울고 웃고 위로하고 때로는 다투며 조금씩 마음을 열어갔다. 그리고 드디어 오늘밤, 유우코는 빛에 싸여 떠났다고 한다. 평소에는 11시 반쯤에 이곳에서 나가곤 했지만 오늘밤은 '왠지 그런 예감'이 들어서 결국 이 시간까지 남아있었던 것이다. 유우코는 헤어질 때 "고마워."라는 한 마디를 남겼다고 한다.

 영감 따윈 전혀 없는 쇼우도 유우코가 사라질 때에는 뭔가가 느껴졌는지 감정이 북받쳐 올라 울음을 터뜨리고 말았다.

그 눈물을 보고 괜히 이상한 상상을 해서 "누구에게 당한 거냐!"라고 외치다니. 정말 한심하기 짝이 없다. 안 그래요, 쿠사노 씨?

설명을 마친 후 노지리는 쇼우와 함께 미나미 씨와 쿠사노 씨를 향해 걱정을 끼쳐서 죄송하다고 몇 번이나 사과했다. 쇼우의 눈에서 또다시 눈물이 방울방울 흘러내렸다.

열 몇 번째인가의 사과 후에 노지리가 나를 날카롭게 바라보며 단호한 목소리로 말했다.

"내 이름은 우둑녀가 아니에요."

나는 주저 없이 무릎을 꿇었다. 당연하다. 어차피 들리지 않을 거라는 생각에 노지리 아스카에게 별별 실례되는 말을 다 했으니까.

듣자하니 그녀에게는 내가 처음부터 뚜렷이 보였다고 한다. 그럼 미나미 씨보다도 영감이 강하단 말인가. 내게 말을 걸지 않았던 것은 내가 연상이기도 하지만 갑자기 이상한 별명을 붙인 데다 별로 난처해 보이지도 않았기 때문이라고 한다. 수긍이 가는 얘기다.

목을 우두둑 울리는 것은 유령이 옆에 있으면 왠지 어깨가 뻐근해서 생긴 버릇이라고 한다. 쿠사노 씨가 그 버릇을 몰랐던 것도 무리는 아니다.

앞으로는 '우둑녀'가 아닌 '아스카 님'이라고 부르겠다고 맹세한 후에야 나는 겨우 아스카 님께 용서를 받을 수 있었다.

그 동안 내 모습이 보이지 않는 쇼우는 시종일관 얼굴에 물음표를 띄우며 아스카 님의 '혼잣말'을 듣고 있었다.

"어쨌든 다행이다. 하타케야마 유우코도 성불했고 노지리와 쇼우도 무사하니까 말이야."

이 자리에 있는 사람 중에서 아마도 쇼우 다음으로 상황 파악이 안 되고 있는 듯한 쿠사노 씨가 분수도 모르고 그렇게 상황을 정리했다.

우리는 엘리베이터를 타고 1층으로 내려왔다. 미나미 씨가 핸드폰으로 집에 전화를 걸어서 쇼우를 무사히 찾았다고 연락했다. 이제 모든 것이 끝난 셈이다.

우리는 다 함께 아스카 님의 집에 가서 용서를 빌기로 했다. 아스카 님께서 혼자 부모님께 사과할 자신이 없다고 하시기에 연대책임을 지기로 한 것이다. 아스카 님의 부모님은 '보이지 않는다'는 얘기를 듣고 그럼 난 빠져도 되겠다 싶었지만 "너도 같이 가서 사과드려야지."라는 미나미 씨와 쿠사노 씨의 말에 할 수 없이 함께 가기로 했다.

쇼우는 여전히 머리 옆에 물음표가 동동 떠다니는 듯한 표정을 짓고 있었다. 아아, 이 애와 얘기할 수 있다면 얼마나 좋을까. 정말 안타깝다.

우리는 어두운 주차장을 가로질러 쿠사노 씨의 차로 향했다. 시간이 시간이니만큼 쇼우와 아스카님의 자전거는 이곳에 그냥 놓아두고 다음날 각자 찾아가기로 했다. 두 사람은 불만을 표시했지만 내 생각에는 합리적인 판단이다.

주차장이 넓은 탓에 하늘도 커다랗게 보였다. 나는 밤하늘을 올려다보며 심호흡을 했다.

왠지 기분이 좋았다.

쇼우도 아스카 님도 착한 아이다. 뭐랄까, 세상은 살만한 곳이다. 이 세상에는 사람을 치어죽이고 도망가는 나쁜 놈도 있지만 그 현장에 꽃을 놓아주는 사람도 있다. 착한 사람들만 있는 건 아니지만 나쁜 놈들만 있는 것도 아니다. 그런 당연한 사실이 지금은 절실하게 마음에 와 닿았다. 그럼 저 세상은 어떨까? 다들 착한 사람이면 좋겠는데. 그건 너무 달콤한 꿈일까. 가본 적이 없어서 아직 잘 모르겠다.

내 장례식에도 참 많은 사람들이 왔었지. 생각해보면 우리 마을도 참 좋은 곳이다. 미칠 듯이 싸우는 것만 빼면 말이다.

나는 줄곧 내가 운이 나쁘다고 생각했었다. 하지만 생각해보면 나는 제법 인복이 있는 편일지도 모른다. 쿠사노 씨와 미나미 씨도 좋은 사람들이다. 피곤할 텐데도 나를 위해 날마다 순찰을 해준 걸 보면 말이다. 이런 얘기는 쑥스러워서 본인에게는 절대 말할 수 없지만.

"어이."

주차장을 반쯤 가로질렀을 때 미나미 씨가 문득 나를 불렀다. 나는 그가 가리킨 곳을 돌아보았다. 볼링장 입구 옆의 좁은 공간에 검은 스포츠카가 주차되어 있었다.

"앗, 설마?"

"쿠사노 씨가 그랬었지? 범인 차의 번호판에 보라색 커버가 씌워져 있다고. 저 번호판 커버도 보라색이야. 그리고 머플러도 꽤나 폭음이 날 것 같은데?"

듣고 보니 그렇긴 하다. 무인감시카메라를 피하기 위해 번호판에 커버를 씌운 검고 차체가 낮은 스포츠카.

"어이."

쿠사노 씨가 자신의 차 옆에 서서 우리를 불렀다. 쇼우와 아스카 님은 이미 뒷좌석에 앉아 있었다.

"잠깐만요."

나는 쿠사노 씨에게 그렇게 말한 후 혹시나 하는 마음에 그 검은 스포츠카를 관찰했다. 앞부분이 유달리 긴 투 도어 차였다. 그리고 여기저기가 자잘하게 개조되어 있었다. 깜빡이는 투명한 색이었고 비싸 보이는 알루미늄 호일 커버는 은색 바탕에 금색이 섞여 있어서 취향인 사람은 군침을 흘릴 만한 디자인이었다.

미등은 분명히 이런 모양이었다. 도깨비 뿔처럼 안쪽이 위로 뾰족하게 튀어나온 디자인. 하지만 둥글었던 것 같은 기분도 들었다. 과연 어느 쪽이 맞는 것일까?

아, 그러고 보니 토요일에 국도 교차점에서 자칫하면 접촉 사고를 일으킬 뻔했던 차가 있었지. 쿠사노 씨의 증언에 따르면 미등이 도깨비 뿔 모양이라던데, 이게 그 차인가?

앞 유리창 외의 모든 창에는 검은 필름이 붙어 있었다. 양손으로 유리창을 짚고 안을 들여다봤지만 너무 까매서 아무것도 보이지 않았다. 미나미 씨도 필사적으로 안을 들여다봤지만 아무것도 보이지 않는 눈치였다.

나와 미나미 씨는 차 앞쪽으로 돌아가 보았다.

"보아하니 찌그러진 부분은 없는 것 같은데?"

미나미 씨가 바닥에 주저앉아 손가락으로 범퍼를 만져보며 말했다.

"역시 범인의 차가 아닐지도 몰라요."

나는 남자치고 덩치가 작은 편이다. 하지만 사람을 들이받았는데 찌그러진 부분이 한 군데도 없을 리가 없다.

"그건 모르는 거야."

미나미 씨는 개처럼 바닥에 엎드려서 범퍼를 올려다보았다.

"아, 이건…?"

미나미 씨의 중얼거림에 나도 개처럼 바닥에 엎드렸다.

깜짝 놀랐다. 그냥 볼 때에는 깨끗한 범퍼로만 보였는데 그 아래는 엉망으로 찌그러져 있었다.

"이 차, 뭔가에 부딪힌 적이 있나 보군요."

"응. 게다가 수리가 상당히 엉성하군. 서둘러 고친 게 분명해."

"그럼 이 차가…"

"아직 단정을 내리긴 이르지만 가능성은 충분해. 이렇게 서

둘러 수리를 하다니 뭔가 있는 것 같지 않아?"

"뭐가요?"

모를 때는 공손하게 가르침을 청하는 것이 현명한 법이다.

"이 차의 주인은 사고 자체를 숨기고 싶었던 모양이야. 나무나 전봇대에 부딪혔다면 대리점이나 근처 수리공장에서 고치면 그만이잖아? 하지만 이 엉성한 수리를 보니 아무래도 표면만 바꾼 것 같은데. 제대로 된 정비공이 고친 게 아니야. 뭔가 위험한 것에 부딪혔다는 걸 알고 일단 겉만 멀쩡해 보이도록 바꾼 거야."

"위험한 것?"

"인간."

미나미 씨가 단호하게 대답했다.

"터무니없이 비싼 가격에 그런 사정이 있는 차를 정비해주는 업자가 있다더군. 사람을 들이받고 시치미를 떼 봤자 1주일이나 2주일 정도 수리를 보내면 주위 사람들이 눈치 챌 게 뻔하잖아. 단기간에 고쳐서 태연한 얼굴로 몰고 다니면 일단 혐의를 받을 염려는 없지. 뭐, 자동차 검사를 하면 당연히 걸릴 테니까 사건이 잠잠해진 후에 본격적으로 수리하거나 폐차해야 하지만."

"그렇군요. 듣고 보니 왠지 수상해 보이네요."

나는 자리에서 일어서서 다시 한 번 차를 유심히 살펴보았다. 속단일지도 모른다는 생각도 들고 이 차가 틀림없다는 생각도 들었다. 주인을 불러서 시동을 걸고 카오디오를 틀어보라고 하면 단방에 범인인지 아닌지 판가름이 나겠지만 모르는 사람에게 그럴 수는 없지 않은가.

아무래도 쿠사노 씨를 불러와서 찬찬히 살펴보라고 해야 할 것 같다. 그런 생각에 잠겨 있을 때 두 남자가 미나미 씨에게 시비를 걸었다. 미나미 씨와 비슷한 또래의 남자였다.

한 명은 금발, 한 명은 스킨헤드에 피어스를 하고 있었다. 스킨헤드의 스포츠웨어 소매 아래로 문신이 엿보였다.

이마가 넓은 금발 남자가 미나미 씨에게 다가와서 그를 노려보며 말했다.

"너 아까부터 왜 남의 차를 힐끔힐끔 엿보는 거냐?"

앗, 그때 그 녀석이잖아? 하마터면 접촉사고를 낼 뻔 했던 그 이마 넓은 녀석. 싱긋 웃으며 미친 듯이 차를 몰던 그 멍청한 녀석. 틀림없어.

녀석의 말투는 어제 파친코에서 만났던 녀석과 거의 똑같았다. 이런 녀석들의 어록은 원래 현기증이 날 정도로 빈약한 법이다.

확 집어 던져버려요, 미나미 씨.

나는 응원단이 된 기분으로 태평하게 생각했다. 미나미 씨가 이 녀석을 필살 업어치기로 집어던지는 모습을 꼭 보고 싶었다. 저렇게 세상을 우습게보며 무모한 운전을 일삼는 녀석은 한 번쯤 호되게 당해봐야 정신을 차리는 법이다.

금발이 시비를 거는 동안 스킨헤드는 미나미 씨에게서 떨어져서 헐렁헐렁한 바지 주머니에 손을 넣은 채 빈틈없이 주위를 둘러보고 있었다.

뭔가 이런 상황에 익숙한 듯한 분위기였다. 게다가 녀석은 주머니 속에서 끊임없이 뭔가를 만지작거리고 있었다. 자동차 주인은 금발일지도 모르지만 리더는 이 녀석인 모양이다.

내 낙관적인 예측은 순식간에 박살났다. 이거 좀 위험한 것 같은데?

"뭐라고 말 좀 해봐. 바닥에 엎드려서 뭘 하고 있었던 거냐? 말해 보라니까?"

"아뇨… 죄송합니다. 이 근처에 돈을 떨어뜨려서요."

미나미 씨도 위험하다는 것을 느꼈는지 온화하게 대답했다. 생각해보면 이 녀석들이 범인이 아닐 가능성도 얼마든지 있다. 다짜고짜 세게 나갈 수는 없지 않은가.

"뻥치지 마. 네 돈이 왜 내 차 안으로 들어 가냐?"

금발은 혀 꼬부라진 소리로 그렇게 말하며 미나미 씨의 발을 힘껏 밟았다. 미나미 씨가 작게 비명을 질렀다.

위험해. 어쩌지? 빨리 도와주고 싶었지만 다리가 떨려서 움직일 수가 없었다.

"어이, 가자."

구경꾼들이 모여들기 시작한 것을 민감하게 감지한 스킨헤드가 낮은 목소리로 금발에게 말했다. 금발은 고개를 가볍게 끄덕이며 미나미 씨의 발에서 자신의 발을 치우고 빙글 몸을 돌렸다. 간신히 위기를 모면한 모양이다. 나와 미나미 씨가 그렇게 생각하며 안도의 숨을 내쉰 순간 금발이 재빨리 몸을 돌려 미나미 씨의 배에 주먹을 꽂았다.

"크."

미나미 씨가 몸을 구부리고 작게 신음했다. 다시 주먹이 날아왔다.

금발의 주먹이 둔탁한 소리를 내며 미나미 씨의 배에 꽂혔다.

하지만 미나미 씨는 쓰러지지 않았다. 양발로 아스팔트를 밟고 버텨 서서 쓰러지기를 완강하게 거부했다.

"이 자식이—"

"야!"

금발이 또다시 주먹을 날리려던 순간 스킨헤드가 그의 어깨를 잡았다.

"뭐 하는 거야? 그만 가자."

두 사람은 주위 사람들을 노려보며 스포츠카에 올라탔다.

미나미 씨는 이를 악물고 배의 아픔을 견디며 스포츠카로 걸어가서 새까만 창문을 노크했다.

"실례합니다…."

뭘 어쩌려는 걸까. 모처럼 놈들이 돌아가겠다는데.

다시 문이 열리고 금발이 귀찮은 표정으로 차에서 내리며 뭐냐고 물었다.

"저, 죄송합니다. 하나만 가르쳐 주십시오."

이제 됐어요, 미나미 씨. 설령 이 녀석들이 범인이라 해도 이제 됐어요. 그만 돌아가요. 됐어요. 범인은 안 잡아도 돼요. 난 이 정도면 충분해요.

"이 자식이 귀찮게 왜 이래?"

"저, 지난주 화요일 밤에 어디에 있었습니까?"

"뭐?"

여전히 위협적인 태도였지만 나는 금발의 눈에 떠오른 동요를 놓치지 않았다.

"제 친구가 외진 도로에서 차에 치어 죽었습니다. 그 차가 마침 검은 스포츠카였다던데…."

"그게 우리랑 무슨 상관인데!"

금발이 주차장 구석까지 울릴 만큼 큰 소리로 외쳤다. 그 외침은 오히려 이 녀석의 혐의를 더욱 짙게 만들었다.

"말해주십시오. 그때 어디를 달리고 있었습니까?"

"그게 너랑 무슨 상관이야? 죽고 싶냐?"

"말해 주십시오."

"닥쳐! 죽어! 너도 차에 치어 죽어버려!"

인간의 눈이 이토록 순식간에 충혈 될 수 있다는 걸 나는 처음으로 알았다.

미나미 씨가 새빨갛게 핏발 선 눈으로 외쳤다.

"너구나! 네가 료타를 죽였구나!"

"시끄러워!"

금발은 도망치듯 차에 올라타서 시동을 걸었다.

부릉, 부르르르릉….

잊을 수 없는 저 엔진 소리.

그리고 쾅쾅 울리는 저 댄스 뮤직.

후진을 하며 급히 출발하려던 스포츠카 앞에 파란 그림자가 튀어 나왔다.

끼익. 짧은 브레이크 소리를 울리며 경쾌하게 정지하여 스포츠카의 진로를 막은 것은 다름 아닌 쿠사노 씨의 차였다.

미나미 씨가 스포츠카 창문을 힘껏 두드리며 외쳤다.

"내려! 내리란 말이야!"

스포츠카가 또다시 전진하기 시작했다. 놈들은 차에서 내리기는커녕 기어를 넣더니 무시무시한 속도로 소형차의 옆구리를 들이받았다.

차와 차가 부딪히는 육중하고 무시무시한 소리가 울려 퍼졌다.

"꺄악!"

쿠사노 씨의 차에 타고 있던 쇼우와 아스카 님이 동시에 비명을 질렀다.

스포츠카는 다시 앞으로 전진하여 쿠사노 씨의 차를 들이박았다.

쇼우와 아스카 님이 또다시 비명을 질렀다. 두 번의 충격으로 인해 소형차의 조수석 문과 그쪽 뒷문은 수리조차 불가능한 상태로 박살나고 말았다.

그래도 쿠사노 씨는 물러서지 않았다. 안경 속의 눈을 더 이상은 무리일 만큼 커다랗게 뜨고 필사적으로 공포를 견뎠다.

"비켜, 이 새끼들아!"

금발이 시동을 걸어 둔 채 밖으로 튀어나와 미나미 씨에게 덤벼들었다. 자살행위였다.

눈 깜짝할 사이에 미나미 씨의 안다리 후리기가 작렬했다. 금발은 뒤통수를 차에 부딪쳐 그대로 정신을 잃었다.

미나미 씨는 아차 싶은 표정으로 기절한 금발에게 손을 뻗었다. 아마 미나미 씨는 그 파친코에서 만났던 녀석처럼 이 녀석도 등부터 바닥에 내리꽂을 생각이었던 모양이다. 아무것도 모르는 내가 봐도 금발은 굉장히 위험한 포즈로 바닥에 처박혔다.

꺄악—

이번에는 구경꾼들 사이에서 비명이 일었다.

대체 언제 조수석에서 내린 것인지, 스킨헤드가 자루가 긴 나이프를 양손으로 단단히 움켜쥐고 미나미 씨의 등으로 달려들었다.

위험해. 저걸 피하는 건 도저히 무리야.

"스피어!"

누군가가 눈물겨운 절규와 함께 스킨헤드의 허리를 들이받

앉다.

 두 사람은 서로 뒤엉키며 아스팔트 위를 굴렀다. 스킨헤드 위에 올라타서 고개를 든 사람은 놀랍게도 쿠사노 씨였다. 스킨헤드와 격돌하는 바람에 안경도 수리조차 불가능할 만큼 산산조각으로 분해되어 한쪽 귀에 간신히 걸려 있었다.

 "으아아아아! 히익… 으아아아아!"

 쿠사노 씨는 처절하게 절규하며 스킨헤드의 오른손에 쥐어져 있는 나이프로 손을 뻗었다.

 미나미 씨가 가세한 시점에서 싸움은 결판났다.

 나이프를 빼앗긴 스킨헤드는 미나미 씨의 몸에 깔린 채 순찰차가 도착할 때까지 기다릴 수밖에 없었다.

 좋았어, 완벽한 승리다.

13

 쿠사노 테츠야는 원룸 맨션의 좁은 베란다에서 난간에 기대어 담배를 피우고 있었다.

 그는 학생 시절에 썼던 테가 굵은 안경을 쓰고 있었다. 근시가 심해져서 도수가 안 맞긴 했지만 일주일 정도 착용하는 건 별 문제가 없을 것이다. 이 안경을 쓰고 가면 직원들이 어울리지 않는다며 자신을 놀려댈 게 뻔하다. 그건 조금 문제일지도 모른다.

요 며칠 동안 맑은 날씨가 이어졌지만 오늘 아침에는 하늘 전체에 구름이 깔려 있었다. 바람도 장마철답게 축축하고 싸늘했다.

쿠사노는 방을 돌아보며 말했다.

"비가 내릴 것 같지 않냐—"

'료타'라고 말하려던 순간 쿠사노는 이제 말을 걸 사람이 없다는 사실을 떠올렸다.

요코이 료타는 이미 종합쇼핑센터 주차장에서 빛에 감싸여 사라졌다.

세 대의 순찰차가 서둘러 달려왔을 때 쿠사노는 스킨헤드를 찍어 누르고 있는 미나미의 바로 옆에서 공황상태에 빠져 있었다.

경찰관이 달려와서 스킨헤드에게서 미나미를 떼어놓느라 애를 먹은 것만은 어렴풋이 기억이 났다. 미나미도 극도로 긴장하고 있었던 모양이다.

겨우 의식이 뚜렷해진 것은 엉망으로 파손된 자신의 차를 봤을 때였다. 심한 근시로도 자신의 차가 얼마나 심하게 파손되었는지를 한눈에 알 수 있었다. 비에 젖은 신문지처럼 구겨진 문짝은 그야말로 참담하기 그지없었다.

미나미 아이코와 노지리 아스카는 아직 차 안에서 서로를 부둥켜안은 채 떨고 있었다.

횡설수설하는 쿠사노와 미나미를 대신하여 경찰에게 사건의 경위를 설명한 것은 아이코와 노지리 아스카, 그리고 많은 구경꾼들이었다. 구경꾼들 중에는 이 난투극을 카메라 폰으로 찍은 사람도 많았다.

다양한 각도에서 찍은 난투극과, 스킨헤드가 나이프를 들고 미나미의 등으로 달려드는 영상은 가해자가 누구인지를 말해주는 중요한 증거가 되었다.

90킬로그램의 미나미에게 깔려 기절해 있었던 스킨헤드는 이미 도망칠 의욕을 잃은 듯했다. 경찰관의 치료로 의식을 회복한 금발도 얌전히 순찰차에 올라탔다.

"녀석들의 차를 철저하게 조사해 주세요! 특히 범퍼 아래를!"

미나미가 흥분이 가시지 않은 얼굴로 스포츠카를 가리키며 고함쳤다.

시간이 흘러 간신히 평정을 되찾고 나니, 경찰관들이 쿠사노와 미나미에게 잠시 이번 일의 자초지종을 설명해달라고 요구했다. 얘기는 이 자리에서 끝낼 것이며 오래 붙잡지는 않겠다는 말도 덧붙였다. 미나미와 쿠사노가 각각 다른 순찰차에 타려는 순간, 등 뒤에서 누군가가 두 사람을 불렀다.

"쿠사노 씨, 미나미 씨."

료타였다.

료타는 조용히 미소 짓고 있었다.

두 남자는 발걸음을 돌려 료타에게 달려갔다.

나이가 지긋한 경관에게 붙잡혀 여학생들이 겁도 없이 이런 시간에 여기서 뭘 하고 있었냐는 잔소리를 듣고 있던 아스카도 서둘러 달려왔다. 사정을 전혀 모르는 아이코도 그녀를 뒤쫓아왔다.

"잠깐. 무슨 일인가?"

료타의 모습이 보이지 않는 경찰관이 미나미의 팔을 잡고 그를 순찰차로 끌고 갔다.

"잠깐만 기다려 주십시오. 곧 돌아오겠습니다."

미나미가 괴력을 발휘하여 그 팔을 뿌리치자 경찰관도 미나미의 절박한 심정을 느꼈는지 더 이상은 잡지 않았다.

"여어."

료타는 오른손을 가볍게 들며 자신을 반원형으로 둘러싼 네 사람을 차례차례 바라보았다.

"뭐야? 우린 지금 경찰들에게 자초지종을 설명해야 돼. 시간이 없단 말이야."

쿠사노가 친근함을 담아 괜히 밉살스러운 말투로 말했다.

"나도 별로 시간이 없는 것 같아요."

료타는 그렇게 말하며 하늘을 가리켰다.

아이코를 제외한 세 사람은 일제히 하늘을 올려다보았다. 하얀 빛방울 몇 개가 밤하늘을 천천히 떠돌며 차츰 료타에게 모여들기 시작했다.

"너…!"

쿠사노는 아무 말도 하지 못했다. 뭐라고 말해야 좋을지 알 수 없었다.

"쿠사노 씨."

료타는 평소와 똑같은 어조로 쿠사노를 부르며 싱긋 웃었다.

"'스피어', 되게 웃겼어요."

"시끄러워."

"앞으로도 내 말대로 사람들을 잘 부려먹도록 하세요. 팍팍."

"시끄럽다니까."

쿠사노가 내뱉듯이 말했다. 그의 목소리는 떨리고 있었다.

빛은 차츰 빠른 속도로 료타에게 모여들기 시작했다.

"아스카 님."

"아, 네!"

진짜 '~님'이라고 불리는 양가집 아가씨처럼 높고 갈라진 아스카의 목소리에 세 사람은 웃음을 터뜨렸다.

"이상한 별명을 붙여서 미안해."

"아니에요, 괜찮아요. 그보다 잘 가세요."

"응, 고마워."

"미나미 씨."

"응?"

"배는 괜찮아요?"

"아무렇지도 않아."

미나미는 그렇게 말하며 근육과 지방의 이중 방패를 자랑하는 자신의 배를 어루만졌다.

"거 봐요. 결국 끝까지 도망치지 않았잖아요."

"그럴지도 모르지."

미나미는 쑥스러운 듯이 머리를 긁적였다.

료타의 몸은 빛에 감싸여 차츰 윤곽이 흐릿해지기 시작했다. 쿠사노와 미나미와 아스카도 자신들에게만 보이는 빛에 하얗게 물들어 있었다.

"그리고 쇼우."

료타의 목소리를 들을 수 없는 아이코는 영문을 알 수 없다는 표정으로 오빠와 친구를 바라보았다.

아스카가 두리번거리는 아이코의 머리를 잡고 료타가 있는 쪽으로 돌렸다.

"아스카 님, 나이스."

"별 말씀을."

아스카는 쑥스러운 듯이 웃으며 가볍게 고개를 숙였다.

"오빠 앞에서 이런 말 하긴 좀 그렇지만…. 쇼우, 넌 죽은 후 내 인생의 즐거움이었어. 고마워."

그렇게 말하며 료타는 쇼우를 향해 머리를 숙였다.

"그뿐이냐?"

쿠사노가 싱글싱글 웃으며 물었다.

"달리 하고 싶은 말이 있는 것 아니냐?"

"존과 폴이 이미 40년 전에 내가 하고 싶은 말을 해버려서요."
"무슨 소리죠?"
아스카가 옆에 서 있는 쿠사노를 바라보며 작은 목소리로 물었다. 쿠사노는 노래 한 소절을 조그맣게 읊조렸다.
"아, 그렇구나. 얘, 쇼우."
아스카가 아이코의 손을 잡고 료타 앞으로 내밀었다.
"뭐야? 뭐야?"
영문도 모르고 사람들 가운데 서게 된 아이코가 불안한 듯이 미소를 지었다. 그 불안을 씻어주듯 아스카가 조용히 말했다.
"무서워 할 것 없어. 잠깐 손을 내밀어 봐."
"이렇게?"
아이코는 작은 손바닥을 위로 향하여 아무것도 없는 공간에 오른손을 내밀었다.
"그게 아니라 악수하는 자세로."
"이렇게?"
료타는 머뭇거리며 미나미 히로토를 바라보았다. 그의 몸은 하얀 빛에 감싸여 이미 흐릿해져 있었다. 간신히 형태를 유지하고 있는 것은 얼굴과 발목 아래, 그리고 주춤거리며 내민 오른손뿐이었다.
"악수해도 될까요?"
"할 수 없지."
미나미가 무뚝뚝한 표정으로 말했다.

쿠사노가 료타의 얼굴을 가리키며 말했다.

"저승길 선물이 필요하다면서."

"오오, 고마우셔라."

료타는 평소와 다름없는 넉살좋은 어조로 그렇게 말하며 하얗게 빛나는 손으로 아이코의 손을 살며시 잡았다. 통과해버리지 않도록 아이코의 손에 맞춰서 신중하고 부드럽게.

"아, 뭔가 따뜻해…."

아무것도 없는 공간에 내민 손에서 불가사의한 따뜻함을 느끼며 아이코는 자신을 둘러싼 세 사람을 바라보았다.

"뭐죠?"

"괜찮으니까 잠시만 손을 내밀고 있어봐. 불쾌한 느낌은 아니지?"

"응."

아이코는 순순히 아스카의 말에 따랐다. 손을 감싸는 듯한 따스함이 아이코의 마음을 편안하고 따뜻하게 만들었다.

"좋았어."

료타가 먼저 손을 떼며 말했다. 별처럼 무수한 빛이 빨려들듯 료타의 몸에 모여 작은 몸을 감쌌다.

"고마워, 쇼우. 이제 여한은… 음, 없는 것 같군. 참, 쿠사노 씨. 그 게임 말이에요, 세이브 데이터 지우지 말아요. 쿠사노 씨가 '이쪽'에 오면 다시 대전해요."

"내가 그쪽으로 가려면 100년은 지나야 될걸."

"괜찮아요. 영감님이랑 싸우면 이기기도 쉽겠네. 그럼 다들 안녕."

빛 속에서 밝은 목소리가 들려왔다. 빛은 한층 강렬하고 새하얗게 빛나기 시작했다. 그리고 곧 홀연히 사라져버렸다.

빗방울이 베란다를 두드리기 시작했다.

쿠사노는 방으로 돌아와서 창문을 닫았다.

오늘은 마감 업무가 있는 날이다. 앞으로 세 시간 후에는 집에서 나가야 한다.

차는 견인차에 끌려갔다. 일단은 전철을 타고 출근해야 한다. 돌아올 때는 역시 택시를 타야 하나. 렌터카는 저녁에나 도착한다니까 오늘 안에 받는 것은 불가능하다.

앞으로 당분간은 바빠질 지도 모른다. 쿠사노도 미나미도 몇 번 정도 경찰에 가서 자초지종을 설명해야 한다. 새 안경도 사야한다. 수리가 끝나면 공장에서 차를 찾아와야 한다. 요리용 석쇠도 사야하고 점장에게 사건의 경위와 결과를 설명해야 한다. 이게 제일 골치 아프지만 뭐 어떻게든 될 것이다.

"앞으로 세 시간이라. 너무 흥분돼서 잠이 안 올 것 같은데 어쩌지?"

쿠사노는 갑자기 넓어져버린 방 안에 앉아 담배를 끄며 일부러 밝은 목소리로 말했다.

우리 게임해요.

문득 료타의 목소리가 들려온 듯한 기분에 그가 있을 리 없다는 걸 알면서도 방안을 둘러보지 않을 수 없었다.

역시 그는 없었다. 쿠사노는 TV 앞에 앉아 게임기를 켰다. 료타가 푹 빠졌다던 스토리 모드를 플레이해보기로 했다.

'스토리 모드' 메뉴에서 '뉴 게임'을 선택했다. 초기설정화면이 나타났다. 쿠사노는 자신이 경영할 단체와 게임 제한 기간을 선택했다.

'이 설정을 메모리 카드에 기록할까요?'라는 질문에 '네'를 선택하자 짧은 경고음과 함께 '메모리카드가 꽉 찼습니다. 필요 없는 데이터를 지워서 용량을 확보하십시오'라는 글이 표시되었다.

쿠사노는 혀를 차며 일단 디스크를 꺼낸 다음 게임기 초기화면을 열었다.

화면 끝에 표시된 메모리카드의 빈 용량은 두 자리 수로 줄어 있었다. 각 게임의 세이브 데이터 가운데 근육질의 레슬러 아이콘이 눈에 띄었다. 처음 보는 아이콘이었다.

쿠사노는 시험 삼아 그 아이콘을 열어보았다. 그 데이터가 메모리 카드의 용량을 대부분 차지하고 있었다. 날짜 위에는 '에디트 레슬러 1001'이라는 표시가 떠 있었다. 1인용 모드와 대전 모드밖에 플레이해 본 적이 없는 쿠사노는 어째서 에디트 모드로 작성된 레슬러의 데이터가 있는 건지 도저히 이해할 수 없었다.

브라우저 화면에서 나와 다시 디스크를 넣고 게임을 실행시켰다. 익숙한 음악이 흐르며 오프닝이 시작되었다. 버튼을 눌러 오프닝을 중단시킨 다음 이번에는 에디트 모드로 들어가 보았다.

'리빙 고스트'라는 별명을 지닌 레슬러 '요코이 료타'가 자신이 시합에 나갈 차례를 기다리며 앉았다 일어서기를 하고 있었다. 쿠사노는 '요코이 료타'의 프로필을 읽어보았다. 키 162센티미터. 체중 53킬로그램. 아무리 봐도 프로레슬러로 보이지 않는 가냘픈 체격이었다.

메뉴를 열어보자 'AI vs CPU'라는 모드가 있었다. 쿠사노는 망설임 없이 그것을 선택했다. 플레이어가 AI를 탑재한 '에디트 레슬러'를 육성하여 컴퓨터가 조작하는 레슬러와 싸우게 할 수 있는 모드였다. 에디트 레슬러는 다양한 방향으로 마음대로 육성할 수 있기 때문에 플레이어의 취향이 반영된다고 한다.

시합이 시작되었다. 상대는 레슬러 치고는 평균적인 체격이었지만 '요코이 료타'와 나란히 서자 마치 거인처럼 보였다.

객석의 아이가 실수로 링 위로 올라온 듯한 '요코이 료타'는 그야말로 료타 본인처럼 행동했다.

살아있는 유령 요코이 료타는 공이 울리자마자 의미 없는 로프워크를 되풀이했다. 저쪽 로프로 달려가서 몸을 튕겼다가 다시 이쪽 로프로 돌아와서 몸을 튕기기를 반복했다. 그리고 무식하게 플라잉 크로스 촙을 날렸다가 반격당한 후 자멸했다.

"너 바보냐?"

쿠사노는 저도 모르게 중얼거렸다. 요코이 료타는 그래도 굽히지 않고 공격을 계속했다. 하이 킥은 블록당하고 브레인 버스터는 회피당하고 플라잉 크로스라인은 파워 밤으로 반격당했다.

그러는 동안 요코이 료타는 상대에게 잡혀 바닥에 처박혔다.

"뭐 하는 거야? 도망쳐!"

요코이 료타도 반격을 시도했지만 너무 큰 기술만 시도하는 바람에 좀처럼 성공하지 못했다.

요코이 료타의 체력이 거의 바닥났다고 판단한 상대 레슬러가 객석을 향해 승리 포즈를 취했다.

요코이 료타는 그 틈을 놓치지 않았다. 등 뒤에서 급소를 공격하여 적의 페이스를 무너뜨린 후 주저 없이 독 안개를 뿜었다. 시력을 잃은 상대의 턱에 트러스 킥을 날려서 다운시킨 다음 코너 꼭대기로 뛰어올라가서 체공시간이 긴 문설트 프레스를 날렸다.

카운트가 시작되었다. 원, 투, 스리! 놀랍게도 요코이 료타의 승리였다. 승리를 거머쥔 요코이 료타는 폴짝폴짝 뛰며 기쁨을 표시했다.

"이런 게 어디 있냐?"

너무나도 뻔뻔스러운 시합에 쿠사노는 쓴웃음을 지으며 게임을 종료시켰다.

쿠사노는 기지개를 켜며 잠시 천장을 올려다보았다.

이 메모리카드는 지우지 말고 남겨두자. 언젠가 죽는 날까지. 그럼 일단 새 메모리카드를 사러가야겠군.

역에서 가게로 걸어가는 길에 작은 게임 숍이 있었지. 그곳에서 메모리카드를 사자. 출근하기에는 아직 이른 시간이지만 일찍 출근한 김에 목요일 이후의 스케줄을 작성하자. 오늘도 아르바이트생들은 파르페를 사달라며 시끄럽게 굴겠지. 그래, 도중에 ATM에서 돈을 뽑자. 갈비는 절대 사줄 수 없지만 파르페 정도라면 괜찮다. 혹시 한가한 아르바이트생이 있으면 파르페를 사준 보답으로 자신을 집까지 태워다줄 지도 모른다.

쿠사노는 자리에서 일어서서 티셔츠를 벗고 유니폼으로 갈아입기 시작했다.

석쇠는 언제 살까. 출근길에 사면 이상하려나. 어쨌든 최대한 빨리 사야지.

옷을 갈아입은 후에 머리를 빗었다. 가스 밸브를 잠그고 커튼을 닫았다. 불도 껐다. 좋았어.

쿠사노는 좁은 현관에서 구두를 신고 우산을 들었다.

"그럼 다녀오겠습니다!"

쿠사노는 일터를 향해 비 내리는 거리를 성큼성큼 걷기 시작했다.

| 역자 후기 |

〈보너스 트랙〉은 코시가야 오사무의 데뷔작이자 제16회 일본판타지소설대상 우수상 수상작으로, 심사위원들로부터 '이 세상과 저 세상이 뒤섞인 상태를 일본인의 정서에 가장 잘 맞게 표현했다'는 높은 평가를 얻은 작품입니다.

우연히 뺑소니 사고를 목격한 햄버거 체인점 직원이 유령이 된 피해자와 함께 범인을 찾는다는 스토리 자체는 어찌 보면 단순하고, 특별히 기발한 소재도 아닙니다. 하지만 그럴수록 등장인물의 매력과 에피소드의 재미, 그리고 구성과 문장력 등 이야기를 이끌어나가는 작가의 역량이 더욱 확연히 드러나게 되는 법. 그런 점에서 작가 코시가야 오사무는 신인답지 않은 뛰어난 역량을 유감없이 발휘하고 있습니다.

전지적 작가 시점과 1인칭 시점을 적절히 혼합한 경쾌한 전개, 개성적이고 감정을 이입하기 쉬운 등장인물들, 유쾌하게 웃을 수 있는 장면과 가슴 찡한 감동적인 장면의 절묘한 배치, 섬세한 묘사와 재기발랄한 문체 등은 이 작품이 정말 데뷔작일까 하는 의문마저 들만큼 감탄을 자아냅니다.

'죽음'을 테마로 삼고 있는 것 치고 이 작품은 매우 경쾌하고 유쾌합니다. 하지만 그렇다고 마냥 가볍고 경쾌한 것만은 아닙니다.

즐거운 '유령 생활'을 만끽하던 료타가 자신의 장례식에 찾아갔다가 죽음을 실감하고 이제는 끝나버린 지나간 삶을 돌이켜보는 에피소드나 첫눈에 반한 소녀에게 자신의 존재를 알릴 수조차 없어 안타까워하는 에피소드, 유령을 볼 수 있는 능력을 지닌 미나미와 함께 원한이나 슬픔에 얽매여 성불하지 못한 영혼들을 만나는 에피소드 등은 충분히 진지하고 감동적입니다.

연령도 입장도 다르고 성격도 정반대인 두 주인공의 호흡이 척척 맞는 만담 같은 대화와 작가의 아르바이트 경험을 살린 햄버거 체인점의 리얼한 묘사, 바쁜 생활에 쫓겨 하루하루를 무미건조하게 살아가던 쿠사노가 료타와의 만남을 계기로 음악과 게임 등 잃어버렸던 작은 즐거움들을 찾아가는 과정의 일상적이고 섬세한 묘사도 이 작품의 매력입니다.

제가 이 책을 읽고 번역하며 느꼈던 감동과 즐거움을 부디 많은 분들이 느끼고 공감해주셨으면 하는 바람입니다.

2005년 8월

김진수

보너스 트랙

1판 1쇄 발행 _ 2005년 9월 21일
1판 7쇄 발행 _ 2009년 1월 24일

지은이 _ 코시가야 오사무
옮긴이 _ 김진수
펴낸이 _ 김승현
발행처 _ **스튜디오 본프리**(www.born-free.co.kr)

등록 제300-2004-72호 (2002년 2월 8일)
주소 서울특별시 종로구 혜화동 26-6
전화 02-742-2352(편집) 02-714-4594(영업)
팩스 02-742-2353(편집) 02-713-4476(영업)
이메일 master@born-free.co.kr

편 집 장 _ 송락현
출판기획 _ 문성기
북디자인 _ 글빛·이춘희
필름출력 _ GS 테크
출판제작 _ 책공방·김진섭
영업관리 _ 박상율

정가 9,500원

잘못된 책은 구입하신 곳에서 교환해 드립니다.

ISBN 978-89-952828-0-9